PAUL KEARNEY

PRIMEVAL

DIE INSEL JENSEITS DER ZEIT

Aus dem Englischen
ins Deutsche übertragen von
Anika Klüver

cross cult

Die deutsche Ausgabe von PRIMEVAL: DIE INSEL JENSEITS DER ZEIT wird herausgegeben von Amigo Grafik, Teinacher Straße 72, 71634 Ludwigsburg. Herausgeber: Andreas Mergenthaler und Hardy Hellstern, Übersetzung: Anika Klüver; Lektorat: Oliver Koch und Markus Rohde; verantwortlicher Redakteur: Andreas Mergenthaler; Satz: Rowan Rüster; Druck: CPI Moravia Books, CZ-69123 Pohorelice.
Printed in the Czech Republic.

Titel der Originalausgabe: PRIMEVAL – THE LOST ISLAND
Published by Titan Books. A division of Titan Publishing Group Ltd, London

ISBN 978-3-941248-12-0 September 2009

WWW.CROSS-CULT.DE

Für Marie

EINS

Ächzend und stotternd erstarb der Motor. Sie befanden sich 300 Seemeilen draußen im Nordatlantik.

„Verdammt, Michael, kümmer dich drum! Hast du die Zündkerzen gereinigt?"

„Ich habe die Zündkerzen gereinigt, Pa", antwortete Michael. Er musste schreien, damit man ihn über den tosenden Lärm des Sturms hören konnte. „Es ist der verfluchte Motor."

„Mit dem Motor ist alles in Ordnung, Junge."

„Aye, außer, dass er vierzig Jahre alt ist."

„Jetzt werd' mal nicht frech! Wir gehen gleich unter. Sieh zu, dass du runter kommst!"

Durch das Ruderhaus hinweg warfen sie sich wütende Blicke zu. Michael Mackey, schwarzhaarig und sechs Fuß groß, ließ seine breite Faust auf das Kompassgehäuse krachen, drehte sich dann um und verschwand in der Luke hinter ihnen.

Sein Vater James zog an seinem selbst gedrehten Glimmstängel, bis die Spitze im trüben Halbdunkel der Dämmerung gelb aufglühte. Mit einer Hand locker am Ruder lehnte er sich vor und starrte durch die von Salz bedeckten Fenster des Ruderhauses. Unter ihm bewegte sich der große, schwergewichtige Trawler auf und ab wie eine Spielzeugente in der Badewanne. Die *Cormorant* war sechzig Fuß lang und bestand zur Gänze aus Holz. Sie war das Schiff seines Vaters gewesen, und eines Tages würde sie Michael gehören – sofern der Atlantik nicht vorher ein Wörtchen mitredete.

Nachdem sich James mit der Hand über die grauen Stoppeln seines Kinns gestrichen hatte, betätigte er die Gegensprechanlage.

„Kieran, bist du wach?“

Einen Moment später kam die Antwort knisternd über das Interkom.

„Aye – wer wäre das nicht? Wir werden hier unten herumgeschleudert wie die Rassel eines Babys.“

„Geh runter zum Motor und hilf Michael. Er verweigert uns mal wieder den Dienst.“

„Herrgott, Käpt'n!“

„Na los! Und weck die anderen. Sie sollen sich die Überlebensanzüge anziehen. Wir sollten vorsichtig sein.“

„In Ordnung. Hat sich ja 'ne tolle Nacht ausgesucht, um uns im Stich zu lassen.“

James nahm den Daumen vom Interkom.

„Bis jetzt hat sie uns noch nicht im Stich gelassen“, knurrte er laut.

Das Heulen des Sturms war ohrenbetäubend, und die Wellen donnerten erbarmungslos. Die *Cormorant* jagte Richtung Heimat mit dem Wind von Steuerbord – direkt hinter James' linkem Ohr. Das Meer, das sie umgab, glich einer gewaltigen Landschaft aus rollenden, gebrochenen, von weißem Schaum gekrönten Hügeln. Dort draußen herrschte Seegang von 25 Fuß, der Wellen hervorbrachte, die die Antenne des Schiffs überragten.

Der Trawler kämpfte sich über die steilen und rutschigen Rücken der Wellen, bevor er nach dem Passieren mit dem Bug zuerst ins Wasser tauchte. Die *Cormorant* wurde herumgeschleudert, als der Wind gegen die Heckspitze schlug. James kämpfte verbissen, fluchend und betend zugleich, während das Schiff an der anderen Seite einer Welle wieder herabrutschte. Kaum war eine Windböe vorbeigezogen, begann alles erneut. Sobald sie der Wind auf einem Wellenkamm mit der Breitseite getroffen hätte, wären sie von der nächsten Welle überflutet, mitgerissen und vermutlich zum Kentern gebracht worden.

„Und das nach so einem Fang“, sagte James bitter. Seine Zigarette sprühte Funken, als er an ihr zog. Der Frachtraum war voll mit großem Kabeljau und Schellfisch, es war der beste Fang seit Monaten. Nun bezahlten sie allerdings den Preis dafür.

Ohne Antrieb blieb ihnen nicht mehr zu tun übrig, als den Trawler vor dem Wind zu halten und zu hoffen, den Sturm so lange zu überstehen, bis Michael die Maschinen wieder zum Laufen gebracht hatte. Wie mit Hammerschlägen brachte sie der Orkan vom Kurs ab, mal südlich, mal östlich, in Richtung der Bucht von Biscay. Diese war bei Sturm beinahe ein ebenso schlechter Ort wie der Atlantik.

Kieran Fitzsimon schwankte aufs Ruderdeck und zog sich die Kajütenleiter hoch. Er grinste, und sein sommersprossiges Gesicht lugte weiß unter einem Schopf rötlicher Haare hervor.

„Wenn das da draußen nicht fünfzig Knoten sind, will ich ein Holländer sein!“, schrie er. „Haben Sie so etwas schon mal mitgemacht, Käpt’n?“

James musste widerwillig lächeln. Kierans naivem Enthusiasmus konnte man sich nicht entziehen. „Viel zu oft. Mittlerweile bin ich zu alt, um die spaßige Seite des Ganzen zu sehen.“

„Ach was! Wo bleibt Ihr Sinn für Abenteuer? Und Sie hatten mit dem Kabeljau völlig recht! Wir haben den Schwarm genau dort erwischt, wo Sie ihn vermutet haben. Wenn wir nach Hause kommen, sind wir reich!“

„Reich“, sagte James zweifelnd. Er grunzte und zerrte am Ruder, während der Trawler einen weiteren Wellenkamm erklomm, wo er erneut von der vollen Kraft des Sturms getroffen wurde. Das Schiff neigte sich um dreißig Grad nach Backbord. Ein leerer Kaffeebecher flog vom Kontrollpult und zersprang auf dem Deck.

Kieran, dessen leuchtend rotes Haar aus einem orangefarbenen Überlebensanzug herausschaute, fiel durch das Schott, landete mit einem dumpfen Schlag auf dem Boden und klammerte sich dort fest, wo er aufgekommen war, wobei er noch benommener aussah als ohnehin. James stand da wie ein Fels in der Brandung. Mit gefletschten Zähen biss er seine Zigarette in zwei Teile. Flüche kamen über seine Lippen, während er mit dem Ruder kämpfte.

Das Schiff schleuderte zunächst herum, dann wieder zurück, ähnlich einem Auto, das auf öliger Straße ins Schlittern gerät, nur dreißig Tonnen schwerer. Als sie sich in der Flaute der windabgewandten Seite der Welle befanden, raste der Bug nach unten, hinein in den düsteren Abgrund des tosenden Wellentals.

James starrte hinein und der Schweiß lief ihm dabei übers Gesicht. Er hätte schwören können, dass er dort, tief unten im dunklen Herzens des Wassers, für eine Sekunde ein Licht sah, nur ein kurzes Funkeln.

Schwer atmend wischte er sich über die Augen.

„Alles in Ordnung, Kieran?“

„Bestens, Käpt'n!“ Er rieb reuevoll über die Seite seines Gesichts.

„Geh runter und sieh nach, wie Michael vorankommt. Sag ihm, dass wir bald den Antrieb brauchen, oder wir ...“ Er stockte. „Sag ihm einfach, er soll sich beeilen.“

„Werde ich.“ Kieran schüttelte seinen Kopf wie ein Boxer, der einen cleveren Haken verpasst bekommen hat und steuerte achtern auf die Kajütenleiter zu.

James Mackey spuckte den verstümmelten Rest seiner Zigarette aus. Er sehnte sich danach, eine neue anzuzünden, wagte es aber nicht, das Ruder auch nur für eine Sekunde loszulassen. Beim Atmen stieß er Flüche aus, verwünschte diese Schlampe von Schiff, lobte sie aber gleichzeitig wieder und schmeichelte ihr, wie einer Frau, die es zu verführen galt.

Draußen tobte der mörderische Nordatlantiksturm weiter vor sich hin. James schaute seitwärts zur Wetterkarte auf dem hellen, flimmernden Bildschirm. Westlich von Irland war ein großer, wirbelnder, weißer Trichter zu sehen; genau in dessen Mitte befand er sich wie ein Käfer in einer Waschmaschine.

„Wir sind zu weit draußen", flüsterte er. Die *Cormorant* war nicht für das weite Meer gebaut worden. Sie war für die küstennahen Fischgründe westlich der Bantry Bay ausgelegt. Beim East Thulean Rise handelte es sich um einen Unterwassersockel, der sich um die vierhundert Meilen westlich von Cork erhob. Dort befand sich der Kabeljauschwarm, weil es dort in den etwas seichteren Wassern des Sockels reichhaltig Nahrung für ihn gab. Dort hatte die *Cormorant* innerhalb weniger Stunden ihren Laderaum gefüllt und fuhr gerade mit voller Motorkraft zurück, als sie der Sturm überraschte. Da das Sturmtief für eine Umrundung zu groß war, hatte James das Schiff genau in die Mitte des Sturms gesteuert in der Hoffnung, auf sein Glück und die gut gezimmerten Holzplanken des von seinem Vater geerbten Schiffes vertrauen zu können.

Die Dieselmotoren klangen wie wilde Bestien, als sie für eine Minute ihre Arbeit wieder aufnahmen und ein grollendes Donnern aus dem Maschinenraum dringen ließen. Dann erstarben sie erneut, gefolgt von einem entfernten Fluch und dem Klang von Metall, das auf Metall schlägt. Michael war ein Genie, wenn es um Mechanisches ging, aber er hatte das Temperament seiner Mutter.

Nie wieder, dachte sich James, während ihm der kalte Schweiß den Rücken herunterlief. *Nie wieder. Ab sofort bleibe ich in Küstennähe. Ich bin zu alt für so etwas.*

Als das Schiff unter seinen Füßen erbebte, dachte James

einen Moment lang, er hätte etwas im Licht der Brückenscheinwerfer gesehen. Etwas, das weder Wasser noch die explodierende Gischt auf den großen Wellen war. Für einen kurzen Augenblick schien sich ein funkelnder, großer Umriss vor ihm im Wasser zu rollen. Er kniff seine müden Augen einige Sekunden lang zusammen und das umgebende Licht schimmerte rot hinter seinen Augenlidern.

Als er sie wieder öffnete, war da nur die schwarzweiße Wut der See, durch die der Bug des Trawlers krachte, über achtern schwappte das Wasser, als wollte es das Schiff unter sich begraben.

Gott, bin ich müde, dachte James. *Die Müdigkeit spielt dir schnell Streiche.*

Der Blick auf das Radar zeigte lediglich ein verschwommenes Chaos: Fische, Ströme warmen und kalten Wassers, selbst Container, die der Sturm von den Decks einiger Frachter gespült hatte. Das Meer wimmelte vor Leben, seine Tiefen waren bevölkert wie jede von Menschenhand erschaffene Stadt – und doch war es gleichzeitig eine größere Wildnis als jede noch so entlegene Eiskappe. Rund um die Welt gab es weitläufige, bislang unerforschte Meeresstreifen, die noch nicht kartographiert waren – wo noch nie ein Mensch zuvor gewesen war und die niemals ein Mensch erreichen würde. James erinnerte sich daran, dass ihm sein Vater dies einst daheim am Ofenfeuer erzählt hatte, während ein Sturm wie dieser das Stroh des Dachs über ihren Köpfen durchpeitschte.

„Die See gibt ihre Reichtümer frei heraus", hatte er gesagt. „Doch am Ende fordert sie immer ihren Tribut."

Da husteten und stotterten die Maschinen und begannen ein kehliges Knurren. Von unten drang ein Schrei des Triumphs, und selbst hier oben konnte James Kierans glucksendes Lachen hören. Er grinste und drückte den Gashebel.

Unter ihm erwachte die *Cormorant* zu neuem Leben, begann sich vorwärts in die Wellen zu schlagen, nicht länger ein Quietscheentchen, sondern ein Gebilde mit Kraft und Stärke. Der Schiffsrumpf ächzte und stöhnte, als James das Speichenrad des Ruders nach Steuerbord neigte, um sich auf den richtigen Kurs zurückzukämpfen.

Es schien, als wollten die Wellen ihm diese Anmaßung übel nehmen. Wie wütende Monster warfen sie sich gegen den Trawler, bombardierten das Schiff seitlich mir explodierender weißer Gischt, überschwemmten das Vorderdeck und trommelten gegen das Fenster des Ruderhauses. Grimmig kämpfte James mit dem Ruder und spürte das Surren der überarbeiteten Maschinen, die die Schiffsschraube antrieben.

Es schepperte an Deck und Michael stand wieder neben ihm. Sein bleiches Gesicht war voller Schmierfett, und seine Hände waren davon völlig schwarz. Er stank nach Diesel und altem Meerwasser, seine nassen Haare hingen ihm in die Augen.

„Die Nähte platzen. Ich lasse die Pumpen schon auf voller Kraft laufen, aber das Wasser dringt trotzdem ein. Das wird das Schiff nicht aushalten. Und die Maschinen auch nicht. Wir müssen den Sturm aussitzen, Pa."

„Den Teufel werden wir tun", grunzte James. „Der könnte uns bis nach Frankreich wehen. Wenn wir nicht gegen ihn ankämpfen, sind wir eine Woche lang auf See und die Fische verrotten."

„Besser die Fische als wir."

„Ich weiß, was ich tue, Mike. Lass mich einfach machen. Du kümmerst dich nur darum, die verdammte Maschine am Laufen zu halten."

Ein heftiger Stoß warf das Schiff zur Seite. Von unten hörten sie die drei anderen Besatzungsmitglieder fluchen und schreien. Michael und sein Vater klammerten sich an den Kompass, als die *Cormorant* einen Moment lang in ihrer Bewegung zu verharren schien, bevor sie nach Backbord herumschwenkte. Sie befand sich nahe eines Wellenkamms und für einige Augenblicke ragte ihr Ruder mit wild im Kreis drehendem Rad aus dem Wasser heraus, während die Maschinen und die Antriebswelle jaulten.

Dann senkte sie sich und schlug wie ein Spielzeugschiff, das von einem gelangweilten Kind fallen gelassen wurde, ins Wellental. Der Bug tauchte ein, grünes Wasser schäumte sechs Fuß bis zu den Fenstern des Ruderhauses hinauf. Das Schiff stöhnte, die Planken kreischten und bogen sich unter den Schlägen der rauen See. Die Tür des Ruderhauses sprang auf und der Nordatlantik gurgelte schäumend und gierig hinein. Innerhalb einer Sekunde standen sie knietief im Wasser.

„Sie geht unter!“, schrie Michael. Sein Gesicht war eine bleiche Maske des Schreckens.

„Nein, tut sie nicht“, bellte sein Vater und stand wieder am Ruder. Er riss am Hebel und drehte die Maschinen bis zum Bersten hoch. „Schließ die verfluchte Tür!“

Der Trawler wirbelte in der Raserei der brechenden Wellen umher. Michael warf sich gegen die Tür und schaffte es, sie vor dem hungrigen Wasser zu verschließen. Er schob den Riegel vor und hielt sich an ihm fest, als sich die *Cormorant* wie ein wütendes Pferd aufbäumte. Sein Vater stand fest am Ruder, fast so, als sei er selbst Teil des Schiffs.

Langsam, ganz langsam hob sich der Bug wieder, und Tonnen von Wasser strömten über achtern. Sie befanden sich auf dem Rücken der nächsten Welle und waren über Wasser.

Sie waren am Leben.

„Was zur Hölle war das?“, fragte Michael heiser. „Hat sich wie eine Kollision angefühlt.“ Unter Deck schrie sich der Rest der Crew gegenseitig an. Das Interkom knisterte. „Käpt’n, eine Planke des Rumpfs ist halb angebrochen. Was in aller Welt hat uns da getroffen?“

„Das *Meer* hat uns getroffen“, antwortete James zähneknirschend. „Das Meer und alles, was sich in ihm befindet.

Michael, lass die Reservepumpen an und sieh, was sich tun lässt, um die Seite abzudichten. Mach schnell."

„Vielleicht war es ein U-Boot", meinte Michael. „Hab gehört, dass so was schon öfter passiert sein soll." Er schleppte sich zum Funkgerät und schaltete es wieder an. Sofort erfüllte statisches Zischen das Ruderhaus.

„Du glaubst im Ernst, in einer Nacht wie dieser würde ein U-Boot an die Oberfläche kommen? Ich hab keine Ahnung, was das war, möglicherweise ein herumtreibender Container. Wir hatten Glück." Er sah seinen Sohn an. „Um Gottes Willen, hör endlich auf, an dem Ding herumzufummeln! Unsere Antenne dürfte beschädigt sein, ich hab bereits alles versucht und konnte ihr keinen Mucks entlocken."

„Die Antenne ist in Ordnung; hab sie vor nicht mal zehn Minuten überprüft. Vielleicht liegt es am Sturm oder an den Wellen."

„Du solltest es besser wissen. Wir sind auf uns allein gestellt, Michael. Hier draußen hört uns niemand und nur wir selbst können uns helfen. Geh jetzt runter und halte diese Schlampe von Schiff für mich über Wasser."

„Pa", sagte Michael. Er sah nun sehr jung, schwach und ängstlich aus. „Pa, glaubst du, dass …"

„Geh nach unten, Sohn. Uns passiert nichts. Bald bricht die Morgendämmerung an. Dieses Ding kämpft sich schon hier raus."

Michael verließ das Ruderhaus. Sein Vater starrte vor sich nach draußen auf die unwegsame Wildnis des Meeres. Er schaltete alle Außenlichter ein, die das Schiff besaß, doch alles, was sie beleuchteten, war ein Getümmel aus gebrochenem, schäumendem Wasser und blaugraue Rücken immenser Wellen, die endlos vor dem Wind herzogen. Nichts war dort draußen, nichts außer dem wütenden Atlantik.

Und im schaukelnden Ruderhaus des Schiffes ging unterdessen das nutzlose Knacken des Funkgeräts weiter und weiter.

ZWEI

„Warum lässt du es nicht einfach bleiben?“, fragte Abby mit entnervter Stimme. Sie fuhr sich mit einer Hand durch das stachelige Gewirr ihrer kurzen, platinblonden Haare. Sie sah aus wie ein wütender Löwenzahn, dachte Connor. Der Gedanke ließ ihn Grinsen. Er lag auf dem Stahlfußboden und schob sich weiter in das Gehäuse des Anomaliedetektors vor, damit sie es nicht sehen konnte. Als sich der Wald aus Drähten kratzend um sein Gesicht wand, blinzelte er.

„Ich kann es schaffen, lass mich einfach mal machen. Es wird nicht lange dauern.“

„Wir sind nicht mehr im Netz, Connor. Lester wird in die Luft gehen, ganz zu schweigen von Cutter.“ Sie verschränkte ihre Arme und tappte ungeduldig mit dem Fuß auf den Boden, doch er antwortete nicht. Ein Grunzen war zu hören, dann folgte das Geräusch zerschnittener Drähte.

„Connor?“

„Gib mir mal den Lötkolben, Abby? Ich hab's gleich, versprochen.“

Aus der Tiefe der Eingeweide der Maschine, die er gebaut hatte, streckte Connor seine gespreizte Hand in einem fingerlosen Handschuh hinaus. Jemand drückte ihm den Lötkolben in die Hand.

„Ah, danke Abs.“

„Gern geschehen“, sagte eine männliche Stimme mit breiten, schottischen Akzent.

Connor erstarrte, blinzelte und wand sich schließlich aus dem Kabelgehäuse hervor, wobei er sein bestes verlegenes Grinsen aufsetze.

„Professor, ich wusste nicht, dass Sie …“ Doch der ältere Mann gab ihm keine Chance.

„Connor, was zum *Teufel* machst du da?“, schnauzte Cutter. Er und Abby standen unter den grellen Lichtern des Anomalie-Forschungszentrums. Beide hatten exakt die gleiche Pose angenommen, die Arme verschränkt, die Köpfe nach unten und die Augen wütend auf Connor gerichtet. Der lag dort, von Schaltkreisfragmenten, Schnipseln vielfarbiger Drähte und einem verbrannten Geruch umgeben, der von dem Loch ausging, das der vergessene Lötkolben gerade in seine Weste brannte.

Connor stand hastig auf, schrie, als der Lötkolben seine Finger versengte, und schlug heftig auf die dünne Rauchfahne, die von seiner Kleidung aufstieg.

„Ich habe eine Theorie“, sagte er schnell, während er auf das Loch in seiner Weste starrte und schwelende Stofffetzen wegwischte. „Es ist folgendermaßen …“

„Wie lange ist es schon offline gewesen?“, fragte Cutter Abby und ignorierte bewusst Connors Proteste.

„Etwa eine Stunde.“

Cutter starrte sie an.

„Anderthalb“, gab sie zu.

„Das sollte besser eine sehr schnelle Theorie sein, Connor“, sagte Cutter.

„Sehen Sie, ich denke, ich kann die Genauigkeit verbessern, periodisch, zeitweise“, sagte Connor und stolperte über die Worte. Seine Hände waren Cutter entgegengestreckt wie die eines Bittstellers. Sein absurder Filzhut saß fest auf seinem Kopf und sein strähniges, schwarzes Haar darunter sah aus, als müsste es dringend gewaschen werden.

„Weiter, aber schnell“, drängte ihn Cutter.

„Ich habe ein paar der Energiequellen für die Konsolen umgeleitet, die eigentlich sowieso nur Blockierungen sind; sie bringen die Lichter zum Blinken und all sowas. Ich kann das Hauptgerät für kurze Stöße betreiben und ...“ Er zögerte. „Naja, ich werde nicht wissen, ob es wirklich einen großen Unterschied macht, bis ich es ausprobiere. Aber theoretisch ...“

„Das hier ist kein Meccano-Gerät, Connor“, sagte Cutter. „Dieses Ding ist wichtig.“

„Aber es wird funktionieren, ich *weiß*, dass es das wird. Ich bin hier fast fertig, Professor. Noch ein paar Minuten und ich kann dem Hauptgerät einen Impuls geben. Nur ein Versuch – das ist alles, was ich will.“

„Dieser Impuls vermehrter Energie ...“

„Naja, es ist nicht nur Saft. Ich habe den Basis-Code umgeschrieben, um ihn elektronisch zu kompensieren. Eigentlich einfach. Man muss nur ...“

„Du hast die Basis-Software des Detektors umgeschrieben?“ Cutters rotblonde Augenbrauen schossen seine Stirn hinauf.

„Naja, nur ein bisschen“, gab er unbeholfen zu.

Cutter drehte sich um und starrte auf die großen Glasfenster, die die Grube umgaben, in der der Anomalie-Detektor ruhte. Der Detektor selbst sah aus wie das begehrenswerteste Heimkinosystem, das jemals erfunden wurde, kombiniert mit einem Block aus grauen Stahlschrägen, die die Innereien des Dings verbargen. Niemand in den umliegenden Büros sah in ihre Richtung; noch hatte niemand bemerkt, dass die normalerweise blau flackernden Bildschirme des Detektors jetzt schwarz waren.

Cutter drehte sich mit zusammengebissenen Zähen um. Die stets sichtbaren Falten unter seinen Augen wurden durch das grelle Licht noch stärker betont.

„Connor, ich gehe davon aus, du hast nie von dem Sprichwort gehört ‚Wenn es nicht kaputt ist, dann reparier' es nicht'?", fragte Cutter.

„Aber Professor, wie können wir denn Fortschritte machen, wenn wir nicht an den Dingen herumbasteln, um zu sehen, wozu sie fähig sind? Wo bliebe denn der Spaß dabei?"

Cutter blickte zurück zum Detektor. Es sah so aus, als habe man ihm ein Gutteil seiner Eingeweide herausgerissen, zerhackt und in Teilen aus Kupferdraht, ausrangierten Transistoren und leuchtend buntem Isolationsgummi über den Boden verteilt.

„Herrgott, Connor, wenn du dieses Ding kaputt gemacht hast, wird dir Lester das Leben zur Hölle machen."

Auf diese Weise ermutigt fiel Connor auf die Knie, und tastete mit einer Hand nach dem qualmenden Lötkolben.

„Zehn Minuten, Professor – höchstens fünfzehn. Und dann läuft er wieder wie geschmiert. Ehrlich."

„Mach dich an die Arbeit", sagte Cutter mit einem widerwilligen Lächeln, und als Connor zu ihm hinauf grinste, blaffte er, „Na los jetzt!"

Connor verschwand wieder im Bauch der Maschine. Abby schüttelte den Kopf.

„Können wir ihn nicht einfach mit etwas Lego in ein Zimmer sperren?"

„Er hat das Ding gebaut", antwortete Cutter mit leiser Stimme, darauf bedacht, dass der junge Mann ihn nicht hörte. „Er weiß, was es kann."

Der Wind hatte ein wenig nachgelassen, fand James, und der Himmel zeigte sich in grauem Licht, das vor einer halben Stunde noch nicht dagewesen war. Die Morgendämmerung ließ nicht mehr lange auf sich warten.

„Lange Nacht", sagte sein Sohn, der sich gegen die Tür des Ruderhauses stützte, während das Wasser noch immer knöcheltief um ihn herumwirbelte. Er hatte wie der Rest der

Crew seinen orangefarbenen Überlebensanzug angelegt. Kieran machte gern Witze darüber, dass der Anzug zu seinen Haaren passte und dass die beiden Murnahan-Brüder zu klein waren, um ihre richtig auszufüllen.

„Lange Nacht", stimmte James zu. Seine Augen brannten vor Salz und Müdigkeit. „Zünd mir eine an, ja, Michael?"

Sein Sohn zog eine zerdrückte Selbstgedrehte aus der Dose auf dem Kompassgehäuse, zündete sie mit einem Plastikfeuerzeug an, stieß blauen Rauch aus und schnitt eine Grimasse.

„Diese Dinger werden dich umbringen", sagte er zu seinem Vater, als er sie zwischen die Lippen des älteren Mannes schob.

„Aber nicht heute", antwortete James Mackey und sog dankbar den Rauch ein.

Unter ihnen bewegte sich die *Cormorant* nun wie ein vernünftiges Wesen. Die Wellen, auf denen sie ritt, waren zwar noch immer Monster, aber sie drohten nicht mehr jedes Mal, vom Wind zum Kentern gebracht zu werden, sobald sie einen Wellenkamm erreichten. Noch immer brachte es der Wind auf dreißig Knoten, aber das war zu dieser Jahreszeit nichts Ungewöhnliches für den Nordatlantik. Sein Gekreische und das Gebrüll der See wetteiferten nun mit dem knurrenden Geratter der Maschinen und dem dumpfen Aufschlag der ununterbrochen arbeitenden Bilgepumpen.

Das Schiff lebte. Es kämpfte mit einer Tapferkeit gegen das Wasser und den Wind, die James Mackey das Herz erwärmte.

Kieran kam durch das Wasser platschend den Niedergang herauf.

„Wir sind wieder stabil", sagte er. Er musste nicht mehr so laut rufen, um gehört zu werden. „Die zusätzlichen Pumpen haben funktioniert, allerdings werden Liam und Sean bald die Arme abfallen vor lauter pumpen."

„Wie sieht es aus?", fragte ihn James.

„Das Wasser steht da unten immer noch einen Fuß hoch, aber wir halten das Tempo. Wie ist unsere Position, Käpt'n?"

James nickte Michael zu. Doch der konnte seinen Blick nicht von den gewaltigen Wellen nehmen, die sich vor ihm brachen. Das Schiff erklomm sie, als kletterte es den schwarzen, glänzenden Rücken eines riesigen Ungetüms empor. Sein Sohn beugte sich über den GPS-Bildschirm und tippte ungeduldig mit einem Zeigefinger darauf.

„Wir sind 240 Meilen draußen, südwestlich von Bantry." Er überprüfte das Wetter auf dem anderen Bildschirm; die meteorologische Station der Küstenwache von Cork aktualisierte es alle paar Minuten. „Guns Island ist fünfundzwanzig Meilen nordwestlich von uns."

„Gott sei Dank sind wir daran vorbei gekommen", sagte James paffend. „Ich habe von Schiffen gehört, die mit dem Nordostwind im Rücken mit voller Kraft dagegen gedonnert sind. Die Insel ist so schwarz, dass man sie nachts nicht sehen kann."

„Ich dachte, da gibt es ein Leuchtsignal", sagte Kieran.

„Gab es auch, aber das ist schon seit Monaten außer Betrieb. Sie streiten darüber, wem die Insel gehört, uns oder den Franzosen, also darf keiner da raus gehen und es reparieren, bis sie sich in Brüssel geeinigt haben. Jedenfalls hab ich das gehört."

„Ich habe gehört, die Briten haben sie im Krieg übernommen und darauf eine geheime Basis errichtet", meinte Michael.

„Glaub nicht alles, was du hörst. Da gibt es jetzt nichts außer ungefähr eine Millionen Tölpel und drumherum sind tausend Fuß hohe Klippen. Wer auch immer sie will, kann sie haben, soweit es mich betrifft."

„Zweiundvierzig Meilen", sagte Kieran. „Wie viel machen wir, Käpt'n?"

„Zwanzig Knoten."

„Schaffen wir es, bevor der Fang verdirbt?"

„Mit ein bisschen Glück, und falls …"

Plötzlich riss sie eine gewaltige Erschütterung von den Füßen. Das Schiff zitterte und ächzte wie ein lebendes Wesen, das sich im Wasser wälzt. Von unten erklangen die ängstlichen und schmerzerfüllten Stimmen der Murnahan-Brüder.

„Was zum *Teufel*?", rief Michael und platschte auf Händen und Knien in dem überfluteten Ruderhaus umher. Da gab es einen weiteren Aufprall, dieses Mal tief an der Hülle. Es war, als ob etwas gegen die Holzplanken des Schiffes schlagen würde, wie ein Stier, der ein Tor attackiert. Die *Cormorant* wurde seitlich durchs Wasser geschoben, und die wütenden Wellen, auf denen sie ritt, spritzten in explodierenden Geysiren aus Gischt, wenn der Kiel sie durchschlug.

Der Trawler neigte sich nach Steuerbord und im Ruderhaus stolperten James, Michael und Kieran übereinander wie Säcke und prallten gegen die Schottwand. James' Kopf prallte hart gegen eine Deckstütze und wurde begleitet von einem roten Schwall aus Blut aufgerissen, dessen Spritzer das Gesicht seines Sohnes von einer Sekunde zur anderen scharlachrot färbten.

„Pa!", schrie Michael.

Ein weiterer Aufprall, dieses Mal am Bug. Das Heck des Schiffes hob sich aus dem Wasser und die schäumende, grüne See verschlang seinen Bug. Über dem chaotischen Gebrüll des Sturms erhob sich ein weiteres Geräusch – das Brüllen eines Tieres.

Die Fenster des Ruderhauses zerbarsten, sodass das Meer hineinströmte, eine weiße Furie flutenden Wassers. In Sekundenschnelle stand das Ruderhaus erst hüfthoch, dann brusthoch unter Wasser. Das Wasser schoss den Niedergang hinunter und überflutete die unteren Bereiche und den Maschinenraum. Es füllte das Schiff, würgte den Dieselmotor ab und ertränkte die Batterien.

Die Lichter gingen aus. Die *Cormorant* kippte stöhnend vor Protest weiter nach Steuerbord, wie ein erschöpftes Tier, das seinen Kopf niederlegt.

Michael Mackey riss seinen Kopf hoch über das Wasser.

„Pa! Kieran!" Ein Körper in einem Überlebensanzug trieb mit dem Gesicht nach unten im trüben, grauen Licht des zerstörten Ruderhauses vor ihm. Er griff danach, doch in diesem Moment brach etwas Riesiges und Dunkles direkt durch die Schottwand. Es schmetterte durch die neun Zoll dicken Holzplanken, als ob es Streichhölzer wären; etwas, das einer schwarzen Rakete glich. Mit ihm kam ungesunder Geruch wie von uraltem, verrottetem Seetang oder wie Fisch, den man in der Sonne hatte liegen lassen, herein.

Michael sah Zähne wie Speerspitzen, erblickte kurz einen roten Schlund, bevor es sich wieder zurückzog. Gelähmt vor Schock starrte er vor sich hin, während das Wasser bis über seinen Kopf stieg.

Die *Cormorant* überschlug sich mit langem, schwerfälligen Stöhnen zerreißenden Holzes und kenterte, als sie von Hunderten Tonnen an Wasser schließlich hinabgezogen wurde. Eine große Welle spülte über ihre nach oben gedrehte Hülle und das Loch, das durch sie geschlagen worden war.

Als das Schiff sank, krabbelte Michael mit berstenden Lungen aus dem zerbrochenen Ruderhaus, sein Verstand war durch den Schock weiß und leer geworden. Der Überlebensanzug hob ihn hoch, seine Rettungsweste blies sich um seine Schultern herum auf und zog ihn nach oben, fort von dem zerstörten Kadaver des verlorenen Trawlers. Er stieß einen lauten Schrei aus, als er die Oberfläche durchbrach, sog Luft und Gischt ein, und hustete, als das Salzwasser in seinen Mund geriet.

Er schaukelte dort im düsteren, grauen Licht der Stunde vor der Morgendämmerung, das Stroboskoplicht seiner Rettungsweste blinkte, die Kälte des Atlantiks durchstieß selbst das schützende Gummi seines Anzugs.

„Pa!“, rief er dem vorbeiströmenden Himmel entgegen. „Kieran!“ Doch es kam keine Antwort. Und dann brach etwas durch die Oberfläche neben ihm. Es war so riesig, dass er für eine Sekunde dachte, der Trawler würde wieder auftauchen. Eine geschmeidige, schwarze Form, vierzig, fünfzig – vielleicht sechzig Fuß lang und schwarz wie ein U-Boot. Michael starrte es mit weit aufgerissenen Augen und starr vor Angst im gischtgepeitschten Morgen an. Noch während er hinsah, tauchte es wieder unter. Er erhaschte einen Blick auf einen stumpfen Schwanz. Es gab keine Walflossen daran – dies hier war kein Wal – und dann war es verschwunden.

Er trieb wieder allein inmitten des trostlosen Atlantiks, das kalte Wasser brachte ihn langsam seinem Tod näher, sein Geist war so taub wie seine erfrierenden Gliedmaßen. *Warum wollte das Funkgerät nicht funktionieren?*

Es war der letzte bewusste Gedanke seines Lebens.

DREI

„Muss ich nachfragen, was hier los ist, oder wird irgendjemand so gut sein, es mir zu erklären?“, forderte James Lester. Er stand da und drehte an dem Siegelring, den er am kleinen Finger trug. Sein Dunhill-Anzug hing makellos von seinen Schultern.

„Ich sehe, dass die Reinigungskräfte ihren üblichen exzellenten Job gemacht haben“, fügte er hinzu, während er auf das Durcheinander aus Drähten und Plastik-Schaltkreisen starrte, das den Boden bedeckte.

„Wir haben den Anomalie-Detektor justiert“, erklärte ihm Cutter. „Nur noch ein wenig Feinabstimmung. Es ist alles in Ordnung.“

„In Ordnung“, wiederholte Connor und grinste nervös.

Lester sah auf die blauen Bildschirme des Detektors und schürzte die Lippen.

„Was für ein bedeutungsloser Ausdruck das ist. Alles ist heutzutage *in Ordnung*, wenn es nicht gerade *okay* ist. Dennoch sieht es für mich – einen Laien – so aus, als hätte unser kleiner Programmierer hier mit einem Spielzeug gespielt, das ihm nicht gehört …“

„Ich habe das hier gebaut – ich habe gemacht – ich meine, ich habe nichts Falsches getan“, begann Connor empört, doch bei dem Blick auf Lesters Gesicht verklang es zu einem Murmeln.

„Solange es funktioniert“, ließ Lester mit einem Anflug von Lustlosigkeit in der Stimme verlauten. „Ist das alles, wofür Sie mich hier herunter geholt haben, um den Abfall auf dem Boden zu betrachten?“

„Wir sind kurz davor, etwas zu versuchen“, berichtete Cutter. „Wir dachten, Sie sollten hier sein. Clau…“ Er hielt für einen Moment inne. „Jenny und Stephen sind unterwegs.“

Lester entging der verbale Ausrutscher nicht und er starrte Cutter an. Sein blasses Gesicht war für einen Moment aufmerksam.

„Ich gehe davon aus, Sie fühlen sich gut, Cutter? Keine Gedankenstürme, keine kleinen Vernunftsentgleisungen?“

„Es geht mir gut – vollkommen gesund und munter“, antwortete Cutter mit einem Knurren in seiner Stimme.

„Ich bin froh, das zu hören.“ Lester drehte sich um und winkte einen weißgekleideten Techniker herbei, der sich mit gezücktem Klemmbrett im Hintergrund herumgedrückt hatte. „Machen Sie sich nützlich, Mann. Bringen Sie mir einen Kaffee. Schwarz, keinen Zucker.“ Als er zögerte, schnauzte Lester: „Laufen Sie schon. Ich zahle Ihr Gehalt, wissen Sie?“

Der Mann machte sich davon.

„Nun ja, wenigstens erhalte ich Fördermittel“, sagte Lester mit einem Schulterzucken. Dann lächelte er ein wenig. Er hatte eine Gabe dafür, ohne Humor zu lächeln. Er lehnte sich nach vorn und starrte auf die Anhäufung der flachen, flackernden Bildschirme, die die Displays des Anomalie-Detektors bildeten. Landkarten des Vereinigten Königreichs rollten auf ihnen vor und zurück und Tabellen aus Zahlen und Graphen von wellenförmigen Frequenzen kamen und gingen. „Es sieht für mich genauso aus wie immer.“

„Es gibt einen neuen Knopf auf der Konsole“, führte Connor aus. „Der rote, gleich dort – aber berühren Sie ihn nicht!“

„Ich beabsichtige nicht, das zu tun“, sagte Lester und richtete sich auf. „Beamte und rote Knöpfe sind keine gute Kombination. Ich bin absolut zufrieden damit, das Ihnen zu überlassen." Er sah auf seine Uhr. „Aber nicht mehr lange. Cutter, ich bin ein beschäftigter Mann ..."

Das Klackern von Absätzen auf Beton brachte ihn dazu, sich umzudrehen. Jenny Lewis kam die verstärkte Rampe herunter, die zur zentralen Grube des ARC führte. Sie trug einen kurzen Rock, eine elfenbeinfarbene Bluse und eine Perlenkette. Ihr dunkles Haar war in einem Knoten hochgebunden und sie stolzierte die Rampe hinunter, als ob es ein Laufsteg wäre, den Kopf hoch erhoben, die Augen blitzend. Alle drei Männer, die um den Detektor standen, hielten inne, um sie anzusehen. Ihre Blicke wanderten von ihren Beinen zu ihrem Gesicht und wieder zurück.

„Ich war in einem Meeting", sagte Jenny. „Was ist denn so brennend wichtig?" Hinter ihr joggte Stephen Hart die Rampe hinunter. Sein T-Shirt klebte an seinem trainierten Oberkörper und auf seinem ebenen, glattrasierten Gesicht glitzerte Schweiß. Seine Augen glänzten unter den dunklen Brauen.

„Und ich war eine Runde laufen", sagte er. Hinter ihm, am oberen Teil der Rampe, erschien der Techniker wieder.

„Du trägst dein Handy mit dir rum, wenn du läufst?", fragte ihn Abby.

Er hielt es schwer atmend hoch.

„Na klar. Man weiß ja nie, wann irgendeine enthusiastische Person einen anruft, und einem sagt, dass man alles stehen und liegen lassen soll", sagte er scharf. „Also, was soll die Hektik? Es gibt keinen Alarm, oder?"

„Wir sind hier, um zu sehen, wie Connor einen roten Knopf drückt", sagte Lester trocken. Er nahm seinen Kaffee entgegen, winkte den Techniker ohne Dank davon und zog eine Grimasse, als er ihn probierte. „Also gut, Professor, wir sind alle hier, nun erstaunen Sie uns."

Cutter sah zu Connor und hob eine Augenbraue.

„Sie ist dein Baby“, sagte er und klang dabei nicht vollkommen zuversichtlich.

„Versuch, dir keinen Stromschlag zu verpassen“, sagte Abby.

„Sehr witzig“, gab Connor zurück. Er leckte sich die Lippen und legte einen Finger auf den roten Knopf. „Also, was hier jetzt gleich passieren wird ist …“

„Tu's einfach, Connor“, blaffte Cutter.

Connor drückte den Knopf.

Und um sie herum brach das Chaos aus.

Der Sea King bahnte sich seinen Weg durch den Sturm wie ein wütender Drache. Der Helikopter mit dem rot-pinken Anstrich der irischen Küstenwache erreichte brummend in etwa 200 Fuß Höhe über dem Nordatlantik fast das Ende seines Suchgebietes. Der Pilot fluchte bei seinem Kampf, die Maschine ruhig und gerade zu halten.

„Elf Minuten, bis wir umkehren müssen“, ertönte knackend die Stimme des Kopiloten, und der Pilot nickte. Seine Kopfhaut war schweißnass unter dem schweren Helm und seine Fliegerhandschuhe, mit denen er den Steuerknüppel umklammerte, wurden vom Schweiß immer weicher. Mit einer Drehung seiner Hand öffnete er die Drosselklappen, woraufhin die mächtigen Rolls-Royce-Gnome-Turbinen noch lauter dröhnten. Da der Wind unablässig die Nase des Helikopters emporzureißen versuchte, drückte der Pilot die Maschine Zentimeter um Zentimeter tiefer, um überhaupt weiter geradeaus fliegen zu können.

„Windgeschwindigkeit bei sechsundfünfzig Knoten“, sagte der Kopilot.

„Ich brauche ein Bier“, meinte Jeff, der Pilot, schwach grinsend, während er das Geschehen hinter der regengepeitschten Scheibe fixierte.

„Wenn wir hiervon zurückkommen, geht das Bier auf

mich." Das war die Stimme des dritten Crewmitglieds, dem Winchman. In der anschließenden Pause waren die drei Männer in ihre Aufgaben vertieft.

Dann sagte der Kopilot: „Captain, es sind noch sechs Minuten bis wir spätestens umkehren müssen. Ich schlage vor wir kehren um zu …"

„Ich sehe etwas!", rief der Winchman aus. Er lehnte sich trotz des Chaos' draußen sicher von seinen Gurten gehalten durch die geöffnete Seitentür und wischte Regen und Gischt von seiner Schutzbrille. „Jeff, ich sehe einen Körper im Wasser, direkt vor unserer Backbordseite. Ich sehe einen Überlebensanzug. Vielleicht 300 Meter entfernt."

„Ich drehe. Dave, geh am besten nach hinten."

„Roger." Der Kopilot löste die Gurte seines Sitzes und ging stolpernd nach achtern, während die schwere Flugmaschine vom Sturm durchgeschüttelt wurde. „Wird dieser verdammte Wind jemals nachlassen?", murmelte er in das Headset.

„Ganze Rugby-Teams an Tiefdruckgebieten kommen von Westen rüber. Das wird noch Tage so weitergehen; vielleicht Wochen", antwortete der Pilot, in dessen Stimme Anstrengung mitschwang.

„Ich bin an der Winde", sagte der Kopilot. „Mike, bist du bereit?"

Der Winchman schlug ihm auf die Schulter. „Sag mir einfach wann ich springen soll, Dave, und bleib in der Nähe, um mich wieder abzuholen." Beide blickten sie hinab auf die sturmtosende Fläche unter ihnen.

„Wo ist er hin?", rief der Kopilot. „Gott, ja, ich sehe ihn. Jetzt Mike, los, los, *los*!"

Der Winchman sprang mit den Füßen zuerst, die Arme um seinen Oberkörper gelegt. Pfeilschnell schoss er ins Meer und verschwand.

„Halt ihn ruhig", rief der Kopilot in sein Funkgerät. „Wir

sind im Wasser. Ich sehe ihn. Wir machen unser – *verdammt* ...“ Plötzlich wurde der Helikopter vom Wind wie mit einer Faust, die ihn auf der Breitseite traf, zur Seite geschoben.

„Tschuldige, Dave“, sagte der Pilot. „Er spielt mit uns. Komme zurück auf Station.“

„Zwanzig Meter backbord“, sagte der Kopilot. „Er winkt. Ich lasse jetzt die Winde runter.“ Er schlug gegen den Knopf und das schwere Kabel mit den daran befestigten Gurten begann sich abzurollen, dem Meer entgegen.

„Steuerbord fünf Meter. Halten. Hier halten – halt die Schwebeposition, Jeff. Er befestigt die Gurte. Er hat Probleme. Gott, Mike, beeil dich.“

„Treibstoff ist im roten Bereich. Mindesttreibstoffbedarf für Rückkehr in achtzehn Minuten. Wir müssen uns hiermit beeilen, Dave“, warnte der Pilot.

„Es gibt ein Problem. Er befestigt die Gurte. Er ... verdammt, er hat sie wieder verloren. Was zum Teufel ist sein Problem? Er trödelt rum wie ein alter Mann. Warte, warte – Ich hab ein Daumen-hoch. Ich ziehe jetzt die Winde ein.“ Der Kopilot betätigte die Windenkontrolle, woraufhin sich das Kabel um die Trommel zu wickeln begann und so den Winchman und seinen Fang nach oben zur offenen Helikoptertür zog.

„Mein Gott, mein Gott“, sagte der Kopilot, als die Gurte vom Meer nach oben kamen.

„Dave, was ist los?“

„Halte die Position. Er ist jetzt an der Tür.“

Der Pilot blinzelte den Schweiß aus seinen Augen und versuchte, nicht auf das rote Blinken der Treibstoffwarnleuchte zu sehen. Er konnte es noch immer schaffen; sie würden diesen Wind auf ihrem Heimweg im Rücken haben. Sie würden in Sicherheit sein.

„Sprich mit mir!“, knirschte er in seinen Helm. „Dave, sind wir sicher?“

Die Stimme seines Kopiloten klang äußerst seltsam als er antwortete. „Alle sicher, Captain. Bring uns nach Hause. Komme zurück ins Cockpit."

Die Nase des Sea King hob sich und er taumelte mit dem Wind im Rücken zurück Richtung Osten. Die Fluggeschwindigkeit stieg an und die Turbinen brüllten. Sie würden es schaffen. Die irische Küste war weniger als hundert Meilen entfernt. Sie würden es schaffen.

„Bantry, hier ist Alpha One Zero", sagte der Pilot. Seine Stimme war nun präzise und professionell. „Wir kehren mit einem geborgenen Opfer zur Basis zurück. Bitte um medizinische Unterstützung bei der Landung. Warte noch auf Bericht über Zustand des Opfers, over."

Eine zischende, weitentfernte Stimme kam zu ihm zurück.

„Alpha One Zero, Roger zu Ihrer Durchsage. Warte auf weiteren Lagebericht, out."

Der Kopilot erreichte das Cockpit und schnallte sich an. Dann saß er für einen Moment wortlos da und starrte mit leerem Blick durch das Plexiglas der Cockpitfenster.

„Er hat es nicht geschafft, oder?", sagte der Pilot schwerfällig.

„Nein Jeff, hat er nicht." Der Kopilot wischte sich mit einer behandschuhten Hand über das Gesicht. „Herrgott, er war – er war in zwei Hälften geschnitten, Captain."

„Was? Allmächtiger. Armer Kerl. Er muss in die Schiffsschraube gekommen sein."

„Schätzte ja." Der Kopilot zögerte, bevor er leise sagte: „Zwischen uns beiden Jeff, es sieht mehr so aus, als wäre er entzwei gebissen worden. Von verdammt großen Zähnen."

Der Pilot war für einen Moment still bevor er antwortete.

„Naja, ich bin mir da nicht sicher, aber das können die Ärzte herausfinden. Oder der Leichenbeschauer. Irgendein Ausweis?"

„Er war mit Sicherheit auf der *Cormorant*. Der Name auf

dem Anzug war Mackey. Er war jung – muss der Sohn gewesen sein.“

„Naja, wenigstens wird seine Mutter jetzt etwas haben, das sie beerdigen kann.“

„Nicht viel, Jeff. Es ist nicht viel von ihm übrig, um einen Sarg zu füllen.“

Der Sea King donnerte vor dem Sturm entlang, mit drei schweigenden Crewmitgliedern an Bord. Der Winchman saß auf dem Deck im hinteren Abteil und starrte auf den abgetrennten Rumpf, der vor ihm lag. Dann lehnte er sich aus der offenen Luke und übergab sich in den Wind.

VIER

Sie schalteten die heulende Sirene ab, doch die roten Warnleuchten, die um die Grube des ARC platziert waren, blinkten weiter und tauchten sie alle in ein blutiges, grelles Licht.

„Komm schon, Connor“, sagte Cutter mit vor Dringlichkeit geweiteten Augen. „Mach es fest – *finde sie.*“

„Ich versuch's ja, ich versuch's ja“, erwiderte Connor. Seine Finger flogen über die Tastatur. Wie besessen scannte er die blauen Bildschirme vor sich, während Lester, Jenny, Abby und Stephen angespannt und still daneben standen.

„Sie ist nicht auf dem Festland von Großbritannien, Professor. Sie ist weiter westlich.“

„Sie ist im Meer“, sagte Stephen. „Im Atlantik. Das ist eine Premiere.“

„Ja, wie wunderbar“, sagte Lester ironisch. „Wenigstens müssen wir uns keine Sorgen machen, dass die Öffentlichkeit zufällig darauf trifft. Möwen vielleicht. Oder ein gelegentlicher Schwarm Kabeljau.“

„Ich hab's!“ Dann sprang Connor auf seinem Stuhl förmlich auf und ab. „Professor, Ich hab's! Sie ist südwestlich von Irland, etwa 200 Meilen draußen auf dem Meer, es ist – es ist ...“, er hielt inne.

„Was ist es?“, verlangte Lester ungehalten zu wissen.

„Es ist mehr als eine“, berichtete Connor. „Es sind zwei, drei, vier – mein Gott, Professor, da draußen sind mindestens ein halbes Dutzend geöffnete Anomalien."

„Lass mich mal sehen." Cutter lehnte sich mit angespanntem Gesicht näher heran und betrachtete mit seinen blassblauen, weit geöffneten Augen aufmerksam den Bildschirm vor sich. Nach einer Minute richtete er sich auf. „Kannst du die Auflösung für dieses Ding verbessern?"

„Ich versuche es. Sie knirscht schon ein bisschen. Das ist so abgefahren!"

Lester wandte sich ungeduldig und mit kaltem Ärger ab.

„Das ist ein Albtraum", sagte er. „Dann war Peru also kein Zufall – es hat sich tatsächlich international ausgebreitet. Ich nehme an, dass was unvermeidlich. Jenny, ist Ihnen klar, was das bedeutet?"

Jenny nickte. „Die Dinge werden kompliziert."

„Das ist eine maßvolle Art, es zu beschreiben."

Cutter sah vom Monitor auf.

„Sie sind nicht im Meer, zumindest nicht alle von ihnen."

„Was meinen Sie damit?", fragte Abby. „Das ist doch nur ein riesiger Ozean da draußen, der ganze Atlantik."

„Er hat recht, Leute", sagte Connor. „Mit all diesen Stördaten auf dem Bildschirm ist es schwer zu erkennen, aber ich denke, da draußen ist irgendeine Art von Insel, und die Anomalien sind darum herum angehäuft."

„Gehen Sie aus dem Weg." Lester drängte Connor zur Seite und starrte angestrengt auf den Bildschirm des Detektors. Nach einem Moment sagte er: „Wir brauchen Landkarten und Seekarten des gesamten Nordatlantik. Jenny, ich will einen offenen Kanal zu unseren Freunden in der Royal Navy." Er richtete sich auf und seufzte. „So wie es aussieht werden wir es dieses Mal mir den Iren zu tun bekommen."

Es gab ein zischendes Geräusch, einen sanften Knall, und der Anomalie-Detektor ging für eine Sekunde aus. Dann flackerten die Bildschirme zurück ins Leben.

„Connor?", fragte Cutter. Der junge Mann zuckte nur mit den Schultern.

„Es war nur ein temporärer Impuls. Ich habe es noch nicht geschafft, das Ding permanent zu verkabeln. Sollte aber keinen Schaden verursacht haben. Vielleicht muss ich aber nochmal offline gehen, nur zur Sicherheit."

„In Zeiten wie diesen drängt sich der Begriff *Fachidiot* auf", sagte Lester grimmig. „Cutter, was sind die Folgen einer Unterwasseranomalie?"

Cutter stieß einen Seufzer aus.

„Sie sind schwerwiegend", sagte er. „In gewisser Weise ist es viel schlimmer als eine Anomalie auf dem Land. Solange sie offen bleibt, wird Wasser durch sie gelangen und was auch immer in diesem Wasser ist, wird ebenfalls in unseren Ozeanen landen. Unser einziger Trost ist, dass der Nordatlantik zu dieser Jahreszeit sehr kalt ist – kälter als der Ozean der meisten alten Epochen. Wenn Warmwasserkreaturen hindurch kommen, sollten sie nicht lange überleben, jedenfalls nicht lang genug, um irgendwelchen großräumigen, ökologischen Schaden anzurichten."

„Nun, das ist ausnahmsweise mal beruhigend. Und wenn die Landbewohner alle auf dieser kleinen Insel sind, dann ist das Problem zumindest eingegrenzt." Lester nahm sein Handy, starrte es an, hob dann den Kopf und sah zu dem weißgekleideten Techniker, der sich noch immer fasziniert in ihrer Nähe aufhielt und einen Becher mit abgekühltem Kaffee in der Hand hielt. „Ich glaube, ich habe nach ein paar Land- und Seekarten gefragt. Denken Sie, Sie kriegen das hin, oder soll ich losgehen und selbst in den Schränken herumwühlen?"

Als der Mann davoneilte, schürzte er die Lippen.

„Eventuell internationale Gewässer", sagte er leise. Er tippte mit seinem Telefon gegen seine Oberlippe. „Das könnte interessant sein."

„Ich hab's", sagte Connor.

„Was haben Sie? Haben Sie nicht genug für einen Tag gehabt, Temple?“

Connor hatte seinen privaten Laptop geöffnet und ihn auf die Konsole des Anomalie-Detektors gestellt. Auf dem Bildschirm war eine Karte zu sehen, und Cutter lehnte sich über Connors Schulter.

„Sie heißt Guns Island“, sagte er. „Scrollen Sie ein wenig nach unten. Ja, fünfzehn Hektar groß, umgeben von Meeresklippen. Eine wichtige Nistkolonie für Tölpel …“

„Tölpel. Wundervoll“, sagte Lester. „Dann hoffen wir mal, dass wir uns nur darum sorgen müssen, dass die königliche Vogelschutzgesellschaft sich über ein paar tote Vögel aufregt.“

Jenny lehnte jetzt ebenfalls nah über dem Laptop.

„Google Earth“, sagte sie. „Brillant.“

Cutter warf ihr einen seitlichen Blick zu. Ihr Gesicht war recht nah an seinem, und er konnte ihr Parfüm riechen, wie auch den Duft ihres Haars.

„Wir haben ein Problem, James“, sagte sie und richtete sich wieder auf. Cutter sah sich plötzlich nicht mehr Jennys hübschem Ohr gegenüber, sondern starrte auf Connor Temples leuchtendes Gesicht. Connor lächelte nervös und sein Adamsapfel hüpfte in seiner Kehle auf und ab.

Cutter runzelte die Stirn.

„Irland und Frankreich verhandeln über den Herrschaftsanspruch auf die Insel“, fuhr sie fort. „Offenbar gibt es dort im umliegenden Meeresgrund große, natürliche Gasreserven, also wird derjenige, der die Insel bekommt, auch das Gas bekommen.“

„Mit anderen Worten“, begann Stephen und trat vor, „würde unsere Anwesenheit dort ein paar Erklärungen verlangen.“

„Es wird noch besser“, sagte Connor. „Seht euch das an, Leute.“

„Wikipedia?“, sagte Abby verächtlich. „Hast du eine

Ahnung, wie viel von dem was da steht totaler Quatsch ist?"

„Eine Menge davon ist ziemlich genau", protestierte Connor. „Einschließlich dem hier, denke ich."

Cutter las den laufenden Text auf dem Bildschirm laut vor. „Während des Zweiten Weltkriegs wurde auf Guns Island ein kleiner Beobachtungsposten gebaut, um nach deutschen U-Booten Ausschau zu halten. In den frühen Jahren des Kalten Kriegs weitete Großbritannien diesen Posten zu einer kleinen Basis aus und es ging das Gerücht, dass an diesem Ort Tests für biologische Waffen durchgeführt wurden. Nachdem der Kalte Krieg vorbei war, wurde die Angelegenheit des Herrschaftsanspruchs für die Insel einem internationalen Schiedsgericht übergeben. Großbritannien hat sämtliche Ansprüche auf Guns Island abgegeben, und nun wird in den internationalen Gerichtshöfen über den Besitz des Ortes debattiert, wobei die beiden Anspruchsteller …"

„… Frankreich und Irland sind", unterbrach ihn Lester. „Jetzt sind also unsere europäischen Partner involviert. Das wird ja immer besser."

„Das Außenministerium …", fing Jenny an.

„Machen Sie sich um die keine Sorgen. Die werden in ihren Clubs sein, die Zeitung lesen und den Verlust des Empire beklagen", sagte Lester mit einem freudlosen Lächeln. Er tippte gegen den Bildschirm seines Handys und hielt es an sein Ohr. „Ja, Sir Charles Morley bitte", sagte er und starrte dabei in die Luft. „Hier spricht James Lester, Innenministerium. Ja, ich bleibe dran."

Er sah sich unter dem Rest von ihnen um.

„Ich schlage vor, Sie ziehen sich warm an", sagte er zu Cutter. „Der Nordatlantik kann zu dieser Jahreszeit bitterkalt sein. Sagt man jedenfalls."

Die Versorgungslager des ARC waren ein weißgestrichenes Betongrab mit eisernen Türen. Das Team trat nacheinander ein und Cutter warf die schwere Tür hinter ihnen zu. Connor lief sofort, mit einem breitem Grinsen im Gesicht, die Gänge zwischen den Regalen und Gerüsten entlang. Seine Hände wanderten über die Massen an ordentlich aufgestellter Ausrüstung und Waffen. Er sah aus wie ein Kleinkind, das man im Spielzeugladen losgelassen hatte.

„Ich liebe diesen Ort", sagte er. „Es ist wie in dieser Szene aus Matrix, wenn Neo sagt, ‚Wir brauchen Waffen, jede Menge Waffen.'"

„James Bond, zieh dich warm an", sagte Stephen. „Sogar Q wäre hiervon beeindruckt gewesen."

Connor hob ein glänzendes, schwarzes Gewehr aus dem Regal. „Kann ich das haben?"

Stephen ging lächelnd auf ihn zu.

„Das ist ein M4 Karabiner mit Ausklappstütze und SUSAT-Weite, 5,56mm Kaliber. Es ist hübsch und leicht, nicht wahr?"

„Ja!", sagte Connor fröhlich und wiegte das schwarze Gewehr in seinen Händen.

„Du kannst es nicht haben", sagte Stephen. Er nahm es aus Connors Griff und legte es wieder ins Regal.

„Ach, Leute", jammerte Connor, „sogar Abby darf 'ne Waffe haben.

„Sogar Abby?", sagte Abby. Sie blies sich ein blondes Haar aus dem Gesicht. „Der Grund dafür, Connor, ist, dass *Abby* eine Schusswaffe benutzen kann, um das zu treffen, auf das sie zielt. Sie feuert nicht wild in der Gegend rum, sie behandelt diese Dinger nicht wie Spielzeuge – und sie neigt dazu, nicht auf ihre Freunde zu schießen!"

Connor senkte den Kopf.

„Das war nur einmal", murmelte er.

„Denkt im kleinen Rahmen", sagte Cutter, der die Regale entlang auf und ab wanderte. „Wir fliegen diesmal in ein fremdes Land und können nicht außer Rand und Band geraten."

„Wir werden außerdem auf einer verlassenen Insel sein,

Hunderte von Meilen von jeglicher Zivilisation entfernt ", erklärte ihm Stephen. „Wir müssen jede Menge Überlebensausrüstung einpacken und uns auf das Schlimmste vorbereiten."

„Ich bin *immer* auf das Schlimmste vorbereitet", sagte Cutter scharf. Die zwei Männer sahen sich direkt an, und sie Luft zwischen ihnen schien fast vor Spannung zu knistern. Sie dachten beide an Helen – da war sich Cutter sicher – doch keiner würde ihren Namen sagen.

„Schlafsäcke, Isomatten, Campingkocher, Lebensmittelbehälter, Feldrationen. Das wird wie ein Campingausflug", sagte Abby fröhlich und unterbrach so die Konfrontation, während sie einen großen, schwarzen Rucksack aus einem Spind holte. Sie schritt das Lager auf und ab, summte vor sich hin und stopfte Gegenstände in den Rucksack wie ein furchtloser Ladendieb.

„Eher wie eine Safari", sagte Connor. Er hob ein langes Jagdmesser auf und sah es mit großen Augen an. Als er dachte, dass niemand hinsah, steckte er es in die Scheide und stopfte es hinten in seine Hose.

„Wie werden wir da hinkommen?", fragte Stephen. Auch er zog einen Rucksack und einen Satz Gurte aus einem Spind. Er achtete darauf, Cutters Blick nicht zu begegnen.

„Das ist Lesters Problem", sagte Cutter. „Er und Claudia sollten sich um all die diplomatischen Höflichkeiten kümmern."

Die anderen drei hielten inne und starrten ihn an. Er starrte zurück.

„Was?"

„Boss", sagte Connor zaghaft, „es ist nur, dass …"

„Ich hab es wieder getan, oder? Verdammt. Okay, okay. Macht euch keine Sorgen deswegen. War nur ein Versprecher." Cutter fuhr sich mit der Hand durch sein rotgoldenes Haar und zerzauste es dabei, sodass er aussah wie ein verwirrter Punkrocker. Er begann, mit unnötiger Gewalt Ausrüstung in seinen eigenen Rucksack zu stopfen.

„Es ist in Ordnung, Professor", sagte Abby, und er sah in ihre Richtung. Um ein Haar hätte sie eine Hand auf seine Schulter gelegt, besann sich aber eines Besseren.

„Nein, es ist nicht in Ordnung", schnauzte Cutter. „Ich hatte mal ein Leben; wir alle hatten eins. Ein Leben, das anders war, bevor wir es mit all diesen Anomalien und all diesem Gerenne überallhin verhunzt haben. Der einzige Unterschied ist, ich *erinnere* mich an dieses vorherige Leben, wie es war, wer darin war." Er machte eine Pause und blickte Abby an. „Ich bin geistig völlig gesund, weißt du." Er lächelte sie an. Unsicher erwiderte sie sein Lächeln. Dieses Mal griff sie nach seiner Schulter und drückte sie.

„Gehen wir dorthin um zu fangen, oder um zu töten?", fragte Stephen. Er hielt ein L-96 Scharfschützengewehr mit Infrarot-Reichweite und integriertem Zweibein, ein schweres, ernst aussehendes Stück Ausrüstung.

Cutter sah in an. „Es gibt mindestens fünf Anomalien auf dieser Insel. Gott weiß, was da durchgekommen ist oder in welche Zeitalter sie zurückführen. Guns Island ist in diesem Moment der potentiell tödlichste Ort der Welt. Wir gehen dorthin, um unsere eigenen Leben zu schützen und um den Specieswechsel so gut es geht zu begrenzen. Dieses Mal gehen wir zum Töten hin."

Stephen nickte.

„So habe ich das noch nie gesehen", sagte Connor mit einem entsetzten Gesichtsausdruck. „Fünf Anomalien auf einer einzigen kleinen Insel! Das wird wie bei *Jurassic Park*."

Im Vergleich dazu könnte *Jurassic Park* wie Disneyland wirken", meinte Abby. Sie hob eine MP5 hoch, eine kleine, leichte, elegante Maschinenpistole, und sah nachdenklich den Lauf entlang. „Ich denke, ich nehme die hier. Die ist etwas damenhafter."

„Damenhafter!“, sprudelte Connor hervor.

Cutters Telefon klingelte. Er starrte es an und sah plötzlich müde aus.

„Wir haben ein Update. Es scheint, als ob der Atlantik nicht so leer ist, wie wir gedacht haben. Ich muss gehen und …“

Er hielt inne. Mit ihren Blicken auf ihm stampfte er mit finsterer Miene aus dem Lager.

Jenny Lewis’ Büro im ARC war eine kleine Nische mit einem Fenster hinaus auf den Gang. Sie hatte es sich mit ein paar Farnen und einem Foto ihres Verlobten, einem muskulösen, gut aussehenden, lächelnden Mann, eingerichtet. Cutter mochte ihn schon vom Sehen nicht, aber er lächelte Jenny an, die hinter ihrem Schreibtisch saß, Kaffee trank und ihm zuwinkte. Er schüttelte den Kopf, als sie ihm einen Becher anbot.

„Also, geben Sie mir die gute Nachricht“, sagte er. Er fühlte sich riesig, unbeholfen und tollpatschig in dem kleinen, ordentlichen und adretten Büro – es war ein viel zu beschränkter Raum für ihn, um mit ihr zusammen dort zu sein. Er konnte wieder ihr Parfüm riechen. Unerträglicherweise war es das gleiche, das Claudia benutzt hatte. Claudia Brown, die nicht länger hier war – die nun niemals existiert hatte. Und doch saß ihr Zwilling elegant und perfekt geschminkt vor ihm. Sie hatte ihre Augen, ihre Stimme und sogar ihr Lächeln.

Es war genug, um einen Mann in den Wahnsinn zu treiben.

„Schlechtes Wetter im Nordatlantik“, sagte Jenny. „Das ist nicht wirklich eine Neuigkeit, aber dies ist eine Abfolge von Stürmen, die sich nach Osten bewegen und dabei immer heftiger werden. Wir könnten schon erste Opfer haben.“ Sie reichte Cutter ein glänzendes Blatt Faxpapier.

Cutter überflog es und hob dann den Kopf.

„Nicht unbedingt“, sagte er. „Trawler gehen ständig auf

dem Meer verloren. Diese armen Kerle wurden wahrscheinlich nur von einer Riesenwelle überschwemmt."

„Man hat diesen Morgen eine Leiche von der Stelle, an der das Boot unterging, zurückgebracht", berichtete Jenny und sah plötzlich sehr ernst aus. „Ein Hubschrauber der irischen Küstenwache. Es ist noch nicht allgemein bekannt, aber die Leiche war schrecklich verstümmelt."

Cutter stand auf und rieb sich mit einer Hand das Kinn.

„Wie groß sind Trawler im Allgemeinen?" fragte er abwesend, während sein Verstand rotierte.

„Sie sind nicht klein. Dieser war ein Küstenschiff, zu weit draußen für seine eigene Sicherheit. Er hatte allerdings eine fünfköpfige Crew, also war er kein Leichtgewicht. Cutter, was könnte ein Boot wie dieses versenken – was für eine Art Kreatur?"

Seinem eigenen Willen zum Trotz spürte Cutter den Nervenkitzel der Aufregung, als sein Verstand die Möglichkeiten durchging. So war es jedes Mal – das war es, was ihn hier hielt. Was würde es sein? Auf was würden sie treffen? Mit Helen, die durch die Anomalien verrückt geworden war, und ohne Claudia, die für ihn verloren war, war alles, was er im Leben hatte, dieser Schauder, diese Mauern und die Verheißung dessen, was als nächstes in ihrer Welt auftauchen würde.

Es war alles, was er noch hatte.

„Eine Art Mosasaurus vielleicht, oder ein Pliosaurus, wie ein Liopleurodon. Selbst ein großer Ichthyosaurus."

„Na toll", seufzte Jenny.

„Solange wir nicht da draußen sind, bringen Spekulationen gar nichts", sagte Cutter. Er lächelte sie an. Sie sah angespannt aus, eine Spannung, die sich hinter ihrer sorgfältig gepflegten Fassade, die sie der Welt präsentierte, versteckte. „Geht Ihnen Lester auf die Nerven?", fragte er freundlich.

„Was? Nein, nein." Sie schien sich selbst aus einer momentanen Träumerei herauszuziehen. Sie blickte auf das Foto auf ihrem Schreibtisch, und ein Stirnrunzeln schien für eine Sekunde über ihr Gesicht zu huschen. Dann lächelte sie strahlend. „Nein – nur die Art des bevorstehenden Jobs. Dieser hier wird kompliziert sein. Lester fordert jeden Gefallen ein, den man ihm schuldet und zieht Fäden, von deren Existenz ich nicht einmal wusste. Wir versuchen dieses Mal, die Sache vor zwei Regierungen geheim zu halten, und das ist nicht dasselbe wie den Otto-Normalbürger zu täuschen.

Cutter nickte.

„Wir werden hierfür Unterstützung brauchen“, sagte er. „Militärische.“

Jenny lehnte sich in ihrem Stuhl zurück. „Es passt nicht zu Ihnen, loszugehen und nach einer bewaffneten Eskorte zu fragen. Normalerweise gehen Sie denen so gut es geht aus dem Weg.“

„Das hier ist was anderes. Auf der Insel sind mehrere Anomalien. Der Ort könnte mit Gott weiß was für Raubtieren überschwemmt sein. Und wenn wir erst einmal da sind, gibt es nichts, wohin wir flüchten können. Dieses Mal will ich Feuerkraft dabei haben.“

Jenny nickte. „Ich verstehe, was Sie meinen. Nun gut, ich rufe Hereford an. Wir haben ein Einsatzteam, das rund um die Uhr bereitsteht.“

„Versuchen sie welche auszuwählen, die sowohl Gehirn als auch Muskeln haben“, sagte Cutter.

Jenny starrte ihn an. „Sie mögen die Army nicht besonders, oder Cutter?“

„Sie erfüllt ihren Zweck. Es sind nicht die Soldaten, die ich nicht mag; es sind die, die ihnen Befehle geben. Ich leite diese Expedition. Ich will, dass das klar ist – für Lester und für die Männer, die Sie mir geben. Es wird keine Ziele geben außer meinen eigenen. Verstehen Sie mich?“

„Absolut“, sagte Jenny und hob eine Augenbraue.

„Sie und Lester können sich um den diplomatischen Mist kümmern, falls es dazu kommt. Was mich angeht, alles was ich will, ist meine Leute da raus schaffen und sie dann alle wieder lebend zurückzubringen.

FÜNF

Regent's Park war im Winter genauso trübe und grau wie irgendein Moor, und hinter der Randzone aus Bäumen schallte unaufhörlich das Gebrüll der Stadt, eine Mauer endlosen Lärms. Lester liebte London. Er würde ihm niemals überdrüssig werden, doch zu dieser Jahreszeit präsentierte es der Welt nicht gerade ein freundliches Gesicht. Es war eine grölende Metropole ohne Mitleid, ein riesiges Tier, das Menschen schuf und verschlang.

Er marschierte neben der regennassen Parkbank auf und ab. Er würde sich unter keinen Umständen mit seinem maßgeschneiderten Ozwald-Boateng-Mantel auf die verschrammten, glibbrigen Holzleisten setzen. Genervt sah er erneut auf seine Uhr. Dieser Mantel-und-Degen-Kram war ja gut und schön, aber sie hätten sich genauso gut in einem anständigen Hotel treffen können.

Er blieb für einen Moment stehen und sah in den leeren Himmel hinauf. Wenigstens hatte es aufgehört zu regnen.

An diesem Winternachmittag waren nur wenige Leute im Park. Gassigänger, Landstreicher, eine Frau, die ein Kind in einer Vorrichtung mit Rädern schob und ein weiteres an der Hand hinter sich herzog und dabei die ganze Zeit fluchte. Dann erschien ein Mann in dunklem Mantel, marschierte in seine Richtung und tippte dabei die ganze Zeit mit einem Regenschirm auf den Boden.

Er war ein älterer Mann, sein Kragen war gegen den Wind hochgestellt und sein ohnehin schon gerötetes Gesicht färbte sich durch die Kälte noch stärker. Lester streckte ihm eine Hand entgegen und er schüttelte sie. Seine Finger fühlten sich in Lesters Griff wie Eis an.

„Thomas – tut mir schrecklich leid, dass ich dich an so einem ungemütlichen Tag hier herauskommen lasse." Der ältere Mann zuckte leicht mit den Schultern, drehte sich um und inspizierte London sowie die trostlose Ausdehnung des winterleeren Parks so gut er konnte.

„Auch ich muss mich für dieses *sotto voce*-Treffen entschuldigen", antwortete er mit tiefer Stimme. „Ich dachte nur ..."

„Du hattest ganz recht", sagte Lester mild. „Und ich bin außerordentlich dankbar. Thomas, ich muss dich um einen Gefallen bitten."

Der ältere Mann setzte sich auf die Bank, ohne auf seinen ähnlich makellosen Mantel zu achten. Nach einer Pause, schloss Lester sich ihm an, zog aber eine leichte Grimasse.

„Dann schulde ich dir wohl einen?", fragte Thomas und lächelte ein wenig. Wie Lester hatte auch er eine Gabe dafür, ohne Humor zu lächeln. Seine Augen lagen wie hartes Glas in den tiefen Furchen seines Gesichts.

„Du weißt, dass es so ist. Ich werde nicht erwähnen, warum."

„Ich habe nur Spaß gemacht, James. Ich streite es nicht ab. Also, was ist es, das du brauchst?"

Lester holte tief Luft. „Ein Diplomatengepäck – ein sehr großes."

„Tatsächlich? Und wohin soll es geschickt werden?"

„In die Republik Irland."

Lesters Gefährte runzelte die Stirn. „Es ist eine Weile her, seit wir da etwas versucht haben. Meinen letzten Informationen zufolge war der Krieg vorbei, James, und wir waren alle

Freunde, Bürger der EU, die um ein Lagerfeuer sitzen und ‚Michael Rowed the Boat Ashore' singen."

„Es hat eine Entwicklung gegeben. Sie muss außerhalb der normalen Kanäle behandelt werden", erklärte Lester ihm.

„Wie bedeutend ist die Entwicklung?"

„Möglicherweise von internationalen Ausmaßen – wenn die Sache hochgeht."

„Und das ist alles, was du mir sagen wirst."

„Und das ist alles, was ich dir sagen werde. Glaub mir mir, Thomas, ich würde mehr sagen, wenn ich könnte, aber mir sind die Hände gebunden." *Und ich würde dir noch nicht einmal bei einem Tipp fürs Pferderennen vertrauen*, dachte Lester, doch er hielt sein Gesicht neutral und ernst.

Der ältere Mann saß für eine Weile in Gedanken versunken und unterbrach die Stille, indem er mit seiner Schirmspitze auf den Boden tippte.

„Wir wissen, dass der Begriff ‚Diplomatengepäck' ein dehnbarer ist, James, aber es gibt Grenzen. Von welchen Ausmaßen reden wir hier?"

Lester räusperte sich.

„Etwas in der Größenordnung von mehreren Zentnern und einer großen Teekiste." Er hatte eigentlich keine Ahnung, aber es klang in etwa richtig. Wie viel konnte ein kleines aber tödliches Arsenal an kleinen modernen Waffen schon wiegen?

Sein Gefährte nickte leicht.

„Genau wie in alten Tagen", sagte er mit einem Grunzen.

„Glaub mir Thomas, es ist absolut nicht wie in den alten Tagen. Da kannst du ganz beruhigt sein."

Schließlich erhob sich Thomas und lehnte sich so sehr auf seinen Schirm, dass dieser knarrte.

„Es fängt an zu regnen", sagte er. Er öffnete den Schirm und hob ihn über seinen Kopf. „Nun gut, James, du sollst dein Diplomatengepäck bekommen. Ich stehe zu meinem Wort, das habe ich immer getan. Damit sind wir quitt, denke ich.

Bist du damit einverstanden?“

Lester stand auf und bot erneut seine Hand an.

„Das bin ich. Danke, Thomas.“ Der ältere Mann schüttelte fest seine Hand. Seine blutunterlaufenen Augen waren so kalt wie der Nachmittag, der sie umgab.

„Und falls alles zum Teufel geht, werde ich dich so redegewandt verleugnen wie ich kann“, sagte er ganz sachlich. „Das weißt du, nicht wahr?“

„Ja“, sagte Lester und lächelte. Dieses Mal war es ein echtes Lächeln mit einer Spur von Respekt.

Ohne ein weiteres Wort drehte Thomas sich auf dem Absatz um und schritt davon, während der Wind gegen den Schirm über seinem Kopf schlug. Lester blickte ihm nach, wie er im Park kleiner wurde. Dann erinnerte er sich, befühlte den Rücken seines Mantels und knirschte mit den Zähnen, als der grün-schleimige Rückstand der Parkbank seine Hand besudelte.

Captain John Willoby blickte sich verwundert um, als er den Zentralschacht des ARC betrat. Er trug Jeans, ein hellblaues T-Shirt und hatte eine grüne Army-Reisetasche geschultert. Ihm folgte im Gänsemarsch eine Schar von vier Männern und einer Frau, die ähnliches Gepäck trugen. Sie alle hatten die kantigen Gesichtszüge und die rote Haut, die Athleten oft besaßen. Zudem hatten sie eine Haltung, um die Cutter sie beneidete, als er sie bemerkte. Zwar war er für einen Akademiker in den Vierzigern ziemlich gut in Form – wenn auch nicht so gut wie Stephen, gleichwohl durchaus zufriedenstellend – doch angesichts dieser Neuankömmlinge fühlte er sich so fit wie ein Sack Schmalz. Willoby schritt direkt auf ihn zu und streckte seine Hand aus.

„Professor Cutter, nehme ich an?“

Die Hand des Mannes fühlte sich an, als bestünde sie aus Muskeln und Stahldraht. Willobys und Cutters Blick trafen sich. Willoby war von durchschnittlicher Größe, strohblond, besaß einen quadratischen Kiefer und eine sichelförmige Narbe, die von der Ecke seines linken Auges nach unten verlief. *Action Man persönlich*, dachte Cutter lustlos. Er hatte die Akte gelesen. Ursprünglich war Willoby einer von den Grünjacken gewesen, der es vor drei Jahren in die Auswahl geschafft hatte. Im Anschluss hatte er zwei weitere Jahre bei einem Säbelgeschwader gedient, bevor er in seine Heimateinheit zurückgekehrt war. Er hatte sich oft freiwillig gemeldet – er hatte sich verdammt nochmal für alles freiwillig gemeldet: Irak, Afghanistan und auch für ein paar düstere Besuche in Mittel- und Südamerika.

Aber besaß er in diesem heldenhaften Schädel auch ein Hirn? Das würde sich noch zeigen. Lesters Spießgesellen im Verteidigungs- und im Innenministerium hatten Willoby und sein Team für diese Operation freigestellt. Cutter würde mit ihnen klarkommen müssen, so gut er konnte, denn er bezweifelte stark, dass er einen von ihnen ersetzen könnte.

„Lassen Sie mich das Team vorstellen“, sagte Willoby und machte einen Schritt zur Seite, während die übrigen Soldaten sich hinter ihm aufstellten.

„Corporal Peter Farnsworth, Demo-Experte.“ Farnsworth, ein kleiner, ordentlicher, kahlrasierter Mann mit einem humorlosen Gesicht, nickte knapp, als er vorgestellt wurde.

„Demo?“, fragte Cutter.

„Demolierung. Sprengstoffe“, erklärte Willoby.

„Ah.“

„Private David Doody, Team-Sanitäter“, fuhr der Captain fort. Doody war ein junger schwarzer Mann mit übel gebrochener Nase und breitem Grinsen. Cutter mochte ihn instinktiv.

„Sergeant Calum Fox, unser Bergsteigerexperte. Ein Schotte, wie Sie sich freuen werden zu hören.“

Ein großer, hochgewachsener, dunkelhaariger Kerl mit grauen Augen.

„Von wo kommen Sie?“, fragte ihn Cutter.

„Skye, Sir.“

„Dann kennen Sie die Cuillins.“

„Ich bin zu ihren Füßen aufgewachsen, Sir“. Er wollte noch weiter reden, doch Willoby unterbrach ihn.

„Private Joe Bristow, unser Experte für schwere Geschütze“, fuhr er fort. Bristow war ein kleiner, gedrungener Mann mit der Erscheinung eines professionellen Gewichthebers. Seine Kopfhaut glänzte im Deckenlicht, und er zeigte die zurückhaltende, überhebliche Art eines Mannes, der seinen körperlichen Fähigkeiten aufs Äußerste vertraute. Sein Blick glitt über Cutter, als ob er ihn nicht ernst nehmen würde, und Cutter fühlte ein Aufflackern wortlosen Ärgers, das er jedoch eilig erstickte.

„Und zuletzt unsere Kommunikationsexpertin, die uns von den Royal Signals zugeteilt wurde: Lance Corporal Anita Watts.“

Watts war eine schlanke, dunkelhaarige junge Frau, außerordentlich hübsch und hellhäutig, die neben dem massigen Bristow recht verloren wirkte.

„Wie sind Sie denn zu dieser Truppe gekommen?“, fragte Cutter sie lächelnd.

„Ich habe es mir verdient“, sagte sie kalt. Aus dem Augenwinkel sah Cutter, wie Bristow grinste. Er drehte sich um. „Sehr gut, Captain. Nun sollte ich wohl mein eigenes Team vorstellen.“

Connor, Abby und Stephen saßen auf Plastikstühlen um den Anomalie-Detektor herum und fläzten sich im Durcheinander aus umherliegenden Rucksäcken. Stephen trug ein zerknittertes T-Shirt und sein dunkles Haar stand ab, als hätte es seit Tagen keine Bürste gesehen. Er gähnte. Abby starrte mit verschränkten Armen vor sich hin und ihr strammer, gepiercter Bauch zeigte sich über einer ausgefransten Jeans, die an den Knien abgeschnitten war. Connor grinste, sein alberner kleiner Filzhut saß auf seinem Kopf, in seiner Weste war ein eingebranntes Loch und von den abgehackten Enden seiner fingerlosen Handschuhe hingen Fäden.

Cutter seufzte tief.

„Vielleicht können die Bekanntmachungen bis später warten. Wir müssen ein Flugzeug erreichen."

„Wir können Sie bis nach Cork transportieren."

Lester saß mit übereinander geschlagenen Beinen und über dem Knie gefalteten Händen auf der Kante von Jennys Schreibtisch.

„All Ihre Ausrüstung und das Diplomatengepäck sind schon in der Luft an Bord eines Frachtflugzeugs, das nach Shannon fliegt. Ich will, dass Sie heute dorthin fliegen und den Weitertransport nach Cork organisieren. Sobald das Team seine Ausrüstung hat, ist es an Ihnen und Cutter, einen Weg auf die Insel zu finden, ohne einen diplomatischen Zwischenfall zu verursachen. Ist das absolut klar, Jenny?"

„Absolut", sagte sie und ging im Geiste die Probleme und Möglichkeiten durch. Sie liebte solche Dinge; logistische Details, die entwirrt werden mussten, Leute, die herumkommandiert werden konnten, Zeitpläne, die eingehalten werden mussten. Während ihrer früheren Zeit bei der Öffentlichkeitsarbeit hatte sie Partys für faule, berühmte, reiche Leute organisiert. In gewisser Weise tat sie das noch immer. Sie stellte sozusagen sicher, dass die Band rechtzeitig auftauchte.

Lester blickte auf seine Uhr. Er wirkte müde, weniger kultiviert als sonst, weniger sarkastisch, dafür stärker reizbar.

„Es ist wahrscheinlich, dass die Anomalien bereits alle verschwunden sein werden, wenn Sie endlich auf dieser verfluchten kleinen Insel ankommen."

„Ja, dafür können wir dankbar sein. Aber alle Kreaturen, die hindurch gekommen sind, werden dort immer noch rumlaufen."

„Nicht für lange; nicht mit Willoby und seinem Team an Bord“, sagte Lester mit einem kleinen, zufriedenen Lächeln.

„Was ist mit den Leichen?“

Lester zuckte zusammen. „Was? Oh, die Kreaturen. Die werden ins Meer geworfen. Ja, wir können Gott danken, dass es an dieser Stelle passiert ist. Können Sie sich vorstellen, was passieren würde, wenn sich ein halbes Dutzend Anomalien fast gleichzeitig mitten in London öffnen würden? Oder selbst in der Provinz. Das wäre ein Szenario aus einem schlechten B-Movie.“

„Das sind sie immer“, antwortete Jenny und hob eine Augenbraue. Lester seufzte und stand auf.

„Jedenfalls, wenn wir das hier schnell, leise und effizient erledigen können, dann gibt es keinen Grund, dass entweder die Iren oder die Franzosen etwas vermuten könnten. Das ist unser Ziel, Jenny.“

„Ich weiß, James.“

„Mit anderen Worten, das ist unser Job. Wir hatten in der Vergangenheit oft genug Theater; das hier muss anders werden. Lassen Sie Cutter keine Faxen machen. Wenn es hart auf hart kommt, stellen Sie sicher, dass Captain Willoby weiß, dass er meine Erlaubnis hat, das Kommando über die Expedition zu übernehmen. Ist das klar?“

Jenny rückte ein wenig unsicher auf ihrem Stuhl hin und her.

„Cutter ist ein verantwortungsbewusster Mann. Ich bin sicher, das wird nicht nötig sein.“

Lester schnaubte.

„Cutter ist ein instabiles, idealistisches Wrack“, sagte er ohne einen Anflug von Humor. „Es ist Ihr Job, ihn in seinen Schranken zu halten, oder dafür zu sorgen, dass es jemand anderes tut. Verstanden?“

„Verstanden.“

„Gut. Ich wünsche Ihnen einen guten Flug. Wenn alles

nach Plan läuft, wird dieses ganze Gerede bald nur noch theoretischer Natur sein.“

Sie betrachtete seinen Rücken in dem makellos geschneiderten Anzug, als er verschwand. Er zog seinen Ärmelaufschlag zurecht und schritt aus ihrem Büro, als sei er der Herrscher über all jenes, was er sah. In gewisser Weise war er es auch. Jenny wusste nicht, ob sie ihn verabscheuen oder bewundern sollte.

SECHS

Der Minibus kroch auf seinem Weg zum Hafen Zentimeter für Zentimeter durch den im Regen erstarrenden Verkehr. In ihm saßen die zehn Mitglieder des Teams – Connor hatte ihnen den Spitznamen „die Dreckigen Zehn“ gegeben – zusammengequetscht mit ihrem Gepäck zu ihren Füßen und auf ihren Schößen und sahen hinaus auf die alte Stadt Cork, die trostlos im Regenguss an ihnen vorbei zog.

„Sieht genauso aus wie England“, sagte Connor enttäuscht.

„Was hast du erwartet, Kobolde und Regenbögen?“, fragte ihn Abby.

„Ich frage mich, ob wir Zeit für ein Pint Guinness haben. Ich hab gehört, das soll hier phänomenal sein“, fuhr Connor fort und ignorierte sie.

„Nein!“, sagten Abby und Stephen gleichzeitig.

Der Fahrer rief zu ihnen nach hinten: „Ihr seid ja ’ne tolle Truppe. Macht ihr hier Urlaub?“

Sie Soldaten versteiften sich alle und ihre Gesichter wurden ausdruckslos. Cutter, halb dösend, hörte nicht zu. Also antwortete Connor.

„Das ist ein Junggesellenwochenende“, meinte er, bevor Abby’s Ellbogen in seine Rippen stieß.

„Ein Junggesellenwochenende? Und da habt ihr die Mädels mitgebracht?“

Ein Moment der Stille trat ein, bevor Connor weiter sprach.

„Sie sind die Stripperinnen“, sagte er und schluckte krampfhaft. Sie alle konnten die geweiteten Augen des Fahrers im Rückspiegel sehen. Ein Chor unterdrückten Gelächters der männlichen Soldaten setzte ein, und selbst Willoby musste sein Gesicht zum Fenster drehen, um sein Grinsen zu verbergen.

„Also, das ist ja was“, sagte der Fahrer. „Ich sag euch was, wie wär's …“

„Denken Sie nichtmal daran“, schnauzte Abby.

Der Minibus setzte sie an der Hafenstraße ab. Über ihnen erklangen die heiseren Schreie der Möwen, die einen Kontrast zum sich bewegenden, schiefergrauen Himmel bildeten. Der spätmorgendliche Regen fiel weiterhin unablässig. Entlang der Wasserseite fand sich eine Reihe Pubs, Hotels sowie Bed-and-Breakfast-Häuser, und über die ganze Länge der steinernen Docks erstreckte sich eine Reihe Atlantik-Trawler, manche im Glanz gut erhaltener Farbe, andere von Rost durchzogen. Ein paar Männer hantierten auf den Decks der Boote herum, aber ansonsten war der Hafen relativ verlassen.

„Das ist also Cork Harbour“, stellte Connor fest.

„Genau genommen ist es Crosshaven“, sagte Willoby zu ihm. „Hier laufen die Fischerboote und Fähren ein. Cork hat ein halbes Dutzend gute Häfen, aber viele von ihnen sind für Containerschiffe und Tanker. Wir sind jetzt südlich von Cork City, südlich von Cobh, wo die Büros der Hafenverwaltung angesiedelt sind – und das Hauptquartier der Irischen Navy, wie ich hinzufügen darf. Wir stehen jetzt nicht mehr unter dem Daumen der Bürokratie. Jetzt brauchen wir nur noch ein Boot und einen Kapitän, der nicht zu viele Fragen stellt.“

„Und einen, der mit seinem Boot in einen Sturm hinaus fährt“, fügte Cutter hinzu und blickte zweifelnd zum Himmel hinauf.

„So schlimm sieht es gar nicht aus“, führte Abby an.

„Wir sind hier untergebracht, an der Flussmündung des River Lee“, informierte Willoby sie mit ernstem Ton. „Es sind noch einige Meilen am Kap vorbei Richtung Süden, bevor wir überhaupt auf den offenen Ozean treffen. Das draußen tobt seit Tagen ein Sturm der Windstärke acht.“

„Fischer können mit einem gelegentlichen Sturm fertig werden“, sagte Cutter. Er sah sich um. Alle zehn standen inmitten eines Gepäckberges, schwarze Rucksäcke und Reisetaschen, die, wenngleich nicht militärisch anmutend, auch nicht den Eindruck erweckten, reinen Zivilisten zu gehören.

„Kurzgeschorene Kerle mit englischem Akzent werden hier nicht gerne gesehen“, warnte Willoby, als ob er seine Gedanken gelesen hätte. „Wann wird Miss Lewis mit dem Rest der Ausrüstung eintreffen?“

„Am späten Nachmittag“, sagte Cutter. „Zu spät für uns, um schon mal anzufangen. Wir werden hier übernachten müssen und am Morgen weiterreisen.“

„Na gut. Aber lassen Sie uns dieses Zeug hier wegräumen. Wir erregen schon Aufmerksamkeit.“

Zu Connors Freude zogen sie sich in ein nahegelegenes Pub zurück, stapelten ihre Ausrüstung in einer Ecke und setzten den bedrohlich aussehenden Private Bristow daneben, während sich der Rest von ihnen an die Bar lehnte. Die Bardame füllte langsam und mit sicherer Hand eine lange Reihe Guinness-Pintgläser, als Cutters Handy klingelte. „Man kann nicht in einer Bar stehen und nichts trinken“, hatte Connor ganz vernünftig erklärt, und so bekamen sie alle einen Pint pro Kopf zugeteilt.

Cutter machte einen Schritt zur Seite, murmelte ins Telefon, klappte es dann zu und kehrte zur Bar zurück.

„Jenny ist mit dem Rest unserer Ausrüstung in einem privat gemieteten Truck unterwegs. In Shannon wurden keine Fragen gestellt. Sie haben die Kisten durchgewinkt.“

„Lester hat sein Wort gehalten“, sagte Willoby. Er nippte an seinem Guinness und schloss für eine Sekunde die Augen. „Bei Gott, das ist gut." Er sah Cutter an. „Sie trinken nicht?"

Cutter erhob ein kleines Glas mit einer honigfarbenen Flüssigkeit darin. „Ich ziehe eine andere Sorte Gift vor. Es ist kein Scotch, aber es ist nicht schlecht."

Die beiden Männer sahen sich an. Willoby senkte seine Stimme. „Haben Sie irgendeine Idee, was und da draußen erwartet?"

Cutter zuckte mit den Schultern.

„Die haben wir nie. Das macht den Spaß aus. Ich gehe davon aus, Lester hat Sie über die … besondere Natur unseres Jobs informiert."

„Ja. Allerdings gebe ich zu, dass ich es erst sehen muss, bevor ich es glaube. Das klingt für mich alles sehr nach Roswell."

„Sie werden es glauben", sagte Cutter mit schwerer Stimme und nahm einen Schluck Whisky aus seinem Glas. Er sah auf den Boden des Glases. „Das hier wird nicht wie eine Großwildjagd, Willoby. Es gibt Dinge, die …", er senkte seine Stimme, „Dinge, die durch die Anomalien kommen, die absolut tödlicher sind, als alles, auf das Sie hoffen können, in unserer heutigen Welt zu treffen."

„Wir werden damit fertig", sagte Willoby.

„Sie sind nicht der erste Mann, den ich das sagen gehört habe", antwortete Cutter düster. „Und ich will wetten, dass Sie nicht der letzte sind." Er leerte den letzten Tropfen Whisky aus seinem Glas.

Cronins Bar vermietete Zimmer im ersten Stock, und da es mitten im Winter war, waren alle frei. Das Team mietete fünf Doppelzimmer und schleppte das Gepäck nach oben. Dann saßen sie in ihren Zimmern, um der unvermeidlichen Neugier der Einwohner zu entgehen, während der Tag verging. Cutter und Willoby gingen für eine Weile nach draußen, um nach einem Boot zu fragen, das sie mieten könnten, aber sie kehrten bald zurück.

Es wurde früh dunkel, und als der Truck in die Hafenstraße einbog, empfingen ihn Cutter und Willoby. Sie hatten sich die Kaputzen ihrer Anoraks gegen den nicht enden wollenden Regen tief ins Gesicht gezogen. Willoby und der Truckfahrer schüttelten sich die Hände; sie kannten sich aus Hereford. Jenny kletterte aus der Fahrerkabine und sah angespannt und müde aus. Sie nickte Cutter zu.

„Gute Reise gehabt?“, fragte Cutter sie. Er hatte mehr als einen Whisky gehabt und das kräftige Feuer des Alkohols hatte die Kälte aus seinem Körper vertrieben. *Gott*, dachte er, als er sie ansah, *sie ist wunderschön.*

„Sie war interessant“, antwortete sie mit leiser Stimme. „Seltsam, wenn man bedenkt, dass ich nun mit der Duldung der britischen Führungsschicht zu einer internationalen Waffenschmugglerin geworden bin.“

„Wie transportieren wir sie nachher eigentlich wieder zurück?“, fragte Cutter lächelnd.

„Tun wir gar nicht. Wenn die Sache erledigt ist, werden sie alle ins Meer geworfen. So ist es einfacher.“

„Wir haben offenbar ein großzügiges Budget“, sagte Cutter.

„Sie haben ja keine Ahnung. Haben Sie schon ein Boot gemietet?“

„Wir haben Anfragen gemacht.“

„Vor oder nach dem Pub?“, fragte sie stirnrunzelnd.

„Das hier ist Irland. Die Hälfte der Zeit können Anfragen überhaupt nur *im* Pub gemacht werden.“

„Wir müssen reden, Cutter.“

Jenny nahm seinen Arm und führte ihn vom Truck weg. Willoby und sein befreundeter Fahrer waren in den Laderaum geklettert und untersuchten die darin gestapelten Kisten. In Jennys Haar glänzte der Regen. Cutter wollte sie küssen und ihm wurde klar, dass er mehr getrunken hatte als beabsichtigt.

Es kümmerte ihn nicht weiter.

„Ich habe Informationen von Lester und dem ARC erhalten", sagte Jenny.

„Lassen Sie mich raten; die Anomalien sind verschwunden."

„Ja und nein. Sie sind innerhalb des normalen Zeitrahmens verschwunden, aber dann haben andere ihren Platz eingenommen. Sie gehen an und aus wie billige Weihnachtsbeleuchtung, aber der Mittelpunkt ist immer auf der Insel. Mindestens vier scheinen auf der Insel ständig zu erscheinen und zu verschwinden, und zwei oder drei weitere im Meer, innerhalb von fünfzig Seemeilen. Etwas Seltsames geht da draußen vor."

„Seltsamer, als dass sich Löcher im Raum-Zeit-Gefüge öffnen?", fragte Cutter und merkte dann, dass es flapsiger klang, als er es beabsichtigt hatte.

„Seltsam wie etwas, das wir noch nie gesehen haben. Lester will Ihr Team so schnell auf der Insel haben wie es machbar ist. Er will, dass Sie, falls möglich, einen Helikopter benutzen."

Cutter schüttelte den Kopf. „Das haben wir schon probiert; sie haben alle Flugverbot wegen des Sturms. Selbst die Küstenwache fliegt zurzeit nicht über den Nordatlantik. Wir werden ein Boot nehmen müssen."

„Dann muss es heute Nacht sein. Wir haben keine Zeit zu verlieren."

„Wir werden in so kurzer Zeit keinen seriösen Kapitän finden. Willoby und ich haben mit einem Kerl geredet, der meinte, er könne uns in ein oder zwei Tagen dort raus bringen."

„Dann nehmen wir eben einen unseriösen. Schnelligkeit ist wesentlich."

Überrascht von der Heftigkeit ihrer Worte bekam Cutter einen klaren Kopf.

„Da ist noch etwas. Etwas, das Sie mir nicht sagen."

Jenny wich seinem Blick aus. „Es ist nicht wichtig."
„Ich glaube Ihnen nicht."
Sie wollte protestieren, doch er unterbrach sie.
„Jenny, sagen Sie mir bitte, was los ist? Denn in ein oder zwei Tagen, vielleicht weniger, werde ich auf dieser Insel sitzen, mit meinem und dem Leben anderer in meinen Händen, die davon abhängen, was ich weiß und wie ich darauf reagiere. Also bitte, erzählen Sie es mir."
Nun war es Jenny, die überrascht war. Sie gab nach.
„Also gut, es scheint, dass unser kleines Diplomatengepäck in Dublin für ein wenig Verwunderung gesorgt hat. Es wurde bis nach Shannon verfolgt und könnte auch gut bis hierher verfolgt worden sein. Lester hat mir gesagt, dass die irische Fachabteilung auf dem Weg ist, um Sie und ihr Team zu befragen. Wir können das nicht zulassen."
Cutter atmete geräuschvoll aus.
„Sie denken, dass der alte Feind etwas vorhat, was?"
„Sowas Ähnliches. Ihre Tarnung ist noch nicht aufgeflogen, aber die Operation läuft Gefahr, beeinträchtigt zu werden. Sie müssen heute Nacht auf dem Meer sein."
„Entzückend. Einfach entzückend." Cutter rieb sich die Augen. „Also gut, wir machen es auf Ihre Weise. Jedes Boot, das wir kriegen können, Hauptsache, es schwimmt – und möge Gott uns beistehen."

Jedes Boot, Hauptsache es schwimmt, dachte Cutter. *Luke Skywalkers erster Eindruck des* Millennium Falken*; das fasst es so ungefähr zusammen.* Und dann fing er sich wieder.
Ich habe viel zu viel Zeit mit Connor verbracht.
Die *Polar Star* war ein in die Jahre gekommener, stählerner Hecktrawler. Irgendwann einmal war sie an der Wasserlinie entlang rot und ihr Decksaufbau weiß gestrichen gewesen, doch der Rost hatte ihrem Stahl so zugesetzt, dass nun kein richtiges Farbschema mehr erkennbar war. Sie war etwa sech-

zig Fuß lang und war an den Pollern des Crosshaven-Kais vertäut, wobei eine Reihe alter Autoreifen entlang ihrer Seite als Schutz gegen den Aufprall auf den Beton diente. Trotzdem ähnelte sie einem Preisboxer, der gerade eine Runde verloren hatte. Sie war mit Beulen und Kerben übersät, die bis auf das blanke Metall reichten.

Liam Hanlon, ihr Besitzer, Meister und Kapitän, stand auf der einen Seite ihres Ruderhauses und winkte dem Team mit einer öligen Wollmütze zu, während sie den Inhalt ihres Trucks auf dem Kai neben dem Boot stapelten. Es war nach Mitternacht, eine scheußliche Winternacht, der Wind heulte über ihren Köpfen und der Hafen war vollkommen verlassen. Zu dieser Zeit befanden sich alle vernünftigen Leute in ihrem Bett oder im Pub, und soweit er es beurteilen konnte, war Cutter der Ansicht, dass sie relativ unbeobachtet waren.

Die Soldaten entluden eine Reihe stabil gebauter Kisten, während Willoby es überwachte. Der Spezialeinsatzoffizier schien irgendwie größer geworden zu sein, seitdem die Aktion näher rückte, und er murmelte: „Munition, Gewehre, Handfeuerwaffen, Funkgeräte, Batterien“, während die Kisten eine nach der anderen vor ihm auf dem Kai landeten.

Hanlon gestikulierte und brüllte die Soldaten an, sagte ihnen, sie sollten gefälligst mir dem Lack aufpassen oder er würde Schadensersatz fordern. „Glauben Sie, diese Person kann so ein Geheimnis länger als fünfzehn Minuten für sich behalten?“, fragte Cutter Jenny, während sie zusahen.

„Ich habe ihm ein bisschen Angst gemacht“, sagte Jenny mit einem boshaften Grinsen. „Er glaubt, dass er, wenn er auch nur einen Laut macht, danach sofort maskierte Männer vor seiner Tür stehen hat. Es ist hilfreich, dass in diesem Land vor nicht allzu langer Zeit manchmal genau das passierte. Außerdem zahlen wir ihm einen exorbitanten Preis.“

„John Bull hat also noch genug Leben in sich, was?“, sagte Cutter.

„Und ein dickes Scheckbuch“, meinte Jenny. Sie sah auf ihre Uhr.

„Wir müssen das hier ein wenig beschleunigen.“

„Wo haben Sie ihn gefunden?“, fragte Cutter, der immer noch fasziniert auf Hanlon starrte. Der Fischer trug einen schmierigen, dunklen Wollpullover und eine wasserdichte Arbeitshose. Er hatte einen dichten grauen Bart und schwarze Augenbrauen, die über seiner Nase zusammenwuchsen. Er sah aus wie Captain Birdseyes böser Zwilling.

„In einem Pub, wo sonst?“, sagte Jenny mit einem Grinsen.

Schließlich war das letzte Stück der Ausrüstung an Bord. Stephen, Connor und Abby sprangen über die Kaiseite auf das schwankende Deck des Trawlers. Connor rutsche auf dem glitschigen Deck aus und fiel mit dem Kopf zuerst in ein Gewirr aus Netzen, das grob zusammengerollt in der Abflussöffnung lag. Er richtete sich mit einem überraschten und angeekelten Gesichtsausdruck sofort wieder auf. Hanlon lachte und half ihm auf die Füße.

„Keine Sorge, Junge. In ein paar Stunden riechen wir alle so.“

Nur Cutter und Jenny warteten noch am Kai. Hanlon verschwand im Ruderhaus und kurz darauf erwachten die großen Dieselmotoren des Schiffs keuchend, grummelnd und dann mit wütendem Knurren zum Leben. Der Gestank von Abgasen und Diesel erhob sich zusammen mit dem unangenehmen Geruch von verrottendem Fisch in die Luft.

Hanlon rief aus dem Ruderhaus heraus: „Na los jetzt, an Bord, wenn ihr mit wollt. Und einer von euch soll die Vorder- und Achterleinen losmachen!“

„Die magische Mysteriumstour beginnt“, sagte Cutter und machte sich daran, vom Kai zu springen. Jennys Hand auf seinem Arm hielt ihn für einen Moment zurück. Sie lehnte sich nah heran, damit er sie über das Gebrüll der Maschinen hören konnte. Ihr Atem kitzelte sein Ohr.

„Seien Sie vorsichtig, Professor."

„Ich fühle mich hundert Jahre alt, wenn Leute mich so nennen."

„Seien Sie vorsichtig, Nick", sagte sie und drückte seinen Arm.

Er sprang auf das Deck des Trawlers. Stephen fing ihn auf, als er ausrutschte und gab ihm Halt. Cutter dankte ihm und tauschte ein klägliches Grinsen mit Connor. Zwei der Soldaten machten die dicken Ankertaue von den Pollern an vordern und achtern los und die *Polar Star* begann sich vom Kai wegzubewegen.

Unter ihren Füßen wurde sie zu einem lebenden Wesen, zu einer Kreatur mit Bewegung, Kraft und Willen. Es dauerte nur Momente da waren sie schon sechzig Yard vom Kai entfernt und Jenny war lediglich eine bloße Gestalt in der Dunkelheit. Hinter ihr verschwanden die Lichter von Crosshaven, während der Trawler einen Weg aus der Flussmündung suchte und hinter der schützenden Mole des Hafens hinaus auf das offene Meer zusteuerte.

SIEBEN

„Ich sterbe“, japste Connor. „Ich halt’s nicht mehr aus. Erschieß mich mit irgendwas, Abby, bitte. Oh Gott …“

Er beugte sich wieder über den Eimer.

In dem kleinen Kämmerchen der Mittschiffskabine der *Polar Star* lagen die meisten Mitglieder des Teams lang ausgestreckt über ihrer gestapelten Ausrüstung und klammerten sich mit Händen und Füßen an den metallenen Schotts fest. Das Boot schwankte unter ihnen auf und ab, rollte als Zugabe von einer Seite zur anderen, und die nackten Glühbirnen in der Kabinendecke über ihnen flackerten schwach, während die Dieselmotoren gegen die See draußen ankämpften.

„Wie lang, hat er gesagt, würde es dauern?“, fragte Private Doody. Das dunkle Gesicht des Sanitäters hatte einen leichten Grünton.

„Fünfzehn Stunden“, antwortete Watts, die Signalgeberin. Sie versuchte ein Taschenbuch zu lesen, aber sie musste eine Hand frei behalten, um sich festzuhalten, wenn das Boot besonders böse schwankte. Sie hatte ihr schwarzes Haar in einem festen Knoten zurückgebunden und trug eine Wollmütze darüber. Ihre Militärstandard-Springerstiefel ließen ihre Füße seltsam riesig erscheinen.

Sie trugen nun alle schwarz, passend zum Anlass. Sich umzuziehen war schon eine kleinere Tortur für sich gewesen, und jeder von ihnen hatte blaue Flecken von dem unerbittlichen Stahl im Innern der *Polar Star*. Die Soldaten hatten ihre Gurtausrüstung angelegt; eine komplexe Reihe von Riemen und Taschen, die dafür sorgten, dass sich ihre Grundausrüstung nah an ihren Körpern befand. Auch die Waffen hatten sie ausgepackt, doch selbst der Anblick von Bristows US-fabriziertem Minimi-light-Maschinengewehr konnte Connor nicht aus seiner Starre erwecken. Abby hielt sein Haar zurück und er würgte wieder in seinen Eimer.

„Ich hab mich hierfür nicht freiwillig gemeldet", stöhnte er. „Ich würde lieber von etwas Prähistorischem gefressen werden, als noch weitere fünfzehn Stunden ..." Seine Gedärme übernahmen wieder einmal die Unterhaltung. Abby drehte ihren Kopf zur Seite.

„Ich hab noch etwas Dramamine", bot Doody an.

„Er hat die ersten paar so schnell wieder ausgekotzt, wie er sie runtergeschluckt hat", sagte Abby. „Wir lassen ihn besser leiden."

„Oh, das ist nett; lasst ihn leiden", jammerte Connor, der den Kopf hob, um Luft zu holen.

„Überleg nur mal, wie toll die Insel hiernach erscheinen wird", sagte Abby. „Das wird ein Kinderspiel."

Im Ruderhaus standen Cutter, Stephen und Willoby an der steuerbord gelegenen Schottwand, während Liam Hanlon mit dem Steuerrad des Schiffs kämpfte, vor sich hin summte und in regelmäßigen Abständen unmelodische Bruchstücke eines Liedes schmetterte. Er sprach mit seinem Boot während er es steuerte, überredete die *Star*, den Rücken jeder Welle hinaufzuklettern und lobte sie, wenn sie sie hinter sich ließ und der breite Bug des Trawlers aus dem weißschäumenden Tal gebrochenen Wassers auftauchte.

Die vorderen Lichter des Schiffs durchstießen unbeständig die Finsternis. Der Radar flackerte wie ein blauer Fernsehschirm und zeigte nur statisches Rauschen, doch irgendwie wusste Hanlon, wo sie waren. Er steuerte nach dem Kompass, der vor ihm im Kompassgehäuse lag, und blickte hin und wieder auf die eselsohrige Karte, die er ausgerollt und auf das Holz der Konsole gepinnt hatte. Sie war verdreckt und zerknittert, aber er schien völlig zufrieden damit, sich auf das faltige und mit Kaffeeflecken übersäte, viereckige Stück Papier zu verlassen.

Willoby war da weniger hoffnungsvoll. Er stand mit einem tragbaren GPS hinter dem Kapitän, studierte die sich verändernden Koordinaten auf einem LCD-Schirm und schüttelte manchmal den Kopf in einer Weise, die von Verblüffung zeugte.

„Ich weiß nicht, wie er es macht", sagte er zu Cutter.

„Ich bin für die See geboren, so mache ich das", rief Hanlon zurück. „Ihr könnt eure neumodische Elektronik behalten. Ein guter Fischer kann riechen, was vor ihm liegt und die See ergründen, als sei sie die Straße vor seinem Haus." Er grunzte, als das Boot von einer äußerst brutalen Welle hin- und hergeworfen wurde. Die Tür des Ruderhauses erzitterte, als eine große Masse Wasser hämmernd gegen sie schlug und dann das Deck entlang nach achtern floss.

Cutter wischte sich kalten Schweiß aus dem Gesicht. Sogar Stephen war kreidebleich. Doch Hanlon blieb ungerührt.

„Natürlich sind manche Nächte leichter als andere. Aber ich hab diesen Trip schon tausendmal gemacht, zu den Krabbengründen westlich von Bantry. Ich bin ein Mittelwassermann – dieser Tiefe-Ozean-Quatsch ist nichts für mich. Krabben und Makrelen, das ist es, was ich jage, allerdings gibt es in diesem Teil der Welt nicht mehr viele Krabben. Die verdammten Franzosen und Spanier haben sie alle mit ihren verfluchten Fabrikschiffen eingeheimst."

Er rang für eine Weile mit den Steuer, summte vor sich hin und murmelte gelegentliche Beschimpfungen, während sein Boot den Kampf mit den Wellen austrug.

„Bei Gott, das ist ein achtzehn Fuß hoher Schwall. Es gibt nicht viele, die ihren Hals in einer See wie dieser riskieren würden, nicht zu dieser Jahreszeit. Ihr seid ein seltsamer Haufen Leute." Fast zu sich selbst fügte er hinzu, „Diese Mädchen sind viel zu hübsch, um Soldaten zu sein."

Cutter torkelte nach vorn zum Kompassgehäuse und starrte hinaus auf die beleuchtete Wut der Wellen vor ihnen. Er hob seine Stimme, sodass Willoby ihn hören konnte. „Denken Sie, dass unsere aufblasbaren Boote es durch dieses Wasser schaffen werden?"

„Wir landen im Windschatten der Insel", sagte Willoby zu ihm. „Dort wird es geschützt sein; wir werden außerhalb des Windes sein."

„Ich hoffe, ihr habt lange Leitern mitgebracht", sagte Hanlon zweifelnd. „Um Guns Island herum sind überall tausend Fuß hohe Klippen. Da könnte nicht mal eine Ziege hochklettern."

„Die Klippen sind an der südöstlichen Seite niedriger", meinte Stephen. „Dort gibt es einen Pfad, der zum Plateau hinaufführt."

„Einen Pfad?" Hanlon lachte. „So hat das bisher noch niemand genannt. Die Mönche haben ihn angelegt, vor tausend Jahren. Sie hatten Steinzellen auf der Insel, in denen sie saßen und beteten und sie haben den Pfad aus dem Fels selbst herausgehauen, Gott hab sie selig. Aber eintausend Jahre Wind und Meer haben seitdem daran gearbeitet. Es sieht vielleicht auf einer amtlichen Karte wie eine hübsche gepunktete Linie aus, aber Jungchen, ich sage Ihnen, ich hoffe ihr habt ein Paar Flügel eingepackt."

„Wir haben Seile eingepackt", sagte Willoby. „Das wird reichen müssen."

Ein scheppperndes Dröhnen erklang, als der Trawler seinen Bug in eine große, schwarzweiße Welle rammte, ein schäumendes Monster, das bis zu den Ruderhausfenstern und ihrem nutzlos schwirrenden Scheibenwischer hinaufbrüllte. Cutter fühlte, wie sich sein Magen hob und in seinem Oberkörper herumsprang, und zum zehnten Mal in dieser Nacht bereute er es, an Land den Whisky getrunken zu haben. Oder er bereute es, nicht mehr getrunken zu haben; da war er sich nicht sicher.

„Wurden Sie über den Bericht der Küstenwache informiert?", fragte er Willoby.

„Über die *Cormorant*? Ja, natürlich."

„Ich kannte Jim Mackey gut", rief Hanlon zu ihnen nach hinten. Er hatte ein Gehör wie eine Fledermaus, selbst inmitten des brüllenden Lärms des Sturms und der angestrengten Dieselmaschinen. „Die *Cormorant* war ein altes Schiff, aus Holz gebaut. Jim hatte Schwierigkeiten, über die Runden zu kommen. Er hätte das alte Boot niemals so weit raus fahren sollen, Gott hab ihn selig, auch die vier Jungs, die bei ihm waren. Die Leute im Cronins haben geredet, sich gewundert, ob ihr eine Art Rettungsteam wärt, das nach da draußen fährt, aber ich habe zu ihnen gesagt, was kann man retten, wenn man kein Schiff hat, um darin zu sitzen?"

„Sehr clever von Ihnen", sagte Willoby, und sah mit erhobenen Augenbrauen zu Cutter.

„Und was denken Sie, haben wir vor, Käpt'n?", fragte Stephen Hanlon.

„Ich? Die hübsche Lady im Hafen sagte, falls ich mir darüber auch nur Gedanken mache, wird sie dafür sorgen, dass man sich auf die altmodische Art um mich kümmert. Ihr solltet dieses Mädchen im Auge behalten, Jungs. Sie hat Eiswasser in den Venen."

„Da haben Sie recht", murmelte Cutter.

„Natürlich seid ihr auch keine Weicheier. Ich hab seit den alten Tagen nicht mehr so viele Waffen gesehen, als sie sie noch schiffsweise aus Libyen hierher brachten. Trotzdem, eure Angelegenheit geht mich nichts an. Es gibt nichts als

Vögel auf Guns Island, und ihr könnt so viele davon erschießen wie ihr wollt, wenn es nach mir geht. Ich weiß, dass ich meinen Mund zu halten habe."

Erneut tauschten Cutter und Willoby einen Blick aus. „Fünfzehn Stunden bis zur Landung?", sagte Cutter.

„Das wird eine lange Nacht werden", gab Willoby zu.

Die Stunden vergingen. Unten in der engen Mittschiffskabine schlief der Großteil des Teams unruhig und wachte nur ruckartig auf, wenn ein übermächtiger Schwall Wasser gegen die Hülle schlug.

Mit hängendem Kinn und grünem Gesicht schnarchte Connor sanft. Er hatte sich den unliebsamen Eimer zwischen die Knie geklemmt. Abby hockte gequetscht neben ihm und dämmerte. Der Rest der Soldaten döste, ihre Köpfe schwankten im Gleichklang mit dem Hin und Her des Trawlers. Einzig Joe Bristow war hellwach. Er summte leise vor sich hin, während er die Verschleißteile des Minimis mit einem alten Rasierpinsel bürstete und sie mit einer kleinen Dose WD-40 einsprühte. Er sah äußerst zufrieden aus.

Es war nicht Cutters Einbildung; der Wind ließ nach, auch wenn die Wellen in den Scheinwerfern des Trawlers noch immer so steil wie Klippen waren. Um sie herum war jetzt allerdings weniger gebrochener Schaum; diese Wellen waren flachseitige, sanftrollende Hügel, und der Trawler ritt sie so geschickt auf und ab wie eine Spielzeugente in einer Badewanne.

Hanlon legte einen Hebel um, und ein gleichmäßiges, stampfendes Geräusch gesellte sich zu dem Klopfen der Maschinen.

„Pumpen", sagte er zu den drei anderen im Ruderhaus. „Wir werden eine Menge Wasser aufgenommen haben. Jetzt ist das Schlimmste vorbei, sie werden die Maschinen nicht zu sehr belasten. Ich hab erst letzten Mai neue Pumpen eingebaut. Selbst wenn das Boot sinken würde, würden sie bis zum Meeresgrund weiterpumpen."

„Nun, das ist gut zu wissen", sagte Stephen.

„Es wird hell", sagte Cutter, fuhr sich mit der Hand über das stoppelige Kinn und gähnte. „Wie viel Uhr ist es?"

„Gerade sieben vorbei", sagte Willoby. „Käpt'n, können Sie dieses Ding dazu bringen, schneller zu fahren?"

Hanlon lachte.

„Was glauben Sie, Junge? Ich bin schon froh, dass wir überhaupt noch auf dieser Seite des Meeres sind. Sie kommt gut voran; regen Sie sich jetzt mal nicht auf."

Willoby studierte seine Uhr und runzelte die Stirn.

„Was ist das Problem?", fragte ihn Stephen.

„Wenn das so weitergeht, wird es wieder dunkel sein, wenn wir auf der Insel an Land gehen. Das wird viele Dinge unangenehmer machen."

„Dann werfen wir den Anker und warten auf den Tag", sagte Stephen mit einem Schulterzucken. Er war genauso groß wie der Army-Offizier und von ähnlicher Statur. Cutter sah die beiden an und fragte sich, wann der unvermeidliche Wettkampf beginnen würde.

„Dafür haben wir keine Zeit", sagte Willoby. „Meine Befehle..."

„Ihre Befehle?" sagte Stephen und schnitt ihm das Wort ab. „Der Mann, der die Befehle gibt, steht hinter ihnen."

„Willoby hat recht", sagte Cutter und hielt den Streit auf, bevor er ausbrechen konnte. „Wir machen das Beste daraus und gehen so gut wir können im Dunkeln an Land. Wir haben mit dieser Bootsreise schon genug Zeit verschwendet."

Stephen gab grummelnd nach.

Die *Polar Star* kämpfte weiter. Nachdem sie fast sechs Stunden in dem schwankenden Ruderhaus auf den Beinen gewesen waren, waren sie nun alle hundemüde. Hanlon hatte eine große Thermosflasche, die neben dem Radar klemmte, doch sie war leer. Er schien von Tee zu leben und hatte im Laufe der Nacht eine Tasse nach der anderen hinuntergekippt und dabei trotz des bockenden Schiffes unter seinen Füßen kaum einen Tropfen verschüttet. Selbst seine Augen waren versunken und er wischte sie in regelmäßigen Abständen mit einem schmutzigen Taschentuch.

„Sucht ihr Jungs nach einem U-Boot?“, fragte er leise. Hinter den Ruderhausfenstern brach grau und kühl der Morgen an, Himmel und Meer hatten die gleiche Farbe.

„Das kann ich eigentlich nicht sagen“, meinte Cutter. Als ihm klar wurde, dass sich gerade eine Gelegenheit ergeben hatte, fügte er hinzu, „Es könnte sein … und es könnte auch nicht sein.“

Hanlon betätigte den Schalter am Sonar und ein piepsendes Geräusch ertönte. Er blickte zwischen dem Meer vor ihm und dem leuchtenden Zeiger des Sonargeräts hin und her.

„Seht euch das hier mal an“, sagte er und zeigte mit einem schmierigen Finger auf das Sonar.

Cutter lehnte sich über den Bildschirm und folgte der kreisförmigen Linie der Abtastung. Ein großer, fließender Punkt vor ihnen wurde angezeigt.

„Was ist das?“, fragte er Hanlon.

Der Fischer gab für einen Moment keine Antwort. Er schien verwirrt.

„Es ist kein Boot, soviel ist sicher. Und es ist kein verlorener Container. Es bewegt sich aus eigener Kraft – seht nur.“

Hanlon hatte recht. Cutter sah, wie die Form mit langsamen Zickzack-Bewegungen in den Gewässern vor dem Boot hin und her schwamm. Er riss den Kopf hoch, lief zum Fenster und starrte konzentriert hinaus.

„Können Sie irgendwas sehen?“, fragte er Hanlon.

„Nicht bei diesem Seegang. Ich habe ein Fernglas in dem Spind hinter Ihnen; holen Sie es raus und dann soll mal jemand einen Blick vom Masttop werfen.“ Als sie alle zögerten, höhnte er, „Was, ein Haufen großer, starker Soldaten hat Höhenangst?“

Willoby holte das Fernglas aus dem Spind.

„Ich werde gehen“, sagte er.

Stephen riss es ihm aus der Hand, bevor der Soldat reagieren konnte. „Ich denke, das ist mein Job.“ Eine Sekunde später war er zur Tür des Ruderhauses hinaus, und mit seinem Abgang drang die eiskalte Gischt des Morgens herein.

„Tapferer Bursche“, sagte Hanlon anerkennend. „Ich würde den Masttop bei so einem Seegang nicht für all den Tee in China hochklettern.“

Stephen hielt auf dem Deck vor dem Ruderhaus für einen Moment inne. Die kalte Luft verschlug ihm den Atem und die Gischt wurde in Ladungen weißen Wassers über die ganze Länge des Schiffs geschleudert. Er schloss den Reißverschluss seines Anoraks, überprüfte den schlauchförmigen Kragen seiner Rettungsweste, und biss seine Zähne zusammen, als das kalte Wasser seinen Hals hinunterlief und sein Haar durchnässte. Dann machte er sich auf den Weg über das rutschige Deck nach achtern. Mit dem festen Griff beider Hände ging er langsam wie ein alter Mann an der Leitschiene entlang, die am Oberbau des Trawlers entlanglief.

Der Morgen war inzwischen angebrochen, und als er nach oben blickte, sah Stephen Möwen, die gegen den Wind ankämpften. Die Wolken hingen so tief, dass er meinte, hochgreifen und sie berühren zu können. Er schlang seinen Körper in die Sicherheitsbügel des Mastes und begann hinaufzuklettern. Seine Stiefel klapperten auf den Metallsprossen. Er wurde hin und her geworfen, als der Trawler unter ihm schwankte und wackelte, und er klammerte sich so sehr an die Sprossen, dass seine Hände verkrampften.

Na klar, ich musste das ja tun; ich musste mich ja freiwillig melden. Er wusste nicht einmal, warum.

Bald war er oben am Masttop, wo die Bewegung des Trawlers noch deutlicher spürbar waren. Er stand auf der kleinen, rostigen Plattform und klammerte sich fest an das ihn umgebende Geländer, während er fluchend nach dem langläufigen Fernglas in der Brusttasche seiner Jacke tastete.

Dort oben war die Welt wild und erschreckend. Er stand zwanzig Fuß über dem Deck und konnte von dort die großen Wellen, die der Trawler auf seinem Weg durchpflügte, viel besser erkennen. Um ihn herum bewegte sich eine ganze Landschaft, eine scharfzähnige, weißumrandete, furchteinflößende Wildnis aus Wasser. Er hatte so etwas noch nie zuvor gesehen; es anzusehen war sowohl aufregend als auch erschreckend zugleich.

Er erinnerte sich an etwas, griff tief in eine Tasche und zog ein schwarzes Walkie-Talkie aus Plastik hervor. *Gutes altes Motorola.* Er drückte den *Senden*-Knopf, aber natürlich hatte niemand sonst auf dem Boot sein Gerät eingeschaltet.

Toll.

Doch eine Sekunde später knisterte sein eigenes Gerät und Connors Stimme sagte schwerfällig, „Hallo, wer ist da?“

„Ich bin’s, du Trottel“, funkte Stephen grinsend zurück. „Geh hoch ins Ruderhaus und sag Cutter, er soll sein Funkgerät anschalten.“

„Stephen! Wo bist du? Ich dachte …“

„Tu’s einfach, Connor. Out.“

Er hob das Fernglas und schlug sich mit der Linse gegen die Augenhöhle, während er im verrückten Tanz des schwankenden Mastes versuchte hindurchzuschauen. Schließlich gab er auf und beschloss stattdessen, sich nur auf seine erstklassigen Augen zu verlassen.

Eine Möwe flog durch sein Sichtfeld, so nah, dass er seinen Arm ausstrecken und ihr einen Klaps auf den Hintern hätte geben können. Er starrte hinaus ins Grau, und seine Augen tränten von dem aggressiven Wind. Auch wenn er nicht mehr so schlimm war wie zuvor, hätte er ihn vor der letzten Nacht mit Sicherheit einen Sturm genannt. Er bewunderte den Mut von Männern wie Hanlon, die ihre Rostkübel von Schiffen in diese Wildnis hinausfuhren und versuchten, auf diese Weise ihren Lebensunterhalt zu verdienen. Kein Wunder, dass man diesen für den gefährlichsten Job der Welt hielt.

Aus irgendeinem Grund führten ihn seine Gedanken in diesem Moment zu Helen und er fragte sich, wo sie gerade war; vielleicht erforschte sie eine unbekannte, prähistorische Region in einer Welt, die noch gefährlicher war, als dieser sturmgebeutelte Ozean. Ein Teil von ihm wünschte sich sogar jetzt noch, dass er bei ihr sein könnte, doch die andere Hälfte hasste sich selbst für den bloßen Gedanken daran. Schlimm genug, dass er mit der Frau seines besten Freundes geschlafen hatte. Was noch schlimmer war, war die hohe Wahrscheinlichkeit, dass sie ihn nur benutzt hatte, um Cutter eins auszuwischen – und er war darauf hereingefallen. Er hatte es sie tun lassen. Er vermisste Cutters Freundschaft, die unbeschwerte Kameradschaft der alten Tage. Dadurch, dass er ihn mit Helen betrogen hatte und durch diese ganze Claudia-Jenny-Geschichte war Cutter nicht länger der Mann, der er zuvor gewesen war. Nicht länger der Freund, der er einmal gewesen war. Das schmerzte und verärgerte Stephen zugleich. Manches Mal fragte er sich, ob er und Cutter weiterhin zusammenarbeiten konnten, ob die Dinge vielleicht eines Tages leichter werden würden. Er hoffte es. Er …

Da war etwas, in den Gewässern vor ihm. Ein flüchtiger Anblick von etwas Schwarzem, das sich im Wasser drehte.

Sein Funkgerät zischte statisch.

„Stephen, wie läuft's? Over." Es war Cutter.

„Warte kurz", funkte er zurück.

Seine Augen tränten und brannten von der salzigen Luft, und er blinzelte die Gischt fort, schmeckte sie auf seinen Lippen und fühlte sie in seiner Hornhaut brennen.

Da war es wieder; ein erhaschter Blick auf etwas, das verschwand, indem es sich eine halbe Meile vor ihm in die Flanke einer Welle warf.

„Mein Gott“, flüsterte er laut. Es musste riesig sein, von der Größe eines Wals. Möglicherweise war es ein Wal, sagte er sich selbst, doch er war nicht überzeugt.

„Cutter“, sagte er in das kleine Funkgerät, „siehst du irgendwas auf dem Sonar direkt vor uns? Over.“

„Ja. Weniger als eine Meile westlich, fast direkt geradeaus. Es bewegt sich vor und zurück. Kannst du es identifizieren? Over.“

In diesem Moment sah er, wie die Schnauze des Dings durch die Oberfläche brach und sich öffnete, als schnappte sie nach einer vorbeifliegenden Möwe. Ein riesiges, schwarzes Ungetüm mit einem gefleckten, relativ blassen Unterbauch. Es platschte wieder ins Wasser und verschwand in der Schlucht vor einer emporragenden Welle.

„Hast du das gesehen – hast du das gesehen?“, schrie Stephen in sein Funkgerät.

„Negativ. Der Seegang ist zu hoch. Was hast du gesehen? Over.“

Stephen blieb stocksteif, als ob er am Mast festgefroren wäre. Er starrte hinaus auf die majestätische Leere des Meeres und spürte einen schneidenden Schauer der Angst durch seine Adern fließen. Es war eine Sache, diesen Kreaturen auf dem Land zu begegnen, wo es Unterstützung gab – wo man einen Ort hatte, an den man fliehen konnte. Es war eine ganz andere Sache auf dem Meer, in einem rostigen kleinen Boot Hunderte von Meilen von allem entfernt, auf sie zu treffen.

Er drückte den Sprechknopf an seinem Walkie-Talkie.

„Wir werden ein größeres Boot brauchen“, sagte er mit einem freudlosen Lächeln auf dem Gesicht.

ACHT

Die Soldaten stellten sich ohne sich zu beschweren an den Seiten der *Polar Star* auf, ihre Waffen im Anschlag.

Private Watts hielt vom Masttop Ausschau und schickte mit klappernden Zähnen regelmäßigen Bericht hinab. Willoby, Connor und Stephen sortierten die Massen an Ausrüstung auf dem Deck und banden Rucksäcke an Deckpfosten. Die beiden Schlauchboote lagen in ihren weißen Containern, bereit, jederzeit schnell aufgeblasen zu werden. Connor ging regelmäßig zur Reling des Schiffs und würgte Galle ins Meer. Nun, da er die steigenden und fallenden Wellen um sich herum sehen konnte, verkrampfte sich sein bereits leerer Magen wieder und wieder.

Cutter stand im Ruderhaus und beobachtete das Sonar, während Liam Hanlon am Steuer blieb, scheinbar damit verschweißt und geradezu ein Teil seines Schiffes. Er war still geworden; er hatte die Angst auf ihren Gesichtern gesehen und wusste nicht, was er davon halten sollte.

„Es ist weg", sagte Cutter und atmete erleichtert aus. „Ich kann es nirgends sehen." Er machte eine Pause. „Sind Sie sicher, dass es in diesem Teil des Nordatlantiks keine Wale gibt?", fragte er zum wiederholten Mal.

„Ich hab noch nie einen gesehen", antwortete Hanlon. „Sind Sie sicher, dass Ihr Junge sich nicht etwas eingebildet hat?"

„Glauben Sie, dass sich das Sonar etwas eingebildet hat?", schnappte Cutter zurück.

„Oh, da draußen ist etwas, keine Frage, und es ist kein U-Boot. Es ist zu klein und wechselt den Kurs zu schnell. Ich schätze, Sie haben das Ding gefunden, wegen dem Sie hier rausgekommen sind, nicht wahr?"

„Eins von ihnen", sagte Cutter. Beinahe empfand er Mitleid mit Hanlon. Der Mann mochte vielleicht eine unermüdliche Quasselstrippe sein, was aber nicht hieß, dass es ihm an Mut fehlte, schließlich war er hier draußen und riskierte sein Leben unter Vorspiegelung falscher Tatsachen. So funktionierten die Dinge in dieser Welt.

„Sie glauben, dass die *Cormorant* eine Begegnung mit unserer mysteriösen Kreatur hatte, oder?", wollte Hanlon wissen.

„Es ist möglich."

Der Fischer zog sich hoch und wischte sich mit seinem Taschentuch die Stirn. Die Falten in seinem Gesicht strafften sich.

„Aye, nun gut, das hier ist kein hölzernes Küstenboot. Wenn irgendetwas versucht, sich mit der *Star* anzulegen, wird es auf rohen Stahl treffen."

„Das ist die richtige Einstellung", sagte Cutter und schlug dem alten Fischer auf die Schulter. Dann, bevor er sich umdrehte, um zu gehen, fiel sein Blick auf das Sonar.

Und ein Ausdruck des Horrors dämmerte auf seinem Gesicht.

„Was zum *Teufel* ist das?"

Hanlon drehte sich ruckartig um.

Er starrte aus den Schirm. „Heilige Mutter Gottes; es ist direkt über uns!"

Das Feuer der Automatikwaffen hallte über das Schiff, krachend peitschte es über das Geräusch des Windes und der Wellen hinweg, übertönte selbst über die stampfenden Dieselmotoren.

„Jesus Christus!", rief Hanlon.

„Achten Sie auf Ihren Kurs, Käpt'n", schrie Cutter. Er verließ das Ruderhaus und sprang hinaus in die brodelnde, sturmgetriebene Gischt des Morgens.

„Was ist hier los?", rief er, als er nach achtern taumelte. Er konnte den Korditgestank des Waffenfeuers selbst inmitten des Sturms riechen.

„Stellung halten!", bellte Captain Willoby. Und Cutter wurde eines Anblicks gewahr, der sich für den Rest seines Lebens in seine Erinnerung einbrannte.

Die *Polar Star* befand sich im Tal einer riesigen, glattkämmigen Welle. Sie kletterten an der Seite dieses Bergs aus Wasser hinauf, die kämpfenden Dieselmaschinen ließen den stählernen Bug des Schiffes die Flanke der Welle erklimmen, als wolle der Trawler versuchen, sie in zwei Hälften zu schneiden. Der Kamm der Welle war höher als der Masttop; ein Dreißigfüßer, ein monströser Moloch aus Wasser.

Und Cutter konnte in die Tiefe der Welle *hinein* sehen, als ob er in ein riesiges Aquarium blickte, das sich hoch über seinen Kopf erhob. In diesem sich bewegenden Titan aus Wasser zeichnete sich eine dunkle Gestalt ab. Stomlinienförmig war sie, gigantisch, länger als das Boot unter ihren Füßen und dabei geschmeidig wie ein Geschoss. Die Kante einer gewaltigen Flosse durchbrach die Wasseroberfläche, eine Flosse zweimal so lang wie ein Mann, dann hatte sich die Welle weiter unter die Hülle des Bootes bewegt und das Monster darin wieder mit in die Tiefen genommen.

Die Soldaten waren derart geschockt, dass ihnen, nachdem Watts oben vom Masttop erschrocken einen Schuss abgegeben hatte, nicht in den Sinn gekommen war, ihre Waffen einzusetzen. Wie angewurzelt standen sie auf dem Stahldeck, die noch immer gesicherten Maschinenpistolen vergessen in den Händen. In ihrer Mitte kauerten Connor, Abby und Stephen wie vom Blitz getroffen, während das Meerwasser knietief um sie herumschwappte, und durch die Speigatten strömte, als der Trawler erneut seine Schaukelpferdbewegungen begann.

Stephen riss sich als erster wieder zusammen.

„Pliosaurus!“, rief er Cutter zu. „Ich wusste nicht, dass die so groß werden können. Er muss fünfzig Fuß lang sein!“

„Achtung!“, schrie Willoby in den Wind. „Entsichern. Reißt euch am Riemen, ihr dämlichen Mistkerle! Sergeant Fox – falls wir dieses Ding wieder sehen, dann feuern Sie mit allem was Sie haben darauf! Fox – hören Sie mir zu?“

„Aye – Ich meine ja, Sir.“ Er drehte sich um. „Ihr habt ihn gehört, ihr Vollidioten. Benutzt eure Finger und passt auf. Bristow, pack das verdammte Minimi auf die Reling. Pete, besorg ein paar Splittergranaten.“

„Jetzt wissen wir, was die *Cormorant* erwischt hat“, sagte Cutter. Er half Stephen inmitten des Haufens durchnässter, festgebundener Ausrüstung, die auf dem Deck lag, auf die Beine.

„Ja – wünschst du dir jetzt nicht auch, wir wären geflogen?“

„Er hat uns ignoriert Stephen. Ich weiß nicht warum, aber er ist einfach vorbeigeschwommen. Hast du sein Auge gesehen?“

„Hab ich. Ich dachte, er sieht mich direkt an.“

Cutters weißes, unrasiertes Gesicht verzog sich zu einem ungläubigen Lächeln. Seine Augen leuchteten wie die eines Schuljungen, für den die Sommerferien beginnen.

„Mein Gott, Stephen, hast du jemals in deinem Leben etwas so Großartiges gesehen? Er ist seit 160 Millionen Jahren nicht mehr durch diese Gewässer geschwommen und er ist gerade einfach so an uns vorbeigezogen.“

„Unglaublich“, stimmte Stephen zu und lächelte über Cutters Aufregung.

„Er ist ein Lungenatmer, Stephen, kein Fisch. Er wird regelmäßig auftauchen; dieses Ding wird nicht tief abtauchen.“

„Anders ausgedrückt, er wird nicht verschwinden."

„Aber was für Auswirkungen haben die kalten Gewässer des Nordatlantik auf ihn – das ist die Frage. Er wirkte träge auf mich. Selbst etwas so Großes muss bei diesen Temperaturen erfrieren."

„Vielleicht ist er deshalb an uns vorbeigezogen", mutmaßte Stephen.

„Ja, könnte sein. Wenn ich nur eine Kamera gehabt hätte."

Das Boot schwankte unter ihnen und der Wind kreischte durch die Abspannseile des Mastes. Er wurde wieder stärker.

„Lass uns die Urlaubsschnappschüsse ein anderes Mal machen, ja?", sagte Stephen. Er grinste Cutter an und sah glücklicher als während der ganzen letzten Wochen aus.

Willoby gesellte sich zu den beiden Männern, seine M-4 über seine Brust geschlungen. Von seinem Gesicht tropfte Wasser und er war so grau wie das Meer um sie herum.

„Okay, Sie haben mich; ich bin offiziell beeindruckt. Was zur Hölle war das?"

„Ein Liopleurodon", sagte Cutter. „Der größte Meeresräuber aller Zeiten; gehört zur Familie der Plesiosaurier, aus dem Jura."

„Dann stimmt es also wirklich", sagte Willoby kopfschüttelnd. „Ich hab irgendwie halb gedacht es sei ein Scherz, oder ein Vorwand für etwas anderes."

„Es ist alles wahr", sagte Cutter. „Irgendwo in den Gewässern um uns herum ist eine Anomalie, ein Portal, wenn man so will, zwischen unserer Zeit und einer Ära, die weit in der Vergangenheit existierte. Und durch dieses Portal können Dinge kommen."

„Spielberg würde sich vor Freude in die Hose machen, wenn er nur die Hälfte davon wüsste", sagte Willoby. Er schien etwas von seiner kämpferischen Haltung zurückzugewinnen. „Wie können wir ihn töten, Professor?"

Cutter runzelte die Stirn.

„Ihn töten – warum sollten wir uns die Mühe machen? Die Temperatur des Wassers tötet ihn bereits Minute für Minute. Sie müssen ihn nicht erschießen, Captain – er wird es nicht mehr lange machen."

„Gott sei Dank. So wie es aussieht, könnte dieses Ding tausend Kugeln aushalten, ohne mit der Wimper zu zucken." Dann veränderte sich Willobys Gesicht. „Wenn Viecher wie dieses in unsere Meere kommt, was um alles in der Welt läuft dann aus der Insel rum, zu der wir fahren?" Er stellte die Frage, als wäre es ihm gerade erst klar geworden.

„Das ist der interessante Teil", sagte Stephen. „Willkommen in unserer Welt, Captain. Sie werden sich für keinen Moment langweilen, das versichere ich Ihnen."

Willoby blinzelte in Gedanken versunken. Er sah Cutter an. „Professor, ich ..."

„Da ist er – er durchbricht die Oberfläche an Steuerbord!", schrie Watts von ihrem Posten auf dem Masttop.

Die schwarze, gefleckte Schnauze des Liopleurodon hob sich weniger als zwanzig Meter entfernt aus dem Wasser. Sein Kopf hatte die Länge eines Familienautos.

An der Steuerbordreling eröffnete Joe Bristow das Feuer mit dem Minimi und versprühte automatisches Feuer mit der Waffe an seiner Hüfte, deren Lauf er auf die Reling stützte. Leere Patronenhülsen aus Messing flogen klimpernd durch die Luft. Neben dem Kopf des Liopleurodon schossen die Kugeln weiß ins Wasser. Die anderen Soldaten schlossen sich ihm an, ihre Karabiner auf voller Automatik. Das Klicken der leeren Magazine erklang in mehreren Waffen bevor Willoby schrie, „Feuer einstellen – Feuer einstellen!"

Die Kreatur war untergetaucht, doch bevor die Wellen über ihr brachen, waren sie alle sicher, eine dunkle Wolke gesehen zu haben, die das Wasser hinter ihr trübte.

Connor stolperte herüber und fummelte mit seinem kleinen Finger in seinem Ohr.

„Denken Sie, wir bewirken mehr, als ihn einfach nur wütend zu machen, Professor?“

Cutter sagte nichts. Er starrte über die Reling des Bootes auf die leeren Wellen und atmete den beißenden Gestank des Kordits ein. Noch immer klingelten seine Ohren. Die Soldaten luden nach. Bristows Minimi dampfte in der kalten Luft und Gischtspritzer zischten auf dem Lauf.

Er drehte sich zu Willoby.

„Connor hat vielleicht recht. Ein Ding dieser Größe kann einiges einstecken. Captain, falls er nicht direkt das Boot angreift, schlage ich vor, Ihre Männer sparen ihre Munition.“ Er war ruhig, doch in seinen Augen lag etwas, das Wut sehr ähnlich war.

„Also gut, Professor. Ich stimme zu“, sagte Willoby. Ihre Blicke trafen sich und die Spannung zwischen ihnen schien für eine Sekunde zu zischen, bis Cutter sich wegdrehte.

Im Ruderhaus stand Liam Hanlon immer noch da, wo Cutter ihn zurückgelassen hatte. Er kaute auf einer Ecke seines Taschentuchs herum.

„Ich sollte mit diesem Boot umkehren“, sagte er mit wütender Stimme und angstfahlem Gesicht. „Ihr Typen habt mich unter falschem Vorwand hier rausgelockt.“

„Ich weiß“, sagte Cutter und fühlte ehrliche Reue. „Ich weiß. Aber wir haben hierbei alle keine Wahl. Sie bringen uns jetzt nach Guns Island und werden kein Wort darüber verlieren.“

Hanlon blickte ihn finster an.

„Ich dachte ihr wärt Soldaten. Jetzt weiß ich, dass ihr einfach nur Irre seid.“

„Das sind wir, Käpt'n. Das sind wir.“

Der Tag verging, ohne dass der Liopleurodon zurückkehrte. Die Soldaten reinigten ihre Waffen in Schichten und bemühten sich darum, sie rostfrei zu halten.

Stephen schloss sich Abby und Connor auf der Mitte des Schiffes an. Sie gingen methodisch ihre Ausrüstung bereits zum dritten oder vierten Mal durch. Connor fluchte leise.

„Was ist?", fragte ihn Abby.

„Hab meinen iPod vergessen. Ich wusste, ich hab was vergessen."

„Du hast aber noch was vergessen", meinte Stephen.

„Was denn?"

„Deine Seekrankheit."

„Du hast recht! Ich fühle mich wieder gut. Mein Magen ist zwar immer noch wie auf einem Trapez, aber es macht mir jetzt nichts mehr aus – was sagt man dazu?"

„Angst ist ein wundervolles Heilmittel", sagte Abby.

„Angst – oh, komm schon Abs!"

„Ich hab dich gesehen, Connor. Du hast in dem Moment aufgehört, dich zu übergeben, als du das Seeungeheuer gesehen hast, und seitdem musstest du nicht mal mehr würgen."

„Das ist das Adrenalin – meine primitiven Überlebensinstinkte setzten ein."

„Wer hat nochmal gesagt, ‚Wenn man einen zivilisierten Mann in eine Ecke drängt, werden einen irgendwann die glühenden, roten Augen eines Höhlenmenschen anstarren?'", sagte Stephen mit einem Grinsen.

„Das stimmt – das bin ich", sagte Connor strahlend. „Höhlenmensch – Mann der Handlung." Er machte eine Pause. „Kann ich jetzt eine Waffe haben?"

„Nein!", sagten Abby und Stephen gleichzeitig.

„Dem GPS zufolge sind wir jetzt zweiunddreißig Seemeilen süd-südöstlich vor Guns Island", sagte Willoby, der das Gerät in seiner Hand studierte.

„Es wird bald wieder dunkel sein", sagte Cutter und starrte aus den salzverkrusteten Fenstern des Ruderhauses. „Hanlon, Sie kennen die Insel. Wir brauchen einen Ort, an dem wir die

Ausrüstung an Land bringen können, etwas mit einer geschützten Zufahrt."

„So etwas wie eine geschützte Zufahrt gibt es auf Guns Island nicht", sagte Hanlon. „Ich kann euch auf die leewärtige Seite bringen, nah heranfahren und das Schiff dort halten, während ihr von Bord geht. Die gepunktete Linie auf eurer Karte, auf die ihr euch verlasst, um euch nach oben zu bringen, endet an der Küste in einer winzigen Bucht, vielleicht fünfzig Yards breit. Da legen die wissenschaftlichen Vogelbeobachter im Sommer ihre Boote an, wenn sie kommen, um die Tölpel zu zählen. Wenn ihr es bis dahin schaffen könnt, solltet ihr ruhigeres Wasser haben, selbst zu dieser Jahreszeit." Er saugte für eine Sekunde mürrisch an seinen Zähnen. „Ihr habe keine Überlebensanzüge, oder?"

„Nur die hier", sagte Cutter und tippte gegen den Kragen seiner Rettungsweste.

„Dann solltet ihr um Gottes Willen nicht ins Wasser fallen. Die Kälte wird euch in ein paar Minuten K.O. schlagen und das wär's dann."

Es wurde bald dunkel und Hanlon schaltete die Scheinwerfer des Trawlers wieder ein. Erneut hatte der Wind nachgelassen und der Seegang war etwas zurückgegangen. Statt der fünfzehn und zwanzig Fuß hohen Wellen, an die sie sich gewöhnt hatten, rollten nun nur noch zehn Fuß hohe in sanfter Abfolge unter dem Boot entlang wie eine Reihe riesiger Bremsschwellen.

Cutter war am Steuer, denn der Kapitän war nach unten gegangen, um eine Stunde zu schlafen. Er stand da, der kalte Schweiß lief ihm trotz seiner warmen Kleidung den Rücken herunter, und starrte hinaus auf die scheinwerferbeleuchtete Dunkelheit, blickte dann auf den Kompass, dann auf die endlose Abtastung des Sonars. Unter seinen Füßen rumpelte das Deck vom stetigen Schlag der Maschinen.

„Vier Meilen", sagte Willoby und studierte sein GPS. „Ich wecke besser Hanlon."

„Geben Sie ihm noch zehn Minuten", schlug Cutter vor. „Der arme Kerl muss dieses Ding den ganzen Weg zurück nach Crosshaven alleine fahren."

„Er ist ein mutiger Mann – oder ein dummer", sagte Willoby.

„Mutig und gierig, wie die spanischen Eroberer."

„Und Sie, Professor – trifft diese Beschreibung auch auf Sie zu?"

Cutter drehte sich um, um ihn für einen Moment anzusehen. „Ich mache das nicht wegen des Geldes."

„Nein, aber ich hab Ihr Gesicht gesehen, als das Ding neben dem Boot aufgetaucht ist. Ich habe Soldaten gesehen, die auf die gleiche Weise Stripperinnen anstarrten. Sie machen das wegen des Kicks."

Cutter schnaubte ein halbes Lachen.

„Ich bin also scharf auf Dinosaurier – zu was macht mich das?"

„Zu einem gefährlichen Mann, Professor."

„Und das von dem großen, bösen Offizier der Spezialeinheit."

„Ich befolge nur Befehle."

„Erzählen Sie keinen Scheiß. Sie haben sich freiwillig gemeldet, Willoby. Ich habe Ihre Akte gesehen, erinnern Sie sich – Sie würden sich für alles freiwillig melden. Wenn hier einer von uns nach dem Kick sucht, dann sind Sie das."

Willoby lächelte.

„Ich bin Berufssoldat – ich gehe dahin, wo die Action ist."

„Und ich bin Berufszoologe. Ich gehe dahin, wo die Monster sind."

Willoby lehnte sich vor und schaltete die Scheinwerfer des Trawlers ab. Augenblicklich wurde die Welt hinter den Fenstern dunkel.

„Hey!“, rief Cutter.

„Einen Moment, Professor, warten Sie, bis sich Ihre Augen anpassen. Sehen Sie weiter nach draußen.“

Sie standen nebeneinander am Steuer, die Maschinen stampften endlos unter ihren Füßen, das Boot hob und senkte sich.

„Da“, meinte Willoby. „Sehen Sie es?“

Cutters Augen hatten sich angepasst. Das Meer hatte nun eine hellere Farbe und lag als blasse, fahle Schieferplatte vor ihm. Darüber war der Himmel dunkler und mit Sternen gesprenkelt – die Wolken hatten sich endlich verzogen. Doch etwas erhob sich massig aus dem Meer und verdunkelte die Sterne. Mit jedem Moment, den der Trawler weiter in Richtung Westen fuhr, erschien es größer und näher. Eine ausdruckslose Schwärze am Rand der Welt.

„Land ahoi“, sagte Willoby leise. „Professor, Guns Island liegt direkt vor uns.“

„Wo es Monster gibt“, sagte Cutter düster. Er drosselte die Maschinen, deren unaufhörliches dumpfes Schlagen sich verlangsamte, und das Boot verlor an Geschwindigkeit.

„Wecken Sie besser den Kapitän“, fügte er hinzu. „In ein paar Minuten werden wir direkt vor diesen Klippen sein.“

Auf dem Boot war es still. Das Team stand umgeben von Bergen an Ausrüstung und Waffen auf dem Achterndeck, während Bristow und Fox mit den beiden Schlauchbooten bereit standen. Cutter stand an der geöffneten Ruderhaustür und leitete Informationen zwischen Hanlon und den anderen hin und her. Er war völlig durchnässt, eiskalt und hatte seit vierundzwanzig Stunden nicht geschlafen. Der Adrenalinstoß, den er durch den Anblick des Liopleurodons erhalten hatte, war nur noch eine Erinnerung. Alles was er jetzt wollte war, warm und trocken zu sein und seinen Kopf acht Stunden irgendwo hinlegen zu können, wo es dunkel war.

Stattdessen, dachte er grimmig, *muss ich eine tausend Fuß hohe Klippe hochklettern und mich mit einer Gruppe unbekannter, prähistorischer Tiere herumschlagen. Wer hätte gedacht, dass das Erwerben eines Doktortitels mich in so einen Schlamassel bringen könnte?*

Das Meer hatte sich beruhigt und der Wind war zu nicht viel mehr als einer unbeständigen Brise geworden, denn die Masse der Insel trennte sie von der Tücke des Sturms, der noch immer in nordöstlicher Richtung tobte. Cutter blickte nach oben und sah eine Vielzahl Sterne, den sich schlängelnden Schein der Milchstraße und ein Stück des Mondes, der durch die Fetzen der unheimlichen, vorbeiziehenden Wolken kam und ging. Es war bitterkalt. Er stand inmitten einer sich ständig erneuernden Wolke seines eigenen Atems.

Vor dem Boot erhoben sich die gewaltigen Klippen von Guns Island, eintausend Fuß Atlantik geschlagener Basalt, der einst der Lavapfropfen in einem riesigen Vulkan gewesen war. Das angestiegene Meer hatte die Seiten des Berges vor Äonen schon abgetragen. Zurückgeblieben war nur die zentrale Säule erkalteten Magmas. Dieser riesige Klotz feuergeformten Gesteins war geblieben, während sich die Welt um ihn herum verändert und die Kontinente sich darunter verschoben hatten, während die Meere tiefer und kälter geworden waren. Eiszeiten sowie Jahrtausende waren gekommen und wieder vergangen wie das Umblättern einer Buchseite.

Was in aller Welt wartete dort oben auf sie?

„Ich sehe weißes Wasser, drei- oder vierhundert Meter vor uns!“, rief Doody von oben aus dem Masttop. Und dann: „Wellenbrecher! Ich sehe Wellenbrecher. Das sind Felsen vor uns, Boss!“

Cutter steckte den Kopf ins Ruderhaus. „Haben Sie gehört?“, fragte er Hanlon.

„Hab ich“, antwortete der Kapitän. Sein Mund war ein dünner Strich in seinem Bart, und seine Augen waren gleichzeitig blutunterlaufen und weit aufgerissen. Er schob das Boot Meter für Meter vorwärts, eine Hand am Steuer, die andere an der Drossel. „Da ist eine Strömung, die sich um die Insel herum nach Osten arbeitet. Wir werden bald drin sein. Wenn es soweit ist, holen Sie ihre Leute so schnell wie möglich vom Boot, denn ich werde mit dem Wasser kämpfen müssen, um von den Felsen weg zu bleiben. Hören Sie?"

„Hab verstanden", sagte Cutter leise. „Vielen Dank, Käpt'n, dass Sie das durchgestanden haben."

„Ich will Ihren Dank nicht. Ich will nur heil nach Hause kommen und mein Geld kriegen. Fangen Sie an, ihre Schlauchboote vorzubereiten. Ich gebe ein Lichtsignal, wenn es Zeit ist, sie ins Wasser zu lassen."

Sie standen an Deck, zehn wassertriefende, zitternde Leute. Willoby und Cutter knieten neben den beiden Schlauchbooten, die immer noch in ihre weißen Plastikzylinder gehüllt waren. Sie legten die Riegel um und warfen die oberen Hälften der Container zur Seite. Darunter lagen eng verschnürte Bündel leuchtfarbigen Gummis. Als die Lichter des Trawlers für eine Sekunde erloschen, zogen sie beide an den Reißleinen und stießen die Bündel ins Wasser. Die Säcke, die immer noch an Nylonseilen befestigt waren, explodierten nach außen und entfalteten sich zu Schlauchbooten. Sie entrollten sich wie lebende Wesen und waren in ein paar Sekunden bereit.

„Im Moment würde ich viel für ein anständiges Zodiac-Boot geben", sagte Willoby.

„Das ist alles, was wir in der Ladung finden konnten", meinte Cutter. „Kümmern Sie sich um die Außenbordmotoren, Captain."

Das Team verfügte über zwei kleine Seagull-Außenbordmotoren. Bristow und Fox sprangen in die zwei Schlauchboote hinunter und nahmen die Motoren entgegen, kein leichtes Unterfangen bei unruhiger See. Die beiden Soldaten befestigten sie an den Hecks der Schlauchboote und saßen dann auf und ab wankend da, während die Schlauchboote gegen die Seite des Trawlers prallten. Connor blickte auf die kleinen, wie Spielzeuge gegen den Bauch des Schiffes schaukelnde Boote hinunter.

„Ich hätte nie gedacht, dass ich das sagen würde", stöhnte er, „aber ich glaube, mir ist das große Boot lieber."

„Komm schon, Connor." Abby stupste ihn an. „Nur noch ein paar hundert Meter und wir haben es geschafft. Ich mach' dir auch 'ne schöne Tasse Kakao."

„Oh, bitte nicht, Abby", ächzte Connor. Er presste sich die Hand vor den Mund.

„Die Ausrüstung zuerst", befahl Willoby. „Kommt schon, Jungs, wir haben nicht die ganze verdammte Nacht Zeit." Er drehte sich um und sah zum Masttop hoch, wo die Signalgeberin Watts stand und den Horizont mit einem Infrarotsichtgerät absuchte.

„Watts! Alles klar?"

„Alles klar, Boss – nicht mal eine Sardine in Sicht."

„Okay, kommen Sie runter. Cutter, ich will, dass Sie ihre Leute zwischen den Booten aufteilen."

Mit zusammengebissenen Zähnen, um sie vom Klappern abzuhalten, nickte Cutter.

„Stephen, du und Connor geht in das linke; Abby, du kommst mit mir."

Die Schlauchboote waren gefährlich überladen. Als sich das Team darin verteilte, waren nur noch wenige Zoll Platz an Bord übrig, und der Seegang, der vom Deck des Trawlers aus noch recht harmlos ausgesehen hatte, wurde unter ihnen zu einer Achterbahnbewegung.

Hanlon erschien an der Reling des Trawlers. Er löste erst eine, dann die andere Leine. Als die Schlauchboote von der *Polar Star* fort drifteten, sahen sie ihn eine Hand heben. Er war nicht mehr als eine schwarze Silhouette gegen die grellen Lichter des Bootes.

„Möge Gott euch beistehen!“, hörten sie ihn rufen, bevor er wieder im Ruderhaus verschwand. Die Maschinen des Trawlers nahmen Kraft und Lärm wieder auf und das große Stahlboot begann langsam davonzufahren, zurück in Richtung Südosten, sein Bug nach Irland gerichtet.

Für einen Moment kehrte Stille auf den beiden Schlauchbooten ein. Hoch über ihnen heulte der Wind, ein Geräusch, dem eines vorbeifahrenden Zugs ähnlich, und sowohl Bristow als auch Fox zogen heftig an den Startseilen der Außenbordmotoren. Endlich schlugen die kleinen Maschinen an, ratterten und ächzten wie aufgeregte Rasenmäher. Die Schlauchboote setzten sich in Bewegung.

Cutter blickte zurück und sah die Lichter des Trawlers in der schwarzen Nacht verschwinden. Das Schiff fortfahren zu sehen löste in ihm trotz der engen Nähe seiner Gefährten in gewisser Weise ein Gefühl unglaublicher Einsamkeit aus.

NEUN

Jenny Lewis hatte nur einmal zuvor das Innere einer Gefängniszelle gesehen, als sie als Studentin Teil einer Gruppe betrunkener, reicher Jugendlicher in Oxford war, die dachten, es sei eine gute Idee, in rollbaren Müllcontainern um drei Uhr morgens die High Street runterzurollen. Damals hatte ihre Inhaftierung lediglich einige Stunden gedauert. Es folgte eine Kaution, sonst nichts.

Das hier, dachte sie, *könnte sich als weitaus kniffliger herausstellen.*

Aus welchem Grund auch immer hatte sie Verlangen nach einer Zigarette, obwohl sie seit Jahren nicht an diese Abhängigkeit gedacht hatte. Es schien ihr einfach geboten zu sein, um sich den kahlwandigen Raum ebenso erträglicher zu machen wie den schweren, mit Kunstharzpapier beklebten Tisch mit dem Loch für eine Handschelle darin und den Pappbecher voll scheußlichen Kaffees, der, sich abkühlend, vor ihr stand.

Sie fummelte an ihrem Handy herum, das warm in einer Tasche lag. In einer Ecke des Raumes befand sich eine Kameralinse, und man hatte ihr gesagt, sie dürfe ohne Erlaubnis keine Anrufe tätigen. Insgeheim fragte sie sich, ob sie sofort mit erhobenen Schlagstöcken in den Raum gestürzt kämen, wenn sie das Handy an ihr Ohr hielte.

Es spielte keine Rolle, da der Akku leer war. Von allen

Zeiten, in denen dies geschehen konnte, musste es natürlich jetzt passieren. Sie hatte es nicht geschafft, Lester anzurufen, um ihn zu warnen. Das war ein großer Fehler, für den sie nun bereits bezahlte.

Aber sie nahm an, dass er mittlerweile über die Situation Bescheid wusste. Eine Beamtin des Britischen Innenministeriums war von einer ausländischen Regierung festgenommen worden. Er musste bereits an einer Lösung arbeiten.

Er musste.

Jenny blickte auf ihre Uhr. Es war fünf Uhr morgens. *Ich wette, er liegt noch im Bett*, dachte sie erschöpft. *Gott, bin ich müde.*

Die Tür öffnete sich und ein Mann in zerknittertem Anzug trat ein. Er sah aus, als habe er sich im Dunkeln angezogen, überdies hing seine Krawatte schief. Er setzte sich Jenny gegenüber und stellte zwei weitere dampfende Pappbecher auf den Tisch, von denen ein köstlicher Geruch ausging.

„Cappuccinos", gab er mit einem Lächeln zu verstehen. „Die Straße runter gibt es ein winziges Italienisches Café, das früh öffnet. Sie sehen so aus, als könnten Sie einen brauchen."

Sie nippte dankbar daran, sagte aber nichts.

„Mein Name ist Kieran Madden. Ich bin nur hier, um Ihnen ein paar Fragen zu stellen", führte er aus. Er hatte ein freundliches, quadratisches Gesicht, das von grauen Haaren umrahmt war. Seine Augen waren hellblau, und obwohl er müde zu sein schien, waren sie klar und durchdringend. *Dieser Mann ist kein Trottel*, dachte Jenny und trank ihren Kaffee, um sich ein oder zwei Momente zum Nachdenken zu verschaffen.

Madden beobachtete sie genau.

„Um schätzungsweise halb zwei an diesem Morgen verließ ein Trawler namens *Polar Star* den Hafen bei Crosshaven. Der Name des Kapitäns war …" Er zog ein Notizbuch aus seiner Anzugstasche und schlug es auf. „… Liam Hanlon. Ein Mann aus dem Ort. An Bord des Schiffes waren zehn Passagiere, die eine große Menge Ausrüstung mit sich führten. Diese Ausrüstung kam diesen Nachmittag mit einem gecharterten Luftfrachter Shorts 360 über den Flughafen von Shannon an. Dann wurde sie auf einen Truck geladen und zu einem Treffpunkt in Crosshaven gefahren. Sie, Ms. Lewis, waren ebenfalls an diesem Treffpunkt."

Jenny hob eine Augenbraue über den Rand ihres Bechers.

„Vielleicht, vielleicht auch nicht. Ich gehe davon aus, dass das Recht zu schweigen auch hier in Irland existiert, Mr. Madden."

„Inspector Madden", korrigierte er sie barsch.

„Verzeihung. Ich war mir Ihres Ranges nicht bewusst. Inspector, ich habe Ihren Leuten meinen Namen und eine Nummer, unter der sie anrufen können, gegeben. Sobald dieser Kontakt hergestellt ist, wird sich das alles hier sehr schnell klären."

„Wohin war der Trawler unterwegs, Ms. Lewis?"

„Ich habe keine Ahnung."

„Diese Männer an Bord waren Soldaten, nicht wahr?"

„Ich habe keine Ahnung."

Madden zog eine Packung mit Zigaretten hervor, zündete eine davon mit einem Plastikfeuerzeug an und stieß mit offensichtlicher Zufriedenheit blauen Rauch aus.

„Na gut", sagte er geduldig und lehnte sich nach vorne. „Dann fangen wir doch einfach am Anfang an, ja?"

Lester mochte es nicht, mitten in der Nacht nach Whitehall beordert zu werden, und doch schien das in letzter Zeit allzu häufig zu passieren.

Es erinnerte ihn an seine frühen Tage im Dienst, als er einen Großteil seiner zwanziger Jahre in endlosen Mitternachtstreffen zwischen Dokumentbündeln und nicht enden wollenden Komitees vergeudet hatte. Eigentlich sollte er mittlerweile darüber stehen. Doch wenn man in den frühen Morgenstunden von Lord Brooke angerufen wurde, parierte man.

Lord David Brooke CMG, oder „Call-me-God" – „Nennt mich Gott" –, wie Staatsbeamte den Titel kannten. Er war der Vorstand eines Komitees der Lords, das einen Großteil der internen Ausgaben innerhalb Whitehalls überwachte. Plump ausgedrückt: Er war der Mann, der Lesters Gehalt bezahlte.

Das Treffen war zudem auch noch in seiner privaten Residenz. Aus Erfahrung wusste Lester, dass das nichts Gutes zu bedeuten hatte. Er hatte nicht einmal Zeit gehabt, nach seinem eigenen Wagen zu schicken. Er bezahlte das Taxi und klingelte. Er stand in einem kleinen Säulengang, der von weißen Säulen gehalten wurde. Brooke lebte immer noch in Kensington, in der Nähe einiger seiner Clubs. Er war ein Mann der alten Schule. Was bedeutete, dass man ihn nicht mit innenministerischer Juristensprache abspeisen konnte.

Ein Butler – ein waschechter Butler in einem dunklen Anzug – geleitete Lester nach oben. Es war fünf Uhr morgens und er wettete neidisch darauf, dass Jenny irgendwo in Irland in einem warmen, gemütlichen Bett schlief.

Brooke wartete in seinem Arbeitszimmer und schien schon seit einiger Zeit wach zu sein. Freundlich war sein Gesichtsausdrucks nicht.

„Sie wissen, warum Sie hier sind", begann er. Er schüttelte Lester weder die Hand, noch bot er ihm einen Stuhl an. In seinen Morgenmantel gekleidet stand er mit dem Rücken zu einem flackernden Feuer. Das Licht der Flammen tanzte in kristallenen Karaffen, Lederstühlen mit mächtigen Rückenlehnen, vergoldeten Buchrücken, Mahagoni und Silber. Der Raum versprühte die Atmosphäre einer älteren, privilegierteren Welt. Eine Welt, die sich noch an den vergangenen Ruhm erinnerte, als London noch Mittelpunkt internationaler Angelegenheiten war.

Es ist jetzt ein anderes Spiel, doch diese alten Dinosau-

rier mischen sich noch immer ein, dachte Lester bei sich, ohne es auszusprechen.

Stattdessen antwortete er: „Ich fürchte, da bin ich im Nachteil, Mylord."

„Verfolgen Sie nicht, was in Ihrer eigenen Abteilung vonstatten geht, James? Mein Gott, Mann, mein Telefon klingelt seit einer Stunde wie verrückt." Sein Gesicht wurde rot. Er glich einer tickenden Zeitbombe. „In ein paar Stunden wird der Minister informiert sein."

Ein Schauer kroch Lester über den Rücken.

„Der irische Botschafter wird für diesen Nachmittag ein Treffen mit dem Außenminister beantragen, und zwar kein Kaffeekränzchen, nach dem, was man hört. Vielleicht hätten Sie die Freundlichkeit, mich über Ihren Anteil an der Geschichte zu informieren. Wenn dieser Vorfall an die Öffentlichkeit gerät, müssen wir vorbereitet sein." Er wurde still und wartete darauf, dass Lester antwortete. „Nun?", drängte er ungeduldig.

Lester atmete leise aus.

„Ich gehe davon aus, das hier hat mit der Anwesenheit meiner Abteilung in der Republik Irland zu tun."

„Da haben Sie verdammt nochmal recht! Einer Ihrer Mitarbeiter sitzt in diesem Moment in einer Gefängniszelle und die irische Navy rüstet einen Minensucher mit einem Team aus, um Jagd auf Ihren Fliegenden Holländer von einem Fischerboot zu machen. Was zur Hölle geht hier vor, Lester?"

Wie zum Teufel hatte Cutter es geschafft, im Gefängnis zu landen?, fragte sich Lester und hoffte, dass man ihm seine Verärgerung nicht ansah.

„Davon höre ich jetzt zum ersten Mal", beteuerte er. Seinem eigenen Willen zum Trotz setzte er sich auf einen nahe stehenden Hocker. Seine Beine fühlten sich an, wie in Wasser verwandelt. Sein Leben, seine Karriere, alles zog vor seinen Augen vorbei. Was zum Teufel war passiert – und warum hatte ihn Jenny nicht kontaktiert?

Oh mein Gott, es ist gar nicht Cutter ...

Brooke beobachtete ihn genau und seine Augen verengten sich.

„Sie haben von dieser Sache wirklich keine Ahnung, oder?"

„Meine Leute vor Ort hätten mich informieren müssen, aber ich habe nichts von ihnen gehört", gab Lester zu. Einen Fehler dieser Größenordnung versuchte man nicht zu vertuschen. Man trug es mit Fassung und hoffte auf Gnade.

„Verdammt leichtsinnig von Ihnen", bellte Brooke. Er sah Lester für einen Moment an, als wolle er ihn einschätzen und ging dann zu den Karaffen hinüber. Er goss zwei große Brandys ein und reichte Lester eins der schweren Kristallgläser.

„Trinken Sie aus, mein Junge. Sie sehen aus, als könnten Sie es gebrauchen."

Lester lächelte schief.

„Wie viel *können* Sie mir sagen?", fragte Brooke, nippte an seinem Brandy und verengte die Augen. „Je mehr ich weiß, desto mehr kann ich dabei tun."

„Ich habe ein Team, das auf dem Weg zu einer Insel im Nordatlantik ist, auf der wir während des Kriegs eine Basis unterhielten", führte Lester aus. Sein Verstand rotierte wild. „Zu dieser Zeit, in den späten Vierzigern und frühen Fünfzigern, wurden auf der Insel Experimente durchgeführt. Biologische Experimente."

Brooke setzte sich mit gekräuseltem Mund.

Lester wagte den Sprung ins kalte Wasser.

„Es könnten Materialien zurückgelassen worden sein, die nun ein Risiko für die Umwelt darstellen. Mein Team wurde ausgesandt, um sie zu neutralisieren." Da – er hatte die Lüge erzählt, oder zumindest die Wahrheit ein wenig verbogen. Seine Karriere stand nun auf Messers Schneide.

Er fuhr fort.

„Es ist eine Angelegenheit von einiger Dringlichkeit, und zurzeit tobt ein Sturm über der gesamten Region. Helikopterflüge sind unmöglich, also hat mein Team ein Fischerboot gechartert, um mit so wenig Zeitverlust wie möglich die Insel zu erreichen. Ihre Ausrüstung wurde als Diplomatengepäck nach Irland geflogen ..."

An dieser Stelle bedeckte Brooke seine Augen mit seiner Hand. Lester machte verbissen weiter.

„Ich denke, das hat das Misstrauen der irischen Regierung geweckt. Die Insel selbst ist umkämpftes Gebiet. Wir haben unsere Ansprüche aufgegeben, und die letztendliche Entscheidung über ihren Herrschaftsanspruch liegt nun in den Händen des internationalen Gerichtshofes. Sowohl Irland als auch Frankreich erheben Anspruch darauf." Er räusperte sich. Sein Mund war trotz des Brandys trocken. „Mylord, wir dürfen es nicht zulassen, dass irgendjemand außer meinem Team die Insel betritt. Es ist zwingend erforderlich."

Brooke erhob sich wieder.

„Was für einen verflucht schrecklichen kleinen Mist Sie uns da eingebrockt haben", sagte er milde. Dem Feuer zugewandt, starrte er in sein Glas.

„Wir können nichts tun", ließ er schließlich verlauten. „Die Iren sind schon auf dem Meer. Und sobald das auf dem Schreibtisch des Ministers landet, werden auch die Franzosen informiert werden müssen. Wir können die Sache nicht intern halten, Lester. Dafür ist es zu spät."

Dann war es also vorbei. Die Anomalien, die Kreaturen, das ARC – alles würde schließlich an die Öffentlichkeit kommen. Und zudem würde der Kopf von James Peregrine Lester, dem obersten Sündenbock, ganz oben auf dem Haufen liegen.

Er war erledigt.

„Das hier darf kein internationaler Zwischenfall werden", gab er zu verstehen, und trotz der schieren Verzweiflung, die seinen Verstand in Beschlag nahm, rotierten seine Gedanken.

„Es ist zu spät."

„Mylord, wenn wir irgendwie die Iren und die Franzosen mit ins Boot holen können und sie zu einem Teil der Operation machen, dann könnten wir die ganze Sache vielleicht vor der Öffentlichkeit geheim halten. Es ist nicht ideal, aber es *ist* besser, als es auf der Titelseite jeder Zeitung der Welt stehen zu haben."

„Da gebe ich Ihnen recht", sagte Brooke kalt. Er stand da, starrte ins Feuer und dachte nach, während Lester mit einem leeren Glas in der Hand wartend auf der Kante seines Sitzes hockte.

„Nun gut", sagte Brooke, „wir werden es versuchen. Um Gottes Willen, James, nehmen Sie Kontakt zu Ihren Leuten vor Ort auf und setzten Sie sie über die Situation in Kenntnis. Wenn Sie die Sache klären können, bevor irgendjemand anderes auf die Insel kommt, dann haben wir eine Chance. Ich kenne Jacques Santerre im französischen Außenministerium – wir sind alte Bekannte. Ich werde morgen früh mit ihm sprechen und sehen, was ich tun kann.

Das Problem mit den Franzosen ist, dass man mit ihnen kein doppeltes Spiel spielen kann. Sie finden es unverzeihlich, wenn man sie hinters Licht führt. Wir müssen die Karten offen auf den Tisch legen, und hoffen, dass sie den Sinn darin erkennen."

„Ich bin Ihnen sehr dankbar, Mylord", sagte Lester. Ein winziger Funken Hoffnung flackerte in ihm auf.

„Die Iren sind Ihr Problem. Nehmen Sie noch heute ein Flugzeug. Rufen Sie sich von hier einen Wagen und buchen Sie etwas im Brize Norton. Gehen Sie da raus und beseitigen Sie Ihr Chaos. Ich kümmere mich um Whitehall. Ist das klar?"

„Glasklar, Mylord", sagte Lester. Er stand auf. Brooke sah ihn genau an.

„Sie verbergen doch nichts vor mir, oder James? Jetzt wäre ein guter Moment, um es mir mitzuteilen."

„Mylord, ich habe Ihnen alles gesagt, was ich kann."

Brooke bemerkte die winzige Einschränkung. Er lächelte unfreundlich.

„Ich wette, das haben Sie."

Es war kurz nach Tagesanbruch, als Jenny spürte, wie sich die Lage im Raum veränderte. Madden war herausgerufen worden, und einer seiner Untergebenen hatte die Befragung auf mechanische, lustlose Weise fortgeführt. Sie bemerkte sofort die Veränderung des Tons und versuchte ihr müdes Gehirn in eine Art Alarmzustand zu versetzen. Das Koffein auf leeren Magen hatte bei ihr sowohl Übelkeit als auch Überdrehtheit hervorgerufen, ohne dabei zu ihrer Konzentrationsfähigkeit beizutragen.

Unaufgefordert nahm sie sich eine von Maddens Zigaretten aus der Packung auf dem Tisch und zündete sie an. Dankbar sog sie den Rauch in ihre Lungen und genoss die kurze Benommenheit, die er ihr gewährte.

„Sie dürfen hier drinnen nicht rauchen", sagte der ihr gegenüber sitzende Polizist.

„Sagen Sie das Ihrem Boss", entgegnete sie mit dem süßesten Lächeln, das sie zu dieser Uhrzeit hervorbringen konnte.

Bevor er etwas erwidern konnte, kam Madden wieder zurück. Bei ihm waren zwei namenlose Männer in schwarzen Anzügen und mit verschlossenen Gesichtern. Sie strahlten etwas Soldatenhaftes aus.

„Sie haben interessante Freunde, Ms. Lewis", sagte Madden. Er sah so aus, als würde er versuchen, sein Temperament zu zügeln. „Ich entlasse Sie in die Obhut dieser Herren von der Taoiseach-Abteilung. Sie dürfen gehen."

„Ich darf gehen … in deren Obhut", korrigierte sie ihn und stand auf. „Vielen Dank für den Kaffee, Inspector – und für die Zigarette."

„Das ist eine schreckliche Angewohnheit", sagte er und sah sie an.

„Ja – Sie sollten versuchen, es sich abzugewöhnen." Sie lächelte wieder. Sie mochte ihn und wusste, dass er vor Neugier und Verbitterung fast platzte.

Sie ging um den Tisch herum, sich bewusst, dass die

Augen jedes Mannes im Raum auf sie gerichtet waren, und schüttelte Maddens Hand. „Vielleicht treffen wir uns noch einmal unter besseren Umständen wieder", sagte sie so fröhlich wie sie konnte.

„Ich bedaure zu sagen, dass ich das bezweifle. Wir bewegen uns in unterschiedlichen Kreisen."

„*Au revoir*, Inspector."

„*Slan go foill*", sagte er. Die gälischen Worte waren ihr unbekannt. Sie sah ihm in die Augen.

„Lebewohl, fürs Erste", fügte er hinzu.

Es war jetzt helllichter Tag, ein trüber, windiger Tag in Cork. Jenny sah auf ihre Uhr und stellte fest, dass sie für gute neun Stunden in dem Befragungsraum gesessen hatte. Mehr als alles andere wollte sie nun ein Bett, in das sie sich verkriechen konnte.

Als sie Lester sah, der sie auf den Stufen der Polizeiwache erwartete, wusste sie, dass ihre Hoffnung umsonst war. Sein Gesicht schien wie aus Stein gemeißelt.

„Danke, meine Herren", sagte er höflich zu Jennys Begleitern. Wortlos nickten sie ihm zu und schritten über die Straße zu einem großen, schwarzen Auto.

„Ich denke, wir haben Zeit für ein Frühstück", stellte Lester fest und bot ihr seinen Arm an. Sie nahm ihn an, doch hatte sie ihn noch nie so verschlossen und zurückhaltend erlebt.

„Ich würde lieber ein wenig schlafen", gab sie zu.

„Ich fürchte, das wird nicht möglich sein. Zuerst werden Sie mir erzählen, wie Sie es geschafft haben, diesen immensen Schlamassel zu fabrizieren und dann werde ich Sie in ein Boot setzen", sagte er.

„Ein Boot?"

„Vielleicht auch ein Schiff. Ja, ich denke, es ist groß genug, um es ein Schiff zu nennen. Es heißt glaube ich *Aoife*. Sie werden der irischen Navy beitreten."

Sie gingen weiter die Straße entlang, wie zwei Verliebte die Geheimnisse austauschen. Lester öffnete seinen Schirm wegen des Regens.

„Guns Island steht kurz davor, international bekannt zu werden. Die Iren haben darauf bestanden, ein Team dort raus zu schicken, um ihren Anspruch an diesem verdammten Ort zu bekräftigen. Später an diesem Nachmittag werden die Franzosen ebenfalls über die irischen Handlungen informiert sein und zweifellos über eine ähnliche Aktion nachdenken."

„Haben Sie etwas von Cutter gehört?", fragte Jenny.

„Nein. Nicht ein Wort. Satellitentelefone können natürlich unzuverlässig sein."

„Das ist ein Desaster", sagte Jenny.

„Ja – genau das denke ich auch. Unsere Jobs hängen, um ein Klischee zu verwenden, am seidenen Faden. Ganz zu schweigen von der Bedrohung der internationalen strafrechtlichen Verfolgung. Die irische Spezialabteilung hat Ihr Blut gerochen; sie hat die Spur noch nicht aufgegeben."

„Warum muss ich da raus fahren?"

„Um die Iren wenn möglich schachmatt zu setzen. Sie werden Cutter sobald Sie können mit jeglichen Mitteln kontaktieren. Ich habe hier ein Satellitentelefon, das Sie mit an Bord nehmen werden. Die Devise lautet jetzt Schadensbegrenzung. Wir müssen Außenstehende von den Anomalien fernhalten und die Kreaturen wiederum von den Außenstehenden. Es ist schlimm genug, wenn unsere eigenen Bürger gefressen werden – stellen Sie sich nur mal das Chaos vor, wenn ein Haufen ausländischer Staatsangehöriger als prähistorischer Snack endet."

„Vielleicht ist es an der Zeit, alles öffentlich und international zu machen", bot Jenny an. „Wir halten das jetzt schon seit einer ganzen Weile unter Verschluss."

„Und das werden wir auch weiterhin tun", sagte Lester streng. „Denn das ist unser Job. Wir kümmern uns darum, fragen aber nicht warum."

„Nun gut. Sie haben recht.“

Lester seufzte. „Warum haben Sie mich nicht kontaktiert? Ich musste es von Lord Brooke erfahren, Herrgott nochmal.“

„Mein Akku war leer.“

„Ah.“ Lester schien fast amüsiert. „Mangels eines Nagels wurde das Königreich verloren. Egal. Was hätten Sie gerne zum Frühstück? Ich persönlich will ein gutes, altes, deftiges englisches Frühstück.“

„Leiden Sie an Seekrankheit?“

ZEHN

Als sie sich den Wellenbrechern vor ihnen näherten, ergriff die Strömung die Schlauchboote und begann sie entlang der Insel nach Nordosten zu ziehen. Um sie herum blitzte weißes Wasser in der Dunkelheit an den schwarzen Fängen der Felsen. Die Schlauchboote bewegten sich träge und bleiern. Sie waren völlig überladen und über die Seiten strömte Wasser hinein.

Die Teams beider Boote holten die Paddel heraus und arbeiteten eifrig, um die stotternden kleinen Außenbordmotoren zu unterstützen.

„Nach links, nach links!“, rief Cutter zu Willobys Boot hinüber. „Hier sind Felsen, zehn Meter rechts von uns. Steuern Sie nach links, um Gottes Willen!“

In seinem Boot paddelten Sergeant Fox und der Sanitäter Doody wie besessen, während Abby und Corporal Farnsworth das eisige Wasser mit hohlen Händen und allem, was sie finden konnten, aus dem Boot schöpften. Eine Woge ergriff sie, hob das winzige Boot hoch in die Luft und kippte es zu einer Seite, als sie unter ihm durchfloss. Für eine Sekunde surrte der Motor außerhalb des Wassers und mahlte wütend. Dann rollte die Woge vorbei und sie waren wieder unten.

Alles um sie herum war schwarz, bis Farnsworth und Doody kurz innehielten, um ihre Stirnlampen einzuschalten. Im anderen Boot taten es die Soldaten ihnen gleich, sodass es schließlich zwei kleine Gruppen flackernder Lichtstrahlen gab, die wirr über die gigantische Meeresoberfläche zuckten, während sich über ihnen die Klippen von Guns Island bis zur Unendlichkeit erstreckten, den Wänden des Schlosses eines Riesen gleich.

Willoby hatte eine große Taschenlampe mit dem millionenfach stärkeren Licht als das einer Kerze in seiner freien Hand, mit der anderen steuerte er das Schlauchboot. Er schwenkte den Lichtstrahl hin und her, bis er zufällig auf einen blassen Fleck in all der Schwärze stieß.

„Ich sehe die Bucht!“, rief er zu Cutter hinüber. „Dreißig Grad zu Ihrer Linken. Ich sehe Sand. Cutter, folgen Sie mir.“ Er stellte den Seagull-Motor auf volle Kraft, worauf das Schlauchboot durch die Wellen nach vorn preschte und Gischt in weißen Fontänen den Bug entlang spritzte. Stephen und Connor saßen mit den Rücken zu den Wellen im vorderen Teil des kleinen Gefährts, und versuchten das Wasser abzuhalten. Stephen legte seinen Arm um Connors Schultern und hielt ihn fest, doch die Augen des jüngeren Mannes waren fest verschlossen. Er zitterte vor Kälte und es schien ihn nicht zu kümmern, ob das Boot unter ihm sank.

Langsam und schwerfällig kämpften die beiden Schlauchboote gegen die Strömung und den trägen, massiven Aufschlag der hohen Wellen an. Sie fingen an, in Richtung der Bucht, die Willoby ihnen gezeigt hatte, voranzukommen. Von dem winzigen Strand erstreckten sich zwei lange Arme aus nacktem Fels, um die herum die Wellen sich in wütenden Gischtexplosionen brachen.

Die Schlauchboote prallten gegeneinander. Die Insassen griffen nach den Sicherheitsleinen des jeweils anderen Boots und hielten sie fest in den Fäusten, sodass die kleinen Boote den Strand gemeinsam anfuhren. Sie schlugen und sprangen gegeneinander, und die Motoren dröhnten laut.

„Zehn Meter“, rief Cutter. Im Bug seines Bootes zündete

Doody eine Leuchtfackel und warf sie so kräftig wie er konnte. Sie landete über der niedrigen Wassergrenze und brannte orangefarben im Sand, ein Signal, das die Blicke aller in der stürmischen Dunkelheit auf sich zog.

Etwas schlug gegen den Boden von Cutters Boot und es erzitterte. Dann blieb es hängen und es gab ein scheußlich klingendes, reißendes Geräusch. Das Schlauchboot schlingerte herum, die Sicherheitsleinen wurden aus Abbys und Sergeant Fox' Händen gerissen. Sie schrien beide auf, als die Nylonseile ihre Hände versengten und sich losschlugen. Das Schlauchboot sank in der Mitte nach unten.

„Gott, wir stecken fest", sagte Cutter. Er drehte die Drosselung des Motors voll auf, doch das Schlauchboot schien unter ihm zu schmelzen und weich zu werden. Wasser strömte an Bord. Er sah nach vorn zu Willobys Boot. „Wir sinken!", schrie er.

Willoby blickte zurück, doch er schüttelte seinen Kopf, der Lichtstrahl seiner Stirnlampe schwang vor und zurück. Er konnte nicht umdrehen. Das Meer drückte sie jetzt dem Strand entgegen. Wenn er versuchte umzudrehen, würde das Boot untergehen.

„Oh Gott", rief Abby schockiert, als das eiskalte Wasser über ihre Beine bis an ihre Hüfte floss. Der Motor versagte, als das Meerwasser ihn ertränkte. Das Schlauchboot versank unter ihnen und überließ sie dem Eiswasser. Ihre Rettungswesten pumpten sich um ihre Schultern herum auf, ihre Ausrüstung sank in die Schwärze unter ihnen.

Cutter streckte einen Arm aus und griff nach Abbys Rettungsweste.

„S...schwimm los", formten seine Lippen stumm. Die Kälte ließ ihn hyperventilieren. Er schnappte nach Luft, der Atemzug schnitt in seine Lunge. Er versuchte, gegen die Panik anzukämpfen und seine Augen auf das orangefarbene Licht der Leuchtfackel zu fixieren.

Dreißig Fuß entfernt.

„Komm Abby, komm schon, Mädchen – fang an zu schwimmen, oder die Strömung wird uns wieder nach draußen ziehen."

Sie mühten sich im Auf und Ab der Wellen ab, alle fünf plantschten und strampelten unbeholfen, aber entschlossen. Doch sie kamen nicht voran. Die Strömung zog sie vom Strand fort, und die Kälte betäubte ihren Verstand und ihre Glieder. Cutter kämpfte gegen die an ihm emporkriechende Benommenheit, gegen den Schleier, der sein Denken verhüllte. Er schluckte Salzwasser, sein Mund war voll des üblen Geschmacks, und sein Strampeln wurde schwächer.

Abby trieb fort von ihm, ihre Stirnlampe richtete ein einsames, kleines Signal in den Himmel.

Das ist es, dachte Cutter. *So fühlt es sich an zu sterben.*

Dann erklang das schrille Heulen eines Außenbordmotors aus der Nähe, und ein helles Licht schien in sein Gesicht. Eine Hand packte ihn am Kragen. Eine andere griff nach seiner Faust und schlug sie hart gegen die Seite des Schlauchboots. „Greifen Sie dieses Seil – nehmen Sie es und halten Sie sich fest!"

Seine tauben Hände schafften es, sich zu Fäusten um die Sicherheitsleine an der Seite des Bootes zu ballen. Dort hielt er sich fest und wurde durch das Wasser gezogen, seine schlaffen Beine schleiften hinter ihn her. Die Beine von jemand anderem verwickelten sich für einen Moment in seinen, ein Schädel schlug gegen seinen Mund, der daraufhin zu bluten begann, doch er spürte kaum Schmerzen. Er war bereits zu weggetreten, um noch Schmerzen zu spüren.

Seine Füße berührten den Grund. Er versuchte, seine Beine zu bewegen und aufzustehen, doch er fand keinen Halt. Er fiel von der Seite des Bootes und seine leblosen Hände ließen das Seil los. Jemand packte ihn – es waren zwei Paar Hände. Er wurde von zwei im Wasser Stehenden herausgehievt. Diese schleppten ihn in die Untiefen, ließen ihn dann in acht Zoll tiefes Meerwasser fallen und er kroch den Rest des Weges, wobei er bis zu den Handgelenken in weichem, körnigem Sand versank, bis er sich endlich wieder auf festem Land befand, die Wellen zu seinen Füßen.

Heftig atmend lag er da. Er versuchte, wieder klar denken zu können.

Eine Taschenlampe wurde in sein Gesicht gehalten.

„Nick – wach auf, Nick!" Es war Stephens Stimme. „Er ist unterkühlt – Abby auch. Holt die Schlafsäcke raus. Helft mir, ihm dieses Zeug anzuziehen. Wir müssen versuchen, sie trocken zu kriegen."

Als Cutter erwachte, war es helllichter Tag.

Blinzelnd lag er da. Völlig verwirrt wusste er nicht, wo er war. Er konnte die Wellenbrecher von der Küste her brüllen hören, die stets präsente, kämpfende See, doch da war noch etwas anderes. Abby lag in seinen Armen, und soweit er es beurteilen konnte, trug keiner von ihnen viel am Leib. Ihre Haut war warm auf seiner und er konnte ihr Haar riechen: Salzwasser und Diesel sowie ein letzter Rest ihres Shampoos, welches auch immer sie benutzen mochte.

Sie waren beide in einen einzigen Schafsack eingehüllt, ihr Fleisch nah aneinandergedrückt, sodass sie sich gegenseitig wärmten. Abby murmelte in seiner Umarmung und schmiegte sich an seine Brust.

Cutter war völlig verwirrt.

Ein Schatten fiel über ihn. Es war Stephen. Er lächelte, drehte sich um und sprach amüsiert mit jemandem.

„Die beiden Dornröschen öffnen die Augen, Captain."

Plötzlich erwachte Abby. Sie blickte in Cutters Gesicht, sechs Zoll von ihrem eigenen entfernt, und murmelte schläfrig. Dann spürte Cutter, wie sich ihr Körper neben seinem versteifte. Abby riss die Augen weit auf.

„Cutter!“

„Sieh nicht mich an“, sagte er. „Ich hatte nichts damit zu tun.“

Ein weiterer Schatten. Es war Willoby.

„Sie beide können froh sein, dass Sie noch leben. Noch fünf Minuten länger im Wasser, und Sie wären ein Paar schwankender Eisberge gewesen.“

Abby versuchte, sich aus dem Schlafsack zu befreien. Ihr Knie stieß gegen eine empfindliche Stelle Cutters und er zuckte zusammen.

„Tut mir leid, Professor.“

„Jetzt bleib mal locker. Es ist ja nicht so, als hätte ich dich zum Essen eingeladen oder sowas.“

Sie errötete.

„Wo sind meine Klamotten?“, wollte sie wissen.

Der Schlafsack wurde mit einem reißenden Heulen aufgerissen und die kalte Luft schoss über Cutters Haut. Sofort bekam er eine Gänsehaut. Stephen reichte ihm einen durchnässten Klumpen schwarzer Kleidung. Abby war schon auf den Beinen und zog sich ihre triefnasse Hose über. Sie schauderte, als der Stoff ihre Haut berührte und schüttelte eine verbundene Hand vor gerade erst wahrgenommenem Schmerz.

Cutter starrte missmutig seine eigene Kleidung an.

„Nichts Trockenes, was?“

„Ich fürchte nicht, ist alles mit dem Schlauchboot untergegangen. Außerdem ist alles, was wir retten konnten, auch nass.“

„Das ist ja toll.“

„Nick, noch etwas ...“

„Versuch nicht, mich aufzuheitern, Stephen, was auch immer du tust.“

„Wir haben nur noch einen tragbaren Anomalie-Detektor übrig, und der ist ziemlich nass geworden. Kann gut sein, dass er nicht mehr funktioniert.“

„Super“, murmelte Cutter düster. Kopfschüttelnd setzte er sich auf. „Jetzt, da die schlechte Neuigkeit raus ist, was ist die gute?“, fragte er und blickte von Willoby zu Stephen und wieder zurück.

„Sieh es dir an“, sagte Stephen und ging aus dem Weg.

Sie befanden sich auf einer langen, schmalen Felsbank oberhalb des Strandes. Hier gab es einen weiten Überhang, der zwar nicht ganz eine Höhle war, jedoch Schutz bot gegen Wind und Regen. Daran entlang hatte das Team die Ausrüstung und die Isomatten ausgebreitet, und die meisten von ihnen lagen noch in ihren Schlafsäcken. Cutter erkannte Connors zerzausten, schwarzen Haarschopf. Er schnarchte laut. Stephen und Willoby schienen die Einzigen zu sein, die wach waren.

„Sind alle in Ordnung – haben wir es alle geschafft?“, wollte Cutter wissen. Er zitterte in seiner nassen Kleidung und bemühte sich, seine Stiefel anzuziehen.

„Wir sind alle da“, antwortete Willoby. Er hatte einen üblen Schnitt über einem Auge, der mit krustigem, schwarzem Blut verklebt war. „Sobald wir es zum Strand geschafft hatten, haben wir mein Boot geleert und Stephen und ich sind zurück, um Sie zu holen. Die Sache war ziemlich knapp. Wir haben die Hälfte unserer Ausrüstung verloren, als Ihr Schlauchboot unterging, inklusive des Satellitentelefons. Alles, was wir jetzt noch haben, sind die Kurzwellenfunkgeräte. Und uns fehlen drei Schlafsäcke, ganz zu schweigen von Wasser, Nahrung, Munition und Waffen. Wir sehen aus – wie mein alter Sergeant Major immer gesagt hat – wie drei Pfund Scheiße, die man in einen Zwei-Pfund-Beutel gestopft hat. Aber wir sind am Leben, jedenfalls vorläufig.“

„Das Satellitentelefon. Verdammt nochmal“, entfuhr es Cutter, und er setzte sich wieder.

„Hier“, sagte Stephen und bot ihm eine Wasserflasche an. Dankbar wusch Cutter etwas von dem Salz aus seinem Mund.

„Die Mission ist schwieriger geworden, aber im Krieg ist der Plan immer das Erste, was schief geht“, sagte Willoby. Wir haben immer noch die Kletterausrüstung, das Minimi, ein halbes Dutzend Handfeuerwaffen und genug Rationen, um für drei, möglicherweise vier Tage durchzuhalten.“

„Ich warte immer noch auf die gute Nachricht“, sagte Cutter.

„Das Wetter ändert sich wieder“, meinte Stephen. „Das hier ist eine Flutbank; wenn die Wellen wieder größer werden, wird hier alles überschwemmt werden. Wir müssen so schnell wie möglich die Klippe hoch.“

Cutter blickte auf die anderen Mitglieder des Teams, schwer atmende Bündel. Ein paar der Soldaten teilten sich Schlafsäcke, so wie er und Abby es getan hatten.

„Der beste Weg, um Unterkühlung zu bekämpfen“, sagte Willoby, der seinem Blick gefolgt war. Er zwinkerte Abby zu und sie errötete wieder bis zu ihren Haarwurzeln.

„Ich schätze, Sie haben mir das Leben gerettet“, sagte sie.

„Ich schätze, das habe ich“, meinte Willoby.

Cutter torkelte auf die Füße, die nasse Kleidung entzog seinem Körper Wärme. „Haben Sie diesen Pfad gefunden, den wir hochklettern werden?“

Stephen meldete sich zu Wort.

„Hanlon hatte recht. Es ist lange her, seit die Mönche ihn gebaut haben und seitdem hat es einige Steinschläge gegeben. Komm und sieh es dir an.“

Sie mussten nicht weit gehen. Die Flut kam und der kleine Strand war verschwunden. Die Wellen des Atlantiks donnerten kaum zwanzig Meter entfernt von denen, die in den Schlafsäcken lagen. Cutter spürte die Gischt auf seinem Gesicht.

„Wir haben das hier wirklich nicht gut durchdacht“, murmelte er.

„Leider nicht“, stimmte Stephen zu. „Wir haben zu lange immer alles spontan gemacht. Diesmal sind wir damit wohl auf die Nase gefallen.“ Sie drehten sich beide um und starrten auf die Klippe, die sich über ihnen erhob.

„Erinnert mich an Hoy, auf Orkney", fuhr Stephen fort. Er reckte seinen Hals und sah direkt hinauf. „Ich habe mal versucht, den Old Man raufzuklettern, aber nach einem Drittel hab ich aufgegeben."

„Ich sehe keinen Pfad", sagte Cutter.

„Dieses Geröll hier links. Sieh mal fünfunddreißig Meter darüber. Man kann gerade so einen Felsvorsprung sehen. Ich glaube, da fängt der Pfad an. Der untere Teil ist verwittert und abgetragen."

„Die Ornithologen gehen da doch jeden Sommer rauf", sagte Cutter und folgte Stephens Fingerzeig.

„Im Sommer, ja. Und ich wette, die tragen auch keine Waffen und Munition."

„Da könntest du recht haben", gab Cutter zu.

„Nick, wir haben uns hiermit vielleicht zu viel vorgenommen. Ich spreche noch nicht einmal von dem, was uns erwartet, wenn – oder falls – wir den Gipfel erreichen. Ich denke hier an bloßes Überleben auf diesem Felsbrocken. Man kann es drehen und wenden wie man will, wir sind gestrandet."

Cutter war still und ließ die Worte sacken. Der Plan war gewesen, das Satellitentelefon zu benutzen, um Lester zu kontaktieren, sobald das Team eine Operationsbasis auf dem Plateau errichtet hatte. Doch sie konnten jetzt nicht einmal mehr Kontakt aufnehmen, und das würde wohl auch so bleiben.

„Lester ist ein eiskalter Typ, aber er ist effizient, das muss ich ihm lassen. Und dumm ist er auch nicht", sagte Cutter. „Wenn er nichts von uns hört, wird er einen Weg finden, um Kontakt aufzunehmen. Ein Chopper, denke ich, sobald das Wetter aufklart."

„Das Wetter", sagte Stephen düster. Cutter schlug ihm auf den Arm.

„Komm schon, Mann – du lässt den Kopf doch sonst nicht hängen. Nur Mut!"

„Du klingst wie ein schottisches Kindermädchen“, meinte Stephen ironisch und beide mussten lachen. Es war das erste Mal seit Langem, dass sie gemeinsam gelacht hatten.

Sie gingen im Gänsemarsch hinauf. Sergeant Fox führte sie an, da er seit seiner Kindheit kletterte. Ihm folgte Captain Willoby, dann Farnsworth, Bristow, Watts, Connor, Cutter, Abby und Doody, während Stephen das Schlusslicht bildete.

Das Geröll verschob sich und knackte unter ihren Füßen. Die Ausrüstung, die sie trugen, machte sie alle unbeholfen, sodass sie nur langsam vorankamen. Vorn in der Reihe war Fox der Einzige, der keine zusätzliche Ausrüstung trug. Er benutzte einen Eispickel und ein Nylonseil, hackte den Pfad frei und fand so einen Weg vorwärts. Immer wieder hielt er an, um sich die Bewegung des Gerölls anzusehen und die Größe der Steinbrocken zu prüfen. Ihr Aufstieg ähnelte dem Erklimmen einer Sanddüne, auf der die Sandkörner zu Steinen vergrößert worden waren – manche hatten die Ausmaße von Tennisbällen, andere die von Schafen. Und all diese Steine waren nur unsicher in dem Abhang verankert, als warteten sie nur auf das Signal, das den Start einer neuen Lawine angeben würde.

Regen peitschte ihnen in die Gesichter. Obwohl die Landmasse der Insel den schlimmsten Wind von ihnen fernhielt, traten immer wieder umherstreifende, bösartige Windstöße auf, die an den Klippen hinab rasten, das Team stolpern ließen und sie dazu zwangen, sich an unsichere Handgriffe zu klammern. Bald wurde aus dem Regen Schneeregen. Dieser hämmerte unablässig auf sie ein, durchnässte ihre Kleidung und entzog ihnen so jegliche Wärme, die sie in den Schlafsäcken getankt hatten. Wäre nicht die Tatsache gewesen, dass sie hart arbeiteten und auf diese Weise ihre Körperwärme beibehielten, wären sie schon bald erneut kurz vor einer Unterkühlung gewesen.

Am Kopf der Gruppe hielt Fox inne. Der Geröllhang war steiler und damit auch wesentlich gefährlicher geworden. Als sie weiter aufstiegen und sich von den Wellen entfernten, begann sich Eis auf den Felsen zu bilden. Einige der größeren hatten auf ihrer Unterseite eine durchsichtige Haube aus blauem Eis, von der Eiszapfen hingen.

„Ende des Gerölls", rief Fox zu ihnen hinunter. „Es ist jetzt massiver Fels, nicht dieses lockere oder brüchige Zeug. Boss, wir sollten darüber nachdenken, die Seile zu benutzen."

Willoby nickte. „Holt das Gurtzeug raus, Jungs."

Sie kramten in den großen, schwarzen Bergen-Rucksäcken herum, um nach Klettergurten zu suchen. Sechs davon hatten den Untergang des Schlauchbootes überstanden.

„Jeder der Zivilisten bekommt einen", wies Willoby an und hielt dem heftig zitternden Cutter einen Gurt hin. Jetzt, da sie nicht mehr in Bewegung waren, zitterten sie alle.

„Ich nicht", widersprach Stephen. „Ich bin schon oft geklettert. Ich komme klar."

Niemand widersprach. Kurz darauf waren Cutter, Abby, Connor, Watts, Fox und Bristow angeseilt.

„Also", sagte Connor und betastete das dünne, rote Seil, „wenn einer von uns ausrutscht, wird der Rest festgehalten."

„Nein", sagte Abby herb, „der Rest springt dir dann hinterher. Was denkst du denn, Connor – komm schon, schnall dich fest!"

„Du klingst schon wie einer dieser Soldaten", stellte Connor zerknirscht durch klappernde Zähne fest.

„Ich will einfach nur dieses Ding raufklettern und dann in ein Zelt. Ich hab noch nie so gefroren."

„Wie, hat dein gemeinsamer Schlafsackaufenthalt mit dem Professor etwa nicht dein kleines Herz erwärmt?", stichelte Connor und grinste trotz der ungemütlichen Situation. Sie warf ihm einen vernichtenden Blick zu.

„Schluss jetzt", fuhr Cutter dazwischen, dem das Ganze gegen seinen Willen peinlich war.

„Bringt eure Ausrüstung in Ordnung“, meinte Stephen. Er zeigte auf die Soldaten, die ihre Waffen und ihre Gurte festbanden, jede Lasche anzogen und sogar ihre Schnürsenkel überprüften. „Sorgt dafür, dass nichts an euch herunterbaumelt – haltet alles fest am Körper.“ Er seufzte und streckte einen Arm aus. „ So, Connor“, sagte er und zog die Schnallen fest, die den Bergen-Rucksack auf dem Rücken des jüngeren Mannes hielten.

„Autsch!“

„Wenn du ausrutschst, dann versuch, dich auf dem Weg nach unten an irgend etwas festzuhalten“, sagte Stephen mit fiesem Grinsen.

„An was denn, etwa an Abby?“

Sie ignorierte ihn dieses Mal.

„Es geht los“, sagte Willoby. Er sah nach oben zu Sergeant Fox, der schon zwanzig Meter über ihm war und den Weg wies. Der Sergeant trug ihr einziges noch vorhandenes Paar Steigeisen und hatte das Seil an einem großen, einzeln stehenden Felsen befestigt. Er stützte sich jetzt mit beiden Füßen ab und ließ das Seil herunter, während der Rest sich darauf vorbereitete, hinter ihm empor zu klettern.

Er gab das Okay, worauf sich das Team langsam auf seinen Weg sie Klippe hinauf begab.

Mit einem Winkel von etwa sechzig Grad war die Neigung nicht steil. Die nervenaufreibendste Sache war ihre Situation. Obwohl sie gerade erst losgeklettert waren, erschien die Distanz zum Meer und den weißen, brechenden Wellen dort unten schon erschreckend hoch. Cutter fand, dass es eine besondere Art von Angst war. Wenn seine Füße abrutschten und seine Hände sich an den eisigen, unnachgiebigen Fels klammerten, hatte er das Gefühl, dass sein ganzes Leben vom Griff seiner Finger abhing. Zwar sicherte ihn ein Seil durch einen Karabinerhaken an seiner Hüfte, doch es wirkte so schwach und dünn, dass die Vorstellung, es könnte sein ganzes Gewicht halten, lachhaft erschien.

Die einzig *gute* Sache war, dass die Angst und die Konzentration ihn von der Kälte, dem Schneeregen, der in sein linkes Ohr blies und diese Gesichtshälfte betäubte, und dem Scheuern seiner mit Salz getränkten Kleidung ablenkten.

Das Team schaffte drei Seillängen, wobei sie am Ende einer jeden eine Pause machten, damit das Seil wieder nach oben gezogen werden und Fox vorausklettern konnte, um die Route zu bestimmen. Bristow überprüfte die Felswand über ihnen und fluchte. Als stämmigstes Mitglied des Teams hatte er sich das Minimi auf den Rücken geschnallt und schien die Kälte nicht zu spüren. Er beachtete den schmelzenden Schneeregen nicht, der über sein Gesicht rann.

„Pfad?“, stieß er verächtlich aus. „Verarschen kann ich mich selber. Hier hat es noch nie einen Pfad gegeben, Boss, weder von Mönchen, noch von sonst wem gebaut.“

„Man kann Anzeichen davon erkennen“, meinte Willoby ruhig. „In einigen dieser Felsen sind Meißelspuren. Nach tausend Jahren ist es kein Wunder, dass sich die Geographie ein wenig verändert hat. Im Sommer und mit einem leichten Rucksack auf dem Rücken würden Sie im Nu hier rauflaufen und kaum ins Schwitzen geraten, Joe.“

„Wenn Sie das sagen, Boss“, meinte Bristow, obwohl er noch nicht überzeugt schien. Er kramte in einer Tasche, zog einen Riegel Kendal-Minzschokolade heraus und verschlang ihn, ohne jemandem ein Stück anzubieten.

Connor starrte wie versteinert in den Abgrund unter ihnen.

„Ich glaube, ich war in meinem Leben noch nie irgendwo so weit oben“, sagte er.

„Nun, bevor wir oben ankommen, wirst du noch höher sein“, sagte Cutter. „Durchhalten, Connor. Denk an all die hübschen Kreaturen, die da oben auf uns warten.“

„Eigentlich hatte ich versucht, nicht zu sehr darüber nachzudenken, Professor“, antwortete Connor. „Ein Schritt nach dem anderen, wenn Sie wissen, was ich meine.“

„Ich weiß genau, was du meinst“, sagte Cutter mit Nachdruck.

Der Aufstieg ging weiter.

Die Soldaten schienen es ganz locker zu nehmen, und Stephens Kondition war fast so gut wie ihre, doch Cutter, Connor und Abby spielten, was die Fitness betraf, nicht in derselben Liga. Es wurde schnell klar, dass sie den Aufstieg verzögerten. Das Team musste Pausen einlegen, damit sie wieder zu Atem kommen und die verkrampften Muskeln in ihren Armen und Beinen entspannen konnten.

Willoby gab Farnsworth, Doody und Bristow den Befehl, ihre Rucksäcke zu tragen. Cutter protestierte zunächst zwar halbherzig, doch nachdem das Gewicht von seinem Rücken genommen worden war, fühlte er sich wieder mehr als Mensch und weniger als Packesel. Danach kamen sie schneller voran. Doch als sie höher kamen, bemerkten sie, dass sie nicht der senkrechten Steigung folgten, sondern einem Pfad von geringstem Widerstand nach Westen. Es erleichterte zwar ihr Fortkommen, verlängerte aber den Aufstieg.

Nach kurzer Zeit begann das kurze Tageslicht des Winters schwächer zu werden und über ihnen zog ein riesiger, düsterer Wolkenklumpen heran. Irgendwann legte er sich um sie wie Nebel, bis sie nichts mehr erkennen konnten bis auf den Rücken der Person vor ihnen und den eisigen Fels vor ihren Gesichtern. Innerhalb der Wolke stürzte die Temperatur, bis selbst die Anstrengungen des Kletterns sie nicht mehr davor bewahrten die Kälte zu spüren, die in ihre Knochen drang.

„So wird das nichts“, sagte Willoby während einer kurzen Verschnaufpause. „Wir müssen schneller vorankommen. Wenn wir uns nach Anbruch der Dunkelheit immer noch auf dieser Klippe befinden, werden wir es nicht schaffen, das steht fest.“

Der Rest von ihnen starrte ihn stumpfsinnig an. Selbst die einsatzfähigsten Soldaten wirkten erschöpft.

„Stirnlampen an“, sagte Willoby in seinem strengen, geradlinigen Ton. „Keine weiteren Pausen, es sei denn, jemand bricht zusammen. Wir werden jetzt bis zum Gipfel weitergehen. Sergeant Fox, führen Sie.“

Cutter wollte protestieren, doch sein Verstand war zu sehr von Müdigkeit und durchdringender Kälte vernebelt. Er hatte einen Schokoriegel nach dem anderen gegessen, bis sein Magen rebellierte und nun fühlte er die kraftlose Leere nach dem Zuckerschock. Er wusste, dass Willoby recht hatte, doch er hasste ihn immer noch ein wenig dafür, dass er immer so verdammt korrekt war.

Der Mistkerl ist wirklich perfekt zum Offizier geeignet.

Sie schafften es drei weitere Seillängen aufwärts, als es um sie herum zu schneien begann. Eigentlich fiel der Schnee nicht; er wurde mitten in ihre Gesichter geschleudert und fühlte sich auf ihrer ungeschützten Haut an wie harter Kies. Um alles noch schlimmer zu machen, nahm auch der Wind abermals zu. Sie waren bei ihrem gewundenen Aufstieg zu weit nach Westen abgedriftet und bewegten sich aus der schützenden Landmasse der Insel heraus. Der nordöstliche Sturm peitschte immer noch vom offenen Atlantik heran und es schien, als sei der schwarze Fels unter ihren Händen und Füßen ein Pfad, der sie direkt in das Herz dieses Sturms hinein führte.

Hartnäckig und stur kletterten sie weiter.

Eis sammelte sich auf ihren Gesichtern und in ihren Ohren. Alle paar Minuten waren sie gezwungen, es mit ihren behandschuhten Händen abzureiben. Der Fels unter ihren Füßen war durch das sich ständig ansammelnde Eis heimtückisch glatt, und der Schnee legte sich auf die Risse und Kanten und verbarg die gefährlichen Stellen.

Es wurde dunkel, doch Willoby gönnte ihnen keine Pause und ließ sie auch nicht langsamer gehen. Sie arbeiteten sich im Licht der Stirnlampen vor. Ihre Welt zog sich weiter zusammen und bestand nur noch aus dem kleinen Strahl gelben Lichts, durch den dichter Schnee taumelte.

Plötzlich ertönte ein Aufschrei – Abbys Stimme, schrill und angsterfüllt. Dann riss ihn ein starkes Ziehen an Cutters Hüfte von den Beinen. Er wirbelte Hals über Kopf, seine Schulter schlug schmerzhaft gegen den Fels, dann schlug er mit einer Gesichtshälfte auf, was er kaum noch spürte. Dann taumelte er, fiel frei durch die Luft, erstaunt, zu erstaunt, um irgendeinen Laut von sich zu geben.

Das Gurtwerk fing sein Gewicht auf. Ruckartig hielt er mitten in der Luft an, sodass ihm der Atem aus den Lungen gepresst wurde. Das Nylon um seine Hüfte fühlte sich an, als würde es ihn entzwei schneiden.

Warme Flüssigkeit rann an der tauben Gesichtshälfte seine Wange herab. Als er seinen Kopf bewegte, fiel der Strahl seiner Stirnlampe auf Abbys weißes Gesicht. Sie baumelte sechs Fuß entfernt unter ihm.

Beide hingen lediglich für den Bruchteil einer Sekunde frei; dann pendelten sie gegen die Wand und prallten mit einem erschütternden Schlag, der Cutters Kopf erneut durchschüttelte, gegen den Fels.

„Abby“, rief er und streckte seine Hand aus. Er konnte die anderen rufen hören, die jedoch durch den wirbelnden Schneevorhang nicht zu sehen waren.

Sie war bewusstlos, aus einem Nasenloch lief ein wenig Blut. Cutter fluchte wie von Sinnen, schwang das Seil und versuchte, sie mit seiner behandschuhten Hand zu erreichen.

„Halten Sie verdammt nochmal still!“, ertönte da Willobys Stimme aus dem Schnee. „Cutter, Abby, versuchen Sie, auf dem Fels Fuß zu fassen.“

„Sie ist bewusstlos!“, rief Cutter zurück. Die Worte brachen aus seinem trockenen Mund heraus.

„Dann bewegen Sie sich nicht – wir versuchen, Sie nach oben zu ziehen.“

Cutter, der schlaff wie ein Sack am Seil hing, verspürte einen kurzen Anflug Dankbarkeit dafür, dass er den Abgrund unter sich nicht sehen konnte.

„Abby", sagte er leise. „Abby, Mädchen, wach auf."

Sie rührte sich und stöhnte vor Schmerz, als die Klettergurte in sie schnitten. Sie hing beinahe kopfüber und das Blut aus ihrer Nase hatte begonnen, als dicke Spur über ihr Gesicht in eine ihrer Augenhöhlen zu fließen.

„Herrgott, Abby", flüsterte Cutter.

Er konnte den Rest des Teams schnaufen hören, sie klangen beinah wie Sklaven an einem Galeerenruder. Er bewegte sich nach oben, einen Fuß, zwei, dann ein Yard. Unter ihm baumelte Abby, schlaff wie ein ertränktes Kätzchen.

„Wir haben dich, Nick. Gib mir deine Hand." Das war Stephen. Er ergriff Cutters Arm am Handgelenk und zog ihn an die Felswand. Weitere Hände griffen nach ihm.

„Danke", murmelte er schwankend in Stephens Ohr.

Abbys Augenlider flatterten, als sie sie nach oben zogen. Connor kauerte sich neben sie und wischte ihr das Blut vom Gesicht. In seinen Augen glitzerten Tränen.

„Mach mal Platz, Junge", sagte Willoby mit ungewöhnlicher Sanftheit. Er nahm Connor bei den Schultern und schob ihn zur Seite. „Bristow, behalten Sie ihn im Auge. Doody, kommen Sie hier rüber und bringen Sie Ihre Ausrüstung mit."

Doody, der Sanitäter, krabbelte auf sie zu.

Die Soldaten befestigten schlaffe Seillängen an den nahe gelegenen Felsen und sicherten so das Team an der Felswand. Der Schnee blies ihnen beständig in die Augen und der Wind war zu einem Tosen herangewachsen, das so schlimm war wie auf dem Trawler – wenn nicht schlimmer, denn nun waren sie ihm vollends ausgeliefert und klammerten sich Hunderte von Fuß über dem Atlantik an Eis und Fels.

Doody schob eins von Abbys Augenlidern zurück und leuchtete in ihre Pupille. Sie kniff die Augen zu und versuchte seine Hand zu verscheuchen. Er grinste.

„Sie kommt zu sich. Hat vermutlich eine leichte Gehirnerschütterung." Er betastete ihren Kopf, seine schwarzen Finger drückten gegen ihr platinblondes Haar.

„Keine Frakturen, denke ich – nur eine Beule, das ist alles."

„Ich bin okay", sagte Abby. Sie klang betrunken.

„Wie viele Finger halte ich hoch?", fragte Doody sie.

„Drei – *Autsch*! Mein Kopf tut weh."

„Doody, wenn Sie mit ihr fertig sind, untersuchen Sie Cutter", sagte Willoby. „Sergeant Fox!"

Eine Stirnlampe schwankte in der Dunkelheit über ihnen. „Ja, Boss?"

„Wie weit ist es noch?"

Eine Pause.

„Ich denke, wir müssten es gleich geschafft haben, Boss. Können nicht viel mehr als vier oder fünf Seillängen sein."

Willoby beugte sich über Abby. Er fischte einen dicken Schokoriegel aus seiner Tasche.

„Essen Sie das", sagte er.

„Nein, ich kann nicht, nicht jetzt."

„Essen Sie ihn, Sie brauchen die Energie. Und wenn sie ihn wieder auskotzen, wissen Sie wenigstens, dass Sie eine Gehirnerschütterung haben." Als sie in die Schokolade biss, grinste er und berührte ihren Arm. „Braves Mädchen."

„Braves Mädchen", plapperte Abby verärgert nach, als er sich Cutter zuwandte. „Was denkt er was ich bin, sein Schoßhündchen?"

„Was ist passiert?", fragte Connor sie. Er rieb sich die Augen und schniefte heftig.

„Ich weiß nicht. Mein Fuß ist unter mir weggerutscht. Gott, Connor, ich bin so müde."

„Ich auch", sagte er. „Ich denke langsam, dass diese Klippe kein Ende hat."

Sobald Doody Cutter untersucht hatte, machten sie sich erneut auf den Weg. Der Sanitäter hatte die Kopfwunde mit ein paar Stichen genäht, doch als sie weiter kletterten, merkte Cutter, dass seine Schulter ihm mehr Ärger bereitete. Er versuchte den Arm zu schonen, was seinen anderen durch die doppelte Belastung schwächte.

Ich halte das nicht mehr lange aus, dachte er. Er blickte am Seil auf und ab und konnte manchmal kaum die Gestalten durch den wehenden Schnee erkennen. Die Soldaten kletterten in einem fort, doch der Elan war aus ihren Bewegungen verschwunden. Im Licht der Stirnlampen bewegten sie sich nun wie müde, alte Männer, oder wie Minenarbeiter nach einem langen Arbeitstag in der Kohlengrube. Cutter fühlte sich plötzlich schuldig, als er sah, wie das Gepäck des Teams sie belastete, doch keiner von ihnen beschwerte sich.

Er biss die Zähne zusammen und kletterte weiter.

Die Zeit verging und sie sprachen wenig. Es gab nur noch das Gestein unter ihren Händen und Stiefeln, das Seil, das an ihren Hüften zog, das schwache Glühen der Lampen, und das unaufhörliche Heulen des Windes. *Bergsteiger*, dachte Cutter mit grimmiger Genugtuung, *sind noch schlimmer dran als Fischer. Was für ein Wahnsinniger würde das hier aus Spaß machen?*

Von oben war ein Schrei zu hören, es war Fox' Stimme. Zwar konnte Cutter die Worte nicht verstehen, doch sie wurden am Seil entlang weitergegeben.

„Er ist auf dem Gipfel. Wir haben es fast geschafft."

Seltsamerweise ermutigten ihn diese Worte nicht, wie sie ihn auch nicht mit neuer Energie durchfluteten. Wenn überhaupt, raubten sie ihm die letzten Kraftreserven. *Wenn wir den Gipfel erreichen*, dachte er, *ist das erst der Anfang. Gott weiß, was wir da oben finden.*

„Alle schlimmen Dinge haben einmal ein Ende", sagte Fox, als Cutter ihn erreichte.

Der Mann konnte immer noch grinsen. Cutter wusste nicht, woraus er gemacht war, aber es musste ziemlich widerstandsfähiges Zeug sein. „Kommen Sie hoch, Professor. Wir sind am Gipfel. Kommen Sie schon.“ Dann wandte er sich an Abby. „Kommen Sie, Miss – geben Sie mir Ihre Hand. Gehen Sie da rüber zum Boss. Wir müssen schleunigst die Zelte aufbauen.“

Cutter stellte fest, dass er aufrecht stehen konnte. Auf dem Boden fanden sich Grasbüschel, die sich nach all dem unnachgiebigen Stein unter seinen Stiefeln seltsam anfühlten. Er löste seinen Gurt vom Seil, blickte zurück und sah Abby und Connor, die sich gegenseitig über den Rand der Klippe halfen. Er humpelte langsam zu Willoby hinüber. Der Spezialeinheitsoffizier hatte seinen Bergen-Rucksack, sein Gurtwerk und sein Gewehr abgeworfen und wühlte wie ein Besessener im Rucksack herum.

„Wir brauchen einen Unterschlupf“, sagte er schroff. Das Licht seiner Stirnlampe war nun ein gelber, unruhiger Strahl, durch den der Schnee irre tanzte und dann verschwand.

„Wir wissen nicht, was hier oben alles ist“, sagte Cutter.

„Das ist egal. Wenn wir nicht aus diesem Schneesturm herauskommen, werden wir anfangen, Leute zu verlieren. Wachen Sie auf, Cutter; wir sind noch nicht aus dem Schneider. Doody – sind Sie das? Helfen Sie mir mal. Bauen Sie die verdammten Zelte auf. Bristow, Farnsworth, helfen Sie ihm. Sergeant Fox, ich will einen Personenbestand und eine Ausrüstungsüberprüfung.“

„Ja, Sir“, antwortete Fox.

Sie kämpften darum, das Zelt im kalten Wind aufzurichten. Vier von ihnen mussten sich auf die Ecken setzen, damit es nicht wegflog. Dann schob Willoby die Aluminiumstäbe durch das Überzelt und das Ding erhob sich als schwarze Kuppel. Sie rammten es mit Heringen am Boden fest und legten schwere Steine auf die Heringe.

Auf der anderen Seite versuchten Stephen, Connor und Watts, es ihnen gleich zu tun. Cutter half ihnen, obwohl seine

Schulter mittlerweile voll pochenden Schmerzes war, der sich bis in seine Wirbelsäule zu ziehen schien.

„Alle Mann rein“, sagte Willoby, als beide Zelte standen. „Holt soviel Ausrüstung rein wie möglich.“

„Was ist mit der Wachaufstellung, Sir?“, fragte Bristow.

„Zum Teufel damit. In diesem Sturm wird nichts draußen herumlaufen. Ich will alle geschützt haben. Holen Sie die Schlafsäcke raus und kochen Sie wenn möglich einen Kaffee.“ Er zögerte. „Cutter.“

Cutter stand da und starrte in die Dunkelheit der heulenden Nacht. Er schien in seiner eigenen Welt zu sein.

„Cutter.“

„Sehen Sie, Willoby“, sagte Cutter und zeigte in eine Richtung.

Willoby folgte dem behandschuhten Finger. Draußen in der Dunkelheit schien ein Licht – nein, zwei Lichter. Oder waren es drei?

Es war schwer zu sagen.

„Was in aller Welt?“, fragte Willoby. „Ist schon jemand vor uns hier gewesen?“

Cutter schüttelte den Kopf. „Nicht jemand, etwas. Das sind geöffnete Anomalien, Captain.“

Sie standen Seite an Seite, während sich hinter ihnen der Rest des Teams in die schwankenden und zitternden Kuppeln der zwei Zelte drängte. Um sie alle herum tobte der Sturm ohne Mitleid.

„Türen in eine andere Ära“, sagte Cutter, „und sie sind weit geöffnet.“

Willoby löste die Sicherung an seiner M-4 und kerbte sie dann wieder ein.

„Wir müssen uns heute Nacht auf unser Glück verlassen“, sagte er. „Was auch immer hier ist, was auch immer da draußen in der Dunkelheit ist, wir müssen hoffen, dass es die Kälte genauso hasst wie wir. Der Sturm wird uns verstecken, Sicht, Geräusche und Geruch. Wir müssen auf Tageslicht warten.“

Cutter nickte.

„Also gut." Er biss seine klappernden Zähne zusammen und bemühte sich, seine Angst nicht zu zeigen.

ELF

Die *Aoife* war ursprünglich ein britisches Minensuchschiff gewesen. Sie war in den späten Sechzigern am Clyde gebaut worden und daher fast am Ende ihrer Nützlichkeit angelangt. Doch die Iren hatten sie wiederhergestellt, einen Hubschrauberlandeplatz auf ihr eingerichtet und nutzten sie jetzt für den Schutz der Fischerei und deren Durchsetzung. Ein letztes Überbleibsel von dem, was man Waffenbootdiplomatie nennen konnte.

Jenny stand zusammen mit dem Captain, Robert Harney, und einer Gruppe anonymer Schiffsmänner, die das Steuer, das Sonar und alle sonstigen Ausrüstungsteile bedienten, die es auf einem solch kleinen Kriegsschiff zu bedienen galt, auf der recht spartanischen Brücke. Ihre Seekrankheit hatte sie innerhalb der ersten paar Stunden überwunden, worauf sie recht stolz war. Nun stand sie da und betrachtete die erstaunliche Gewalt der großen Atlantikwellen, die von Amerika und Island herüberrollten, um gegen den Bug des Schiffes zu schlagen und sie halb unter Schaum und grünem Wasser zu begraben.

Sie hatte, offen gesagt, schreckliche Angst, doch alle anderen schienen die Majestät des Sturms als ganz selbstverständlich anzusehen. Also stand sie an eine Reling geklammert und tat so, als sei sie an dem, was um sie herum passierte, interessiert. Ihr Gesicht war eine Maske der Ruhe. *Die britische Fassade aufrechterhalten und all das*, grübelte sie reumütig.

Harney war ein großer, hagerer Mann mit einem Gesicht, das aussah, als hätte es Jahre damit verbracht, in den Wind zu starren. Er war alt genug, um ihr Vater zu sein, doch er besaß immer noch eine spitzbübische Attraktivität. *Irgendwie wie ein dünner Sean Connery*, dachte sie. Soweit sie gehört hatte, war er von einem Moment zum anderen auf See beordert und der Landurlaub seiner Crew abgesagt worden, und doch schien ihm das alles nichts auszumachen. Mehrere Matrosen waren durch die eilige Abfahrt an Land gelassen worden, und schließlich hatte man ihm auch noch diese fremde weibliche Passagierin zusammen mit einem kleinen Team der besten Soldaten seines Landes aufgehalst.

Vielleicht bietet ihm das eine Abwechslung von der Jagd nach spanischen Trawlern, oder was auch immer er sonst an diesem gottverlassenen Ort hier draußen macht, überlegte sie still. Vielleicht war er einfach ein philosophischer Mensch, der alles ganz locker nahm. So waren Seeleute oft – Jenny hatte bei ihren Geschäften mit Whitehall einige getroffen und hatte sie stets weniger empfindlich und machohaft als Soldaten gefunden.

Vielleicht hält das Meer sie demütig, dachte sie, als sie auf die chaotische Wildnis aus Wasser vor sich blickte.

„Es wird nicht möglich sein, den Chopper in die Luft zu kriegen, nicht bei diesem Wetter, Ms. Lewis“, sagte Harney.

„Wir müssen an Land gehen, Captain. Meine Abteilung hat seit über vierundzwanzig Stunden nichts mehr von den Leuten auf der Insel gehört.“

„Sie sind wirklich diese Klippen hochgeklettert?“

„Das war der Plan, ja.“

„Das ist eine ganz schöne Leistung. Aber ich sage Ihnen, Miss, wenn dieser Sturm nicht in den nächsten paar Stunden nachlässt, dann werden Sie dasselbe tun müssen.“

Der Gedanke ließ Jenny erschaudern. Sie konnte einigermaßen gut ein Pferd reiten, schwimmen und Tontauben aus dem Himmel schießen, aber Bergsteigen hatte nie zu ihren Interessen gezählt. Ungeduldig klapperte sie mit ihrem Absatz auf das Stahldeck der Brücke.

Harney bemerkte die Geste und lächelte.

„Sie sollten auch darüber nachdenken, sich umzuziehen. Ich habe bis jetzt noch keine Dame gesehen, die in Stöckelschuhen in einen Helikopter gestiegen ist. Mein Quartiermeister wird Ihnen gerne die passende Kleidung zur Verfügung stellen.“

Jenny nickte. Sie konnte Uniformen nicht ausstehen, ein Überbleibsel ihrer Schulzeit, doch Harney sprach einfach nur das Offensichtliche aus.

Ich werde auf keinen Fall diese verfluchte Klippe hochklettern, dachte sie. *Für Wahnsinnige wie Cutter ist das vielleicht eine Option, aber* nicht *für mich.*

Sie ging hinunter zu einem kleinen, grauwandigen Schrank, den Seeleute lachhafterweise eine Kabine nannten. Dort war ein ordentlicher Satz Kleidung und Ausrüstung neben ihre Reisetasche auf das Bett gelegt worden. Sie öffnete sofort die Reisetasche und kontrollierte den Inhalt, doch es schien alles in Ordnung. Lester hatte ihr ein Satellitentelefon, einen Laptop, ein GPS und eine Automatikpistole gegeben – eine 9mm-Glock. *Wie umsichtig von ihm*, dachte sie trocken. *Er weiß wirklich, was das Herz eines Mädchens höher schlagen lässt.*

Sie war lange genug von Soldaten umgeben gewesen, um zu wissen, dass die Waffe gesichert war und sich keine Kugel im Lauf befand. Sie schloss ihre Kabinentür, lehnte einen Stuhl dagegen – keine der Türen hatten Schlösser – und baute schnell das Satellitentelefon auf. Sie wählte die Nummer von Lesters Handy und wartete. Sie saß auf der Bettkante und befühlte den Stoff der Uniform, die man ihr bereit gelegt hatte.

„James Lester.“ Die Stimme war deutlich und klar zu vernehmen.

„James, hier ist Jenny."

„Einen Moment."

Es gab einen Augenblick der Stille; es klang so, als hätte er seine Hand über den Hörer gehalten. Als er wieder sprach, war seine Stimme leiser.

„Also?"

„Wir sind ein paar Stunden von der Insel entfernt. Noch immer nichts von Cutter und dem Team. Wenn der Sturm nicht nachlässt, gibt es keine Möglichkeit für eine Landung."

„Aber dennoch muss eine Landung stattfinden." Lesters Stimme war ruhig, kontrolliert, aber kalt wie das Wintermeer. „Es könnte sein, dass Cutter und sein Team handlungsunfähig sind, oder dass ihr Satellitentelefon von einem Brontosaurus gefressen wurde. Es ist mir egal. Wenn die Iren Guns Island betreten, müssen Sie mit ihnen dort sein. Ist das klar?"

Es war kurz still.

„Absolut", sagte Jenny, ihre Stimme war fast so kalt wie seine.

„Gut. Ich bin ehrlich gesagt ganz froh, dass Sie angerufen haben. Es hat hier noch ein paar Entwicklungen gegeben."

„Wo sind Sie?", fragte sie und versuchte den Ärger aus ihrer Stimme herauszuhalten.

„In Brüssel, mein *Français* aufpolieren. In die Korridore der EU sollte man nicht leichtfertig steuern. Falls Sie einen Moment entbehren können, denke ich, Sie sollten den Captain ihrer Nussschale diskret darüber informieren, dass die Franzosen auf dem Weg sind."

„Was?"

„Eine französische Fregatte, *La Gloire*, bereitet sich in diesem Moment auf die Reise nach Guns Island vor. Bis jetzt ist es mir noch möglich gewesen, ihnen eine Landung auszureden, doch sie beabsichtigen, ihre Anwesenheit dort deutlich zu machen. Sie sprechen hier davon, eine maritime Ausschlusszone einzurichten."

„Das ist ja schrecklich!“, keuchte Jenny. Die Konsequenzen waren klar. „Es wird in jeder Zeitung stehen.“

„Vielleicht, vielleicht auch nicht. Ich denke, so könnte es wirklich das Beste sein. Wenn die Franzosen damit beschäftigt sind, auf dem Meeren herumzustolzieren, werden sie vielleicht zu beschäftigt sein, über das nachzudenken, was sich direkt vor ihrer Nase abspielt.“ Lester räusperte sich und sprach noch ein wenig leiser. „Ich bin autorisiert worden, die Biowaffengeschichte als Deckmantel für die Anomalien zu benutzen.“

„Aber sie ist nicht wahr, oder? Das ist nur ein Gerücht.“

Zu ihrer Überraschung gab ein einen Moment der Stille in der Leitung.

„Man könnte sagen, das ist das Schöne daran. Tatsächlich *ist* sie wahr, vollkommen wahr. Darum hat Captain Willoby den Job erhalten, Cutter zu begleiten.“

„Was meinen Sie damit?“, wollte Jenny wissen. Sie steckte sich einen Finger in ihr freies Ohr, um das Dröhnen des Schiffes um sie herum auszuschalten.

„Es gibt einen Bunker auf der Insel, in dem immer noch biologische Materialien gelagert sind. Er ist mit Beton versiegelt und die Materialien sind nach fünfzig Jahren vermutlich Staub, aber Willobys Hauptmission ist es, sicherzustellen, das der Bunker gesichert ist. Und natürlich, Cutter und die anderen am Leben zu halten.“

Jenny blinzelte, ließ die Information sacken und baute sie in ihr Gesamtbild der Situation ein.

„Wer weiß noch davon, James?“

„Die Iren, die Franzosen, Kind und Kegel. Es ist ab sofort unsere offizielle Mission. Ironischerweise ist Cutter der Einzige, der nichts davon weiß.“

„Ich werde es ihm sagen müssen.“

Lester seufzte. „Natürlich werden Sie das.“

„Die ganze Sache ist uns über den Kopf gewachsen“, sagte Jenny seufzend.

„Ja, ziemlich“, meinte Lester schleppend. „Von jetzt an werden wir damit zufrieden sein müssen, wenigstens nicht die Dinosaurier auf der Titelseite zu haben. Das ist die Mission, Jenny. Habe ich mich klar ausgedrückt?“

„Noch einmal, James, ja.“

„Wenn die Sache auffliegt, werden wir beide den Rest unseres Arbeitslebens damit verbringen, vor King’s Cross zu stehen und um Almosen zu betteln. Alles hängt jetzt von Ihrer Fähigkeit ab, diese Sache unter Verschluss zu halten.“

„Es geht hier auch um Menschenleben, James.“

„Das sind die Risiken, die dieser Job mit sich bringt“, antwortete er; dann machte er eine Pause. „Hören Sie, ich muss gehen. Ich will regelmäßige Berichte. Benutzen Sie diese Leitung und lassen Sie es mich wissen, sobald Sie die Insel betreten.“

„Ich habe kaum Hoffnung, dass ich die Kreaturen vor dem irischen Team verbergen kann“, sagte Jenny schnell. „Immerhin ist es eine kleine Insel.“

„Tun Sie ihr Bestes. Und versuchen Sie, sich nicht töten zu lassen.“

Mit diesem letzten Anzeichen von Mitleid brach die Verbindung ab. Jenny runzelte die Stirn, überprüfte die Batterieanzeige und zog dann langsam die bereit liegende Tarnuniform an. Sie taumelte von seiner Seite der winzigen Kabine zur anderen, während die *Aoife* ihren Kampf mit dem Atlantik fortsetzte.

„Da ist ein Fenster“, sagte Captain Harney. Er richtete sich von seiner Prüfung der meteorologischen Daten auf. „Wir haben es fast durch einen Ausläufer des Sturms geschafft und bald wird es eine Flaute geben – ich kann nicht sagen, wie lange sie anhalten wird, aber es sollte ausreichen, um den Helikopter zur Insel und wieder zurück zu fliegen. Es sind zwei Flüge nötig, um das ganze Team rauszufliegen.“

Jenny stand in ihrer schlechtsitzenden, unbequemen, neuen Garderobe da und ließ den Blick über den Rest des „Teams" schweifen. Sie drängten sich alle auf der Brücke zusammen: vier Soldaten, zwei Piloten und ein älterer Mann mit den längeren Haaren und weicheren Zügen eines Zivilisten. Es hatte keine Instruktionen gegeben. Sie wurde hier toleriert, wenngleich sicher nicht willkommen.

Der ältere Mann musterte sie. Er hatte dasselbe verschlossene Gesicht, das sie so gut von Lester kannte, dieselbe Art kühler Arroganz. *Bürokraten*, dachte sie, *die sind überall auf der Welt gleich.*

„Also gut, Captain", sagte der Bürokrat. „Machen Sie es so. Mein Team wird in zehn Minuten bereit sein, da rauszufliegen." Er gab den Soldaten ein Zeichen und verließ die Brücke ohne ein weiteres Wort. Seine Männer marschierten ihm hinterher wie Roboter.

„Was für ein netter, liebenswerter Kerl", sagte Jenny. Der Captain lachte.

„Beamte", antwortete er, „sie glauben, die Welt dreht sich nur um sie." Als Jenny ihn schief ansah, hustete er und fügte hinzu, „Naja, jedenfalls die meisten von ihnen."

Zwei junge Männer in Fluganzügen waren auf der Brücke geblieben und Jenny ging auf sie zu.

„Ich glaube, wir kennen uns noch nicht", sagte sie süßlich und streckte eine Hand aus.

„Lieutenant Sean Brice", sagte der erste, der von Jennys Lächeln ein wenig geblendet schien. „Irisches Army-Korps. Ich bin heute ihr Pilot. Das hier ist Sergeant Les Mullan, mein Kopilot." Brice war ein junger, blonder, dürrer Kerl und Mullan ein stämmiger, geradliniger Unteroffizierstyp mit schwarzem Bürstenhaarschnitt und klugen Augen.

„Sind Sie glücklich damit, in diesem Wetter zu fliegen, Lieutenant?", fragte sie.

„Wenn der Captain sagt, es ist in Ordnung zu fliegen, dann ist es in Ordnung zu fliegen."

„Ausgezeichnet. Könnte ich Sie beide wohl um einen winzigkleinen Gefallen bitten?" Sie lächelte erneut.

Die Piloten sahen sie unverbindlich an, doch sie war sicher, dass Brice merklich errötet war. Sie fand, dass er besorgt aussah. Mullan blieb stoisch.

„Denken Sie, ich könnte bei der ersten Tour dabei sein? Meine Freunde sind da draußen, wissen Sie, und ich mache mir solche Sorgen ..."

Brice grinste erleichtert.

„Ich denke, das sollte kein Problem sein", sagte er. „Überhaupt nicht."

Der Helikopter war ein veralteter Westland-Scout. Jenny kletterte hinein, und ihn ihrem Magen zog sich ein Knoten kalter Angst zusammen. Das Schiff schaukelte unter ihnen noch immer auf und ab, und die Flugzelle des kleinen Luftfahrzeugs neigte sich und klapperte mit jedem Windstoß. Sie schien unglaublich zerbrechlich, und als ein stämmiger Soldat hinter ihr einstieg, fühlte sie einen Moment klaustrophobischer Panik.

Der Soldat stellte die Öffnung seines Gewehrs, ein Steyr AUG, auf den Boden und nickte ihr zu.

„John McCann", sagte er in leichtem West-Cork-Akzent. Zwei rote Zick-Zack-Streifen waren auf seinem Oberarm zu sehen, das Zeichen eines Corporals. Er sah eher aus wie ein Landwirt, mit einem großen, roten Gesicht und riesigen Händen. Da Jennys Kehle wie zugeschnürt war, lächelte sie nur.

Die Turbine über ihrem Kopf startete und ließ schnell ein ohrenbetäubendes Heulen vernehmen. Mullan, der Kopilot, lehnte sich zurück und zeigte auf Jennys Kopf. Sie verstand und griff nach einem Ersatzpaar Kopfhörer, das an der Kabinenwand hing. Sie setzte sie auf. Sofort ließ ein Gutteil des Lärms nach und sie konnte das leise, sachliche Gemurmel der

Piloten vor sich hören. Ihre Gelassenheit und Kompetenz wirkten beruhigend.

Sie blickte aus dem quadratischen Plexiglasfenster, und sah den Bürokraten sowie den Rest des Teams, die fünfzig Fuß entfernt auf dem Hubschrauberlandeplatz des Schiffes standen und sie anstarrten. Der Mann sah stinkwütend aus. Sie war ihm zuvorgekommen. Jenny lächelte ihn an, und riskierte ein leichtes Winken, das er nicht erwiderte.

Schlechter Verlierer.

Natürlich würde sie sich mit ihm auseinandersetzten müssen, sobald sie alle auf der Insel waren. Das war eine Aufgabe, auf die sie sich nicht besonders freute. Er sah wie ein harter Brocken aus.

„Tango zwei null, Sie sind jetzt startklar." Die Stimme knackte in ihren Ohren.

„Null, Roger, wir heben jetzt ab."

Der Scout erhob sich in die Luft und wurde sofort von einem gewaltigen Windstoß zur Seite gestoßen. Jenny schrie gegen ihren Willen auf und griff nach dem Oberschenkel des Soldaten, der neben ihr saß. Dieser fing an zu grinsen wie eine rotgesichtige Grinsekatze.

„Noch nie geflogen, was?", fragte er freundlich.

„Nicht in so einem Ding hier." Sie schloss für einen Moment die Augen, als der Helikopter aufstieg und vom Wind wie eine Ratte in den Fängen eines Terriers durchgeschüttelt wurde.

„Großer Gott! Ich dachte, es sollte eine Flaute geben", sagte sie alarmiert.

„Das *ist* eine Flaute", informierte McCann. „Wenn es das nicht wäre, wären wir fünf Minuten nach dem Start schon halb in Frankreich gewesen." Er grinste und schien ihr Unbehagen zu genießen.

Sie ließen das Schiff hinter sich, dabei wackelte und schwankte der Scout auf jedem Stück des Wegs. Selbst

McCanns Gesicht verlor ein wenig seiner rötlichen Farbe, als sie durch den Himmel gewirbelt wurden.

„1200 Fuß“, sagte Brices Stimme von vorne. „Wolkendecke bei 1500. Kurs eins-zwei-fünf, Geschwindigkeit fünfundachtzig Knoten.“

„Roger“, sagte Mullan neben ihm. Selbst von ihrer Position hinten in dem kleinen Helikopter konnte sie die angespannten Schultern der beiden sehen und nahm die ständige Anpassung der Kontrollen zur Kenntnis.

Kurz darauf sprachen sie wieder.

„Guns Island, direkt vor uns. Ich gehe runter.“

„Roger. 800 Fuß. Zwei Meilen raus. Fluggeschwindigkeit zweiundneunzig Knoten.“

Der Helikopter ging runter, bis die monströsen Wellen unter ihm fast nah genug zu sein schienen, um sie berühren zu können. Jenny bemerkte jedoch dankbar, dass es dort unten auf der windgeschützten Seite der Insel ruhiger war.

Ich werde niemals wieder mit einem Karussell auf dem Jahrmarkt fahren können, dachte Jenny. Sie nahm ihre Hand von McCanns Bein. Sie fühlte sich verkrampft und wund an. Er rieb seinen Oberschenkel.

„Sie haben ganz schön Kraft in der Hand!“, kommentierte er ironisch.

Sie sagte nichts, denn ihre ganze Aufmerksamkeit galt nun dem Anblick des schwarzen Berges. Sie schienen direkt auf ihn zuzusteuern. Für einen Moment dachte sie voller Mitleid an Cutter und die anderen – sie waren diese Klippen hinaufgeklettert, oder hatten es zumindest versucht.

Mein Gott, das muss entsetzlich gewesen sein. Sie ließ es nicht zu, dass sie über die andere Möglichkeit nachdachte; dass sie es gar nicht bis zum Gipfel geschafft hatten.

„Zwei Minuten.“ Brices Stimme erklang in ihren Ohren. „Ich bring Sie jetzt hoch.“

„1200, 1300, 1400“, stimmte Mullan an.

„Wir kommen an der Südseite hoch“, sagte der Pilot zu ihnen.

Sie ließen die Klippen hinter sich, und sofort prügelte der Wind wieder auf sie ein. Der Pilot fluchte und zog die Maschine hoch. Seine Füße schwankten auf den Pedalen hin und her. „Herrgott, was für ein Aufwind. Hilf mir, sie zu halten, Les.“ Die Flugzeugzelle wackelte und schepperte und das Gebrüll der Turbine über ihren Köpfen schwoll an, als die Rotorblätter gegen den Wind ankämpften.

„Bring sie hoch, *bring sie hoch*!“, schrie der Kopilot.

„Ich hab sie, ich hab sie. Verdammt, nein.“

Der Helikopter neigte sich fast ganz auf eine Seite, warf Jenny in ihren Sicherheitsgurt und ließ sie in der Luft hängen. McCann glitt das Gewehr aus der Hand. Es krachte auf den Boden des Helikopters und schlug dann gegen die Backbordtür.

„Gott, Sean, zieh die Nase hoch!“, schrie der Kopilot. In seiner Stimme war nun blanke Angst.

Der Scout rollte durch den Himmel wie eine totgeschlagene Fliege. Jenny sah, wie der verdorrte und schneebedeckte Boden auf ihr Fenster zuraste.

Sie schrie.

ZWÖLF

Connor lag da und sah zur Zeltdecke hinauf. Alles um ihn herum war erfüllt vom endlos tosenden Wind, der von vorn und von hinten gegen das Zelt schlug, bis die Stangen, die es aufrecht hielten, knarrten und ächzten.

Graues Licht kündigte die nahende Morgendämmerung an. Zwar war er völlig durchnässt, aber warm. Auf der einen Seite schnarchte sanft der Sanitäter Doody, auf der anderen lag Abby. Sie runzelte im Schlaf die Stirn, und eine kleine Kruste getrockneten Blutes blätterte sich von ihrer Wange. Insgesamt lagen sie zu fünft im Zelt auf ihren Isomatten in wenige Millimeter hohem Wasser. Die Schlafsäcke waren auseinandergefaltet und über ihnen gestapelt. Sie wirkten wie ein Wurf Welpen, der sich aneinanderkuschelte.

Welpen! Ja, klar. Connor musste bei dem Gedanken an dieses Bild lächeln. Dann sah er wieder zu Abby und schluckte. Letzte Nacht hatte er für ein paar Sekunden gedacht, sie sei tot, und er konnte noch immer den Schmerz spüren, der ihn in jenem Moment überkommen hatte.

Nicht bereit, diese Erinnerung wieder aufzugreifen, wühlte er sich unter den Schlafsäcken heraus, worauf ihm augenblicklich kalt wurde. In seinen Stiefeln, die er noch immer trug, fühlten sich seine Füße an wie verschrumpelte Pflaumen. Er konnte sich kaum noch daran erinnern, wann er das letzte Mal trocken gewesen war.

So vorsichtig und leise er konnte, kletterte er über seine Begleiter und öffnete den Reißverschluss des Zeltes. Sofort ergriff Wind die Zeltplane und ließ sie flappen und knallen. Er streckte seinen Kopf heraus in den knöcheltiefen Schnee, der ihn wie eine Wolke umgab. Es war kälter, viel kälter als in der Nacht zuvor. Der Schnee blies wie Nebel über den Boden und sammelte sich an jenen Stellen, an denen Grasbüschel wuchsen, zu kleinen Hügeln und Haufen. Doch er zog den Schnee dem Regen vor.

Gott, wie er es hasste, nass zu werden.

Er blickte zurück ins Halbdunkel des Zeltes. Alle schliefen noch, selbst die Soldaten. Im frühen Licht kurz vor der Morgendämmerung waren ihre Gesichter bläulich-grau. Einer von ihnen, Farnsworth, hatte mit seiner Waffe in der Hand geschlafen – einem 9mm-Browning. Connor betrachtete die Waffe. Ein Zittern unterdrückend, ergriff er sie vorsichtig und kroch vollends aus dem Zelt heraus. Er schloss den Reißverschluss hinter sich und richtete sich stöhnend auf, als seine klammen Glieder sich streckten. *So muss es sein, wenn man alt ist*, dachte er.

Er entfernte sich mit der Pistole in einer Hand von den Zelten und war reichlich stolz auf seine Errungenschaft. Dann stellte er sich mit dem Rücken zum Wind und pfiff lautlos, während er seine Notdurft verrichtete. Als er fertig war, sprang er auf der Stelle auf und ab und versuchte, warm zu werden.

Die Wolken hingen so niedrig, dass er das Gefühl hatte, er könne sich auf die Zehenspitzen stellen und sie berühren. Er stellte fest, dass es zu schneien aufgehört hatte, aber es wirbelte immer noch Schnee weiß und puderig über den Gipfel der Insel. Er blickte nach Norden und konnte ein paar hundert Meter weit sehen, bevor die Wolken und der Schnee den weiter gelegenen Horizont verbargen. Das Plateau, das den Gipfel der Insel bildete, war in zerklüftete Steinschluchten und Felsen zerbrochen. Dort wo es Schutz gab, wuchsen Klumpen gelben Grases, jedoch nichts Größeres.

Der Ort mutete wie ein feindlicher, fremder Planet an. *Wie der Mars*, dachte er. *Der Mars ist kalt. Aber er ist auch rot.* Dieser Ort war wie eine Wildnis am Ende der Welt.

Er entfernte sich noch ein Stück von den Zelten. Als er zurückblickte, sah er, wie sich der Schnee auf ihren den Wind zugewandten Seiten aufgetürmt hatte. Ihre dunkle Farbe bildete einen starken Kontrast zu der farblosen Landschaft. Ein Schauer durchlief seinen Körper.

Ich könnte wirklich eine Tasse heißen Kaffee vertragen, dachte er.

Er achtete nicht darauf, wohin er trat, stolperte und fiel der Länge nach in eine kleine Spalte, lediglich ein kleiner Schnitt in der Haut der Insel. Auf einen Aufprall auf harten Stein vorbereitet, landete er stattdessen auf etwas, das nachgab, etwas, das so unerwartet war, dass es ihm den Atem verschlug. Er stolperte so schnell wie er konnte wieder auf seine Füße und zielte mit der Waffe.

Ein tiefes Stöhnen erfüllte die Luft, ein mächtiger Bass, dessen Vibration Connor bis unter die Haut spürte. Es gab eine Dampfwolke und einen schalen, widerlichen Geruch wie modriges Gras. Connor zog sich langsam und mit weit aufgerissenen Augen zurück. Er öffnete seinen Mund, doch es kam nichts heraus, und er klappte ihn wieder zu, als wäre er ein nach Luft schnappender Fisch.

„Iguanodon“, sagte Cutters Stimme hinter ihm. Connor geriet in Panik, wirbelte überrascht herum und wedelte weiterhin mit der Waffe vor sich herum. „Leg das Ding weg, bevor du dich verletzt, oder mich“, warnte Cutter und wandte sich wieder ihrer Entdeckung zu.

„Gott im Himmel, ein Iguanodon. Siehst du den Daumendorn? Es ist ein junger, kaum fünf, sechs Meter lang. Was für ein Fund, Connor.“

Cutter stand da, hielt eine M-4 locker am Griff und starrte nach unten. Das Tier war in die steilkantige Spalte gefallen und hatte sich mindestens eins seiner Beine gebrochen. Es war dunkelbraun und hatte weiße Streifen auf dem Rücken. Seine Augen blickten träge zu ihnen nach hinten. Es hob den Kopf ein wenig an, fiel aber wieder zurück. Eis glänzte auf seinen unteren Gliedern und ein Bein war in einem scheußlichen Winkel verbogen.

Das Tier stöhnte wieder, ein tiefes, jammervolles Geräusch.

„Er ist schon eine Weile hier gewesen; er hat es bald hinter sich", sagte Cutter. Seine Stimme hatte sich nun verändert. „Er muss im Dunkeln gestolpert sein." Er ging um das Biest herum und untersuchte den Boden. Er beugte sich vor und wischte mit seiner Hand den Schnee vom Gras. „Hier war mehr als einer; alles ist aufgewühlt."

„Er hat Schmerzen", stelle Connor fest und starrte mit eingeschüchterter Faszination auf das große, verletzte Tier.

„Ich weiß", sagte Cutter. Er legte den Karabiner an seine Schulter, entsicherte ihn und schoss.

Der Knall war unglaublich laut, doch der Wind schien ihn fast augenblicklich fortzutragen. Hinter dem Auge der Kreatur erschien ein glänzendes, schwarzes Loch, sein Kopf wackelte und sank dann schlaff zu Boden. Die gewaltigen Rippen bewegten sich noch für einen Moment und blieben dann still.

„Professor", sagte Connor, „hätte es denn keine Möglichkeit gegeben ..."

„Deswegen sind wir hier", sagte Cutter und seine Augen wurden dunkel und mitleidslos. „Das ist es, was wir hier tun müssen." Er drehte sich um und ging zu den Zelten zurück. Die anderen waren durch den Schuss geweckt worden und kamen heraus. Die Soldaten kamen auf die Beine.

„Gott möge uns vergeben", sagte Cutter, „darin sind wir immer gut gewesen."

Willoby legte mit wütender Stimme los.

„Ich wären Ihnen dankbar, wenn Sie mir meine Waffe wiedergeben würden", polterte er. „Was zum Teufel geht hier vor, Cutter?"

„Ein Iguanodon mit einem gebrochenen Bein", sagte Connor atemlos. „Cutter hat ihn getötet."

„Sergeant Fox", sagte Willoby laut, „nehmen Sie Bristow mit und überprüfen Sie das."

„Klar Boss." Die beiden Soldaten liefen mit geweiteten Augen an Cutter vorbei.

„Der Iguanodon stammt aus der frühen Kreidezeit", sagte Cutter, während Connor neben ihm her trottete, „aber der Liopleurodon gehört in den Jura ..."

„Spätes Jura", sagte Connor. „Es könnte eine Überschneidung gegeben haben. Das ist nicht unmöglich."

„Du denkst also sie könnten beide aus der gleichen Zeitperiode stammen?"

„Es ist möglich, oder etwa nicht?" Connor hatte die Kälte, den Wind, den Schnee und seine nasse Kleidung vergessen.

„Ich schätze schon, doch ich denke, es ist viel wahrscheinlicher, dass wir es hier mit zwei verschiedenen Epochen zu tun haben." Cutter blieb stehen und blickte zurück auf die schneebedeckte Leere des nördlichen Horizonts. „Ich habe letzte Nacht drei Anomalien aus der Entfernung gesehen, bevor wir schlafen gegangen sind. Sie sind jetzt vermutlich verschwunden. Doch sind sie alle mit derselben Epoche verbunden oder sprechen wir hier von zwei oder drei unterschiedlichen Zeitaltern? Das ist die Frage."

„Kreidezeit", sagte Connor. Seine Augen leuchteten in seinem verkniffenen Gesicht, als er versuchte, sich die Heerscharen der anderen Kreaturen vorzustellen, auf die sie möglicherweise treffen würden. Der bloße Gedanke erregte ihn derart, dass er es nicht auszudrücken vermochte.

Cutter starrte ihn an.

„Sei vorsichtig mit dem, was du dir wünschst, Connor", gab er leise zu bedenken.

Das Team versammelte sich wieder bei den Zelten. Sie bildeten einen traurigen Haufen mit ihrer nassen Kleidung, die jetzt an ihren Rücken festfror, und ihren ganzen Schnitt- oder Stoßwunden. Mit verlegenem Grinsen gab Connor Farnsworth seine Pistole zurück.

„Ich musste pinkeln – ich dachte, ich nehme was zur Sicherheit mit, wissen Sie?" Der Gesichtsausdruck des Soldaten war hart.

„Weck mich das nächste Mal; ich werde dafür sorgen, dass die Wunder der Natur nicht deine empfindliche Stelle sehen", schnauzte er.

Neben ihm unterdrückte Doody ein Lachen.

„Baut das Lager auf", sagte Willoby zur ganzen Gruppe. „Fox, ich will, dass dieser Ort hier in einer Stunde tiptop ist, alle drei Zelte stehen und gegen den Wind gesichert sind. Jeder wechselt seine Socken und zieht das an, was er an trockener Kleidung hat. Kümmert euch um eure Füße, Leute, und steht nicht nass in der Kälte herum. Bristow, machen Sie für alle eine Suppe. Watts, checken Sie die Komm-Situation. Ich will einen Lagebericht über Reichweite und Batterien.

Doody, untersuchen Sie alle auf Erfrierungen ersten Grades, Fußbrand, und sonstige Schmerzen. Sie wissen, was zu tun ist. Ich will einen Bericht über die Munitions- und Nahrungsvorräte bis zur letzten Kugel und zum letzten Keks. Kommt schon, Leute, ihr habt jetzt keine Freizeit mehr; wir haben hier zu arbeiten. Cutter, ein Wort unter vier Augen, wenn Sie gestatten."

Willoby führte Cutter vom Camp fort. Sie standen da und betrachteten den Kadaver des Iguanodon.

„Wir bleiben von jetzt an zusammen", sagte Willoby in stiller Wut. „Keine verdammten Solotouren mehr. Wir haben keine Ahnung, was auf dieser Insel herumläuft, oder was als nächstes aus diesen Anomalien herauskommt. Ist das klar, Cutter?"

Cutter setzte seine Kapuze gegen den Wind auf.

„Captain, das klingt ja fast so, als geben Sie mir Befehle."

„Ihre Leute müssen ein wenig gesunden Menschenverstand anwenden", sagte Willoby. „Keiner lässt den anderen von jetzt an allein das Camp verlassen. Ich frage noch einmal, *ist das klar*?"

Sie starrten sich für einen Moment an, dann nickte Cutter.

„Na schön. Ich habe allerdings auch einen Befehl."

„Was für einen?"

„Die Nervensysteme dieser Kreaturen unterscheiden sich stark von unseren. Manche von ihnen können nach einem Kopfschuss noch weitere zehn Minuten herumlaufen, bis sie tot umfallen, und zu diesem Zeitpunkt sind Sie nur noch Matsch im Gras. Niemand eröffnet das Feuer, bis ich das Okay gebe, Willoby. Verstehen wir uns?"

Willoby nickte.

„Gut. Das ist Ihr Gebiet, also ist es auch Ihre Entscheidung."

Mit bemerkenswerter Geschwindigkeit hatte sich das armselige, schmuddelige Camp der letzten Nacht in eine gut organisierte und scheinbar tadellose Einrichtung verwandelt.

Die drei Zelte waren ordentlich aufgebaut worden und ihre Ecken wurden mit Flechten bedeckten Steinen beschwert, damit der heftige Wind sie nicht fortriss. Die Kleidung wurde ausgepackt und bald hing eine Reihe nasser Socken an einem Nylonseil, das an einer nahen Felsenspitze befestigt wurde. Ein paar der Soldaten zogen es vor, ihre nasse Fußbekleidung zum Trocknen um den Hals zu tragen.

Das Team durchsuchte den Rest der Rationen und hinter einem steinernen Windschutz bereiteten sie schließlich die erste warme Mahlzeit seit Tagen zu. Dabei hielten sie ihre Hände über die flackernden blauen Flammen der kleinen Gaskocher. Sie sammelten Schnee und schmolzen ihn, um Trinkwasser zu erhalten, obwohl es laut Cutters Karte einen alten Brunnen auf der Insel geben sollte, der auf dem verlassenen Militärposten im Norden errichtet worden war.

Cutters erster Instinkt war es gewesen, die Zelte zusammenzupacken und sofort dorthin aufzubrechen. Doch nach reiflicher Überlegung stimmte er Willobys vorsichtigerer Herangehensweise zu. Die Anomalien, die Cutter in der Dunkelheit der vergangenen Nacht hatte glühen sehen, lagen alle in dieser Richtung. Es war besser, zunächst die Gegend zu erkunden, bevor sie voll bepackt dort einfielen, wo Gott weiß was auf sie wartete.

„Das hier wird fürs Erste unsere Operationsbasis sein", sagte Cutter, als sich das Team hinter dem Windschutz um ihn versammelte. „Sobald wir uns organisiert haben, werden Captain Willoby, Bristow und ich nach Norden gehen, um die Lage des Landes auszukundschaften und zu sehen, was für andere Kreaturen hier noch herumlaufen. Stephen, du hast das Kommando, während wir weg sind."

Stephen nickte.

„Connor, du und Abby, ihr tut euer Bestes, um den tragbaren Detektor wieder zum Laufen zu bringen. Wir arbeiten hier zwar in einer relativ kleinen Umgebung, aber es wäre trotzdem hilfreich zu wissen, wann die Anomalien aktiv sind."

Cutter hielt inne. „Abby, hörst du mir zu?"

Sie stand mit zur Seite gelegtem Kopf da. Ihr blondes Haar klebte an ihrer lädierten Stirn und ihre Kapuze hing über ihren Schultern.

„Cutter, hören Sie das?"

„Was, den Wind?"

„Nein, etwas anderes. Ich bin sicher, ich …" Dann rief sie: „Ruhig! Alle Mann ruhig!"

Das gesamte Team erstarrte beim Klang ihrer Stimme.

„Ich höre es“, sagte Watts, die Signalgeberin. „Boss, das klingt wie ein Heli.“

Sie standen auf und strengten sich an. Konzentriert lauschten sie und versuchten, das stets anwesende Gebrüll des Windes herauszufiltern.

„Er kommt von Süden“, sagte Willoby schließlich. „Ein Helikopter, bei Gott.“

„Der Mann, der bei diesem Wetter fliegt, muss ziemlich tapfer sein“, murmelte Stephen. „Oder ziemlich dämlich.“ Er zog sein Fernglas hervor und entfernte sich ein paar Schritte von der Gruppe, um den bleigrauen Himmel abzusuchen. „Ich kann nichts sehen.“ Doch das Geräusch wurde von Minute zu Minute lauter.

Dann tauchte er unvermittelt über dem Rand der Klippe auf. Es war ein kleiner, graulackierter Helikopter mit einer irischen Flagge auf seinem hinteren Ausleger. Er drehte sich im Himmel über ihnen und schoss vorbei. Der Wind warf ihn in der Luft umher, sodass sie in einem Moment das Cockpit und im nächsten den Heckrotor sahen.

„Er ist zu tief!“, rief Doody.

Der Pilot musste um die Kontrolle gekämpft haben, doch das Luftfahrzeug war einfach nicht leistungsstark genug, um gegen die gewaltige Kraft des Nordostwindes, der über das Plateau fegte, anzukommen.

„Komm schon, komm schon, Mann.“ Cutter merkte, dass er durch zusammengebissene Zähne murmelte. „Setz sie ab – setz sie einfach ab.“

„Oh nein“, formten Abbys stumme Lippen.

Ein letztes Mal bäumte sich der Helikopter auf, dann wurde er vom Sturm zur Seite geworfen und fiel mit dem Heck zuerst wieder herunter. Er verschwand hinter dem Bergrücken. Sie hörten einen harten, lauten Aufprall, gefolgt nur noch vom Geräusch des Windes.

Das Team stand versteinert und ungläubig da.

Willoby riss sich als Erster zusammen.

„Doody, holen Sie Ihre Sanitäter-Ausrüstung. Bristow, das Minimi. Farnsworth, Sie kommen mit uns. Fox, Sie und Watts bleiben hier. Versuchen Sie die Funkgeräte; dieser Heli war von der Navy. Er muss von einem Schiff in der Nähe gekommen sein. Vielleicht können sie unser Signal empfangen. Lasst uns loslegen, Leute."

Cutter und Stephen schlossen sich der Gruppe an, die nach Norden zog. Alle sechs von ihnen legten ein unglaubliches Tempo an den Tag, als sie geradewegs auf die Absturzstelle zustürzten. Stephen hatte ein Snipergewehr dabei, aber Cutter war nur mit einer Pistole bewaffnet. Keiner von ihnen wollte zu intensiv darüber nachdenken, was sie in dem abgestürzten Helikopter finden könnten.

Jennys Augen waren wie zugekleistert. Sie versuchte ihre Hände zu heben, um sich die Augen zu reiben, doch nur eine Hand bewegte sich. Sie schob ihre Augenlider auseinander und zuckte zusammen, als das, was sie verklebt hatte, ein paar Wimpern an den Wurzeln herausriss.

Sie konnte Metall ticken hören, der Wind brachte etwas Lockeres mit metallischem Geräusch zum Klappern. Die Stille war nach dem Gebrüll der Turbine geradezu unheimlich. Sie konnte sich nicht genau erinnern, was geschehen war. Ein Teil von ihr wollte ihre Augen wieder schließen.

„Hallo?", sagte sie.

Ein Stöhnen antwortete ihr. Ein Körper lag schlaff über ihren Beinen, warm und schwer. Sie konnte sich nicht bewegen.

Mit der Erinnerung kam auch die Panik zurück. Das auf ihrem Gesicht war Blut; ihre Handfläche war rot davon. So viel Blut – wie schlimm war es? Sie berührte ihr verklebtes Haar. Blut quoll daraus hervor.

McCann lag bewusstlos in ihrem Schoß, der gesamte Helikopter lag auf der Seite. Sie befanden sich in einem unangenehmen Winkel, doch wenigstens hing sie nicht mitten in der Luft, wie zu dem Zeitpunkt, als sie das Bewusstsein verlor. Über ihr hatte es eine Tür weggerissen. Als sie ihren Kopf drehte, blickte sie direkt in den wütenden, schwarzen Vorhang des Himmels.

Soviel zu der Flaute inmitten des Sturms.

„Hallo?“, sagte sie wieder. „Lieutenant Brice?“

Keine Antwort. Sie konnte die beiden Männer im Cockpit sehen. Sie hingen schlaff in ihren Sitzen und ihre Helme lehnten zu einer Seite. Wie weggeworfene Puppen sahen sie aus.

Keine Panik – denk nach. Wie konnte sie heraus gelangen? Sie konnte überall um sich herum Flugbenzin riechen, und es war der erschreckende Gedanke, dass es Feuer fangen könnte, der sie schließlich dazu brachte, sich zu bewegen.

Sie schob McCanns Körper von ihren Beinen herunter und keuchte, als der Sicherheitsgurt in ihre Seite schnitt. Ein paar Rippen knackten dort. Als sie ein Kind war, hatte ihr Pony sie abgeworfen und der Schmerz war derselbe gewesen.

Nichts Ernstes, sagte sie zu sich selbst. *Konzentrier dich.*

Sie löste den Gurtverschluss, der sie an ihrem Platz hielt und glitt sofort hinab auf das, was jetzt den Boden des Helikopters bildete. Es war einmal die Steuerbordtüre gewesen. Der Schmerz zwang sie zu einem Schrei und trieb ihr Tränen in die Augen.

Sie war nun wütend, wand sich im zerstörten Inneren des Fluggeräts und musste dann innehalten, als ihr Hirn sich wieder vernebelte. Blut fiel in münzgroßen Tropfen auf ihre Hände. Als sie ihren Kopf schüttelte, um ihn klar zu bekommen, spritzen die Tropfen durch das Innere des Helikopters, als hätte sie einen in rote Farbe getauchten Pinsel geschüttelt.

Der Anblick drehte ihr den Magen um.

Sie stand auf. Von den vorderen Sitzen kam ein Stöhnen, eine Bewegung.

„Brice?“, sagte sie. Keine Antwort. Doch immerhin war noch jemand anderes am Leben. Sie musste hier raus – ihr wurde übel. Sie begann, die türlose Seite des Helikopters hochzuklettern.

Etwas schlug mit einem metallischen Knall gegen die Seite des zerstörten Helikopters. Sie erstarrte.

Nochmal ein Aufprall zu ihrer Linken, in Richtung des Leitwerkträgers. Dann ein ritzendes Geräusch, als ob etwas Scharfes über die Hülle des Helikopters gezogen wurde.

Jenny rührte sich nicht.

„Cutter?“, flüsterte sie.

Von draußen kam ein tiefer Grunzlaut, ein Schnüffeln und dann ein scharfes, lautes Gebell, wie das eines Seehunds. Jenny sank in eine Ecke des Helikopters zurück und versuchte sich klein zu machen. Ihre Hände bewegten sich wie von selbst und durchsuchten McCanns Körper. An seiner Hüfte war eine Pistole befestigt, doch er lag darauf. Sie versuchte, den leblosen Körper anzuheben. Der Schmerz in ihren Rippen explodierte, als wäre in ihrem Kopf ein Feuerwerk losgegangen.

Ein Ausruf kam ihr über die Lippen, ein scharfer Aufschrei. Schnell bedeckte sie ihren Mund und horchte still.

Einen Moment später erzitterte der Kadaver des Helikopters, als etwas Schweres darauf kletterte. Die ganze Flugzeugzelle neigte sich und es folgte das unverkennbare Geräusch von Klauen, die auf Aluminium herumscharrten. McCann verrutschte, sodass Jenny den Griff seiner Waffe erreichen konnte. Sie begann panisch daran zu zerren.

Das Licht über ihr wurde abgeschnitten. Sie hob langsam den Kopf und sah hinauf.

In der Öffnung über ihr erschien ein Kopf, eine lange Schnauze mit gelben, glühenden Augen und Reihen von Zähnen. Die Schnauze selbst war gewaltig, vielleicht ein Yard lang. Sie spürte die Ausdünstungen des Atems der Kreatur, der Gestank von Aas.

Der Atem wirbelte wie fauliger, dampfender Nebel um sie herum.

Ihre Finger glitten vom Pistolengriff.

Das Ding bellte sie an, eine Reihe trockener, durchdringender Laute, die durch das Innere des Helikopters schallten und ihr in den Ohren schmerzten. Sie konnte das Blut auf sich und überall um sich herum riechen. Doch die konnte sich nicht bewegen.

Das Tier öffnete seinen Schlund und spannte sich an. Es schien so, als würde es sich direkt in das zerstörte Luftfahrzeug stürzen wollen. Sie konnte jetzt seine Klauen sehen, die den Türrahmen umklammerten. Ihre Hände zitterten wild und sie konnte nicht einmal schreien, denn das Grauen hatte all ihre Muskel in Wasser verwandelt.

Kurz bevor es sprang, spritzte etwas Dunkles aus seinem Kopf heraus und die große Schnauze wurde zur Seite gerissen. Feine Blutspritzer waren aus seinem Kopf explodiert. Die Kreatur taumelte für einen Moment. Jenny konnte mit völliger Klarheit sehen, wie sich eines der großen, leuchtenden Augen dunkel färbte. Dann sprang es und stolperte mit einem dünnen Kreischen vom Helikopter.

Das alles geschah innerhalb einer halben Sekunde, und in dieser halben Sekunde hörte Jenny deutlich das Krachen einen Schusses, das die Überschallkugel einholte, die ihm vorausgegangen war. Sie fiel und landete auf McCanns Körper. Ihr war kalt und schlecht, die Übelkeit war so stark, dass sie nicht einmal Erleichterung über ihre Rettung verspürte.

Minuten vergingen und sie hörte draußen Stimmen, dann Füße, die durch den Schnee knirschten. Sie räusperte sich.

„Hier drinnen! Helft uns!“ Der Gestank von Blut und Flugbenzin wurde zu viel für sie und sie übergab sich in ihren Schoß.

„Der Kopilot ist tot“, sagte Willoby zu Cutter. „Der Pilot wacht langsam auf und der andere Passagier scheint in ordentlicher Verfassung zu sein. Sie sind ziemlich lädiert, aber sie werden es schaffen."

Cutter kniete neben Jenny, während Doody die offene Kopfwunde, die hinter ihrem Ohr verlief, zunähte. Ihr Gesicht war weiß wie Marmor, mit Ausnahme der Stellen, an denen Blut darüber gelaufen war. Ihre Hände waren zu festen Fäusten geballt. Cutter berührte eine, sein Gesicht war finster und verschlossen.

„Cutter", sagte Willoby geduldig, „was war das?"

Es war Stephen, der antwortete. Er hielt immer noch sein Snipergewehr an seiner Schulter und beobachtete die Felsspitzen, die den Horizont säumten, mit der geduldigen Absicht eines geborenen Jägers.

„Ein Theropode", sagte er. „Ich hab seine Vorderarme gesehen, als er abgehauen ist."

Cutter stand auf und sammelte sich.

„Ein großer mit langen Vorderarmen. Vielleicht ein Eotyrannus, sie waren bekannte Fressfeinde des Iguanodon." Er lächelte freudlos. „Connor wird sich schwarz ärgern, dass er das verpasst hat."

„Das verdammte Ding war mindestens fünfundzwanzig Fuß lang", sagte Doody, der immer noch nähte.

„Ich bin ziemlich sicher, dass er ein Rudeljäger ist", erklärte Cutter. „Wo es einen gibt, sind wahrscheinlich auch noch mehr. Wir müssen so schnell wie möglich wieder zurück ins Camp. Das ganze Blut hier wird sie anlocken, wenn sie da draußen sind."

Willoby fluchte. Er betrachtete das Helikopterwrack von oben bis unten. Sie hatten die Insassen fünfzig Meter davon weggezogen und sich vor allem vorgesehen, das den Treibstoff, der den ganzen Bereich um das Wrack tränkte, in Brand setzten könnte.

„Sechs von uns und drei Verwundete sowie eine Leiche,

die wir tragen müssen. Das schaffen wir nicht in einer Tour. Wir nehmen die Lebenden mit und lassen den Toten hier."

Joe Bristows kurzgeschorenes Haar sträubte sich, als er sagte, „Das können Sie nicht tun, Boss. Dieses große, hässliche Mistvieh wird zurückkommen und ihn fressen." Er blickte auf Les Mullans Leiche. Das Genick des Kopiloten war gebrochen, und seine unteren Gliedmaßen zerschmettert, doch sein Gesicht war fast unberührt. Es starrte friedlich in den Himmel hinauf wie eine Wachsmaske.

„Wir haben keine Wahl, Joe", sagte Willoby leise. „Holt eure Regenumhänge raus, Jungs. Wir tragen sie ..."

„Nein", sagte Jenny bestimmt. Ihre Augen hatten sich geöffnet.

„Jenny!", rief Cutter und kniete sich wieder neben sie. Sie lächelte ihn an.

„Ich bin froh zu sehen, dass Sie es geschafft haben, Cutter", sagte sie. Dann fügte sie mit einer entschlosseneren Stimme hinzu, „Ich kann selbst zurücklaufen. Wie weit müssen wir gehen? Wir lassen niemanden als Futter für diese Dinger zurück."

Willoby sah sie mit neuem Respekt an.

„Die Dame hat gesprochen. Also gut. Aufladen, Jungs, und lasst uns aufbrechen. Es ist nicht mehr viel Tageslicht übrig."

Sie kamen langsam voran, bis Corporal McCann unerwartet aufwachte. Gestützt von Doody auf einer und Bristow auf der anderen Seite konnte er selbst mithumpeln und musste nicht auf einem Regenumhang hinterhergezogen werden. Stephen bildete das Schlusslicht. Er sah alle paar Yards zurück, um die windgepeitschten Felsspitzen hinter ihnen durch das Zielfernrohr seines Gewehrs zu betrachten. Nachdem sie etwa zweihundert Meter gehinkt und gehumpelt waren, rief er nach Willoby, der die kleine stolpernde Reihe anführte.

„Sie sind hinter uns! Ich sehe zwei dieser Kreaturen. Sie

untersuchen den Boden. Sieht so aus, als ob sie nach unserer Witterung suchen." Er ließ sich auf ein Knie herunter, seufzte und feuerte einen einzigen Schuss ab, wodurch er alle erschreckte. Dann riss er den Kugellagerbolzen zurück, um die leere Patrone auszuwerfen und nachzuladen.

„Daneben, verdammt."

„Bewegung!", zischte Cutter laut. „Diese Dinger könnten so schnell wie Rennpferde sein."

Sie stolperten weiter. Endlich erblickten sie in der anbrechenden Dunkelheit vor sich den Schein einer Fackel und wurden von Sergeant Fox empfangen. Er hatte seine M-4 im Anschlag bereit.

„Ich habe Schüsse gehört", sagte er. Er starrte mit großen Augen auf die Neuzugänge des Teams und auf Sergeant Mullans Leiche, dessen einer Arm leblos aus den Regenumhang baumelte.

„Geben Sie uns Rückendeckung", befahl ihm Willoby. „Feuern Sie nicht, bis sie einen sicheren Treffer landen können."

„Ja, Boss", antwortete er. „Auf was schieße ich denn?"

„Verdammt große Monster, Calum – los jetzt."

Sie erreichten schließlich die Zelte, eine stille, müde Truppe mit unangenehmer Fracht. Jenny, McCann und Brice saßen warm eingewickelt in den Zelten, wobei Doody sie versorgte, während der Rest der Gruppe sich in Schusspositionen um das Camp verteilte.

Kurz bevor sie die Zelte erreicht hatten, war es dunkel geworden, und Schneeregen wehte auf dem Rücken des Windes heran. Es war der Beginn einer bitterkalten Nacht. Kälte und Feuchtigkeit fraßen sich in sie hinein und durchnässten sie abermals von Kopf bis Fuß. Das Quäntchen Wärme, das sie bei ihrer Reise zurück ins Camp bekommen hatten, ging schnell wieder verloren.

„Das Wetter steht zu unseren Gunsten", meinte Cutter zu Willoby. „Vielleicht bringt es sie von unserer Spur ab."

„Das hoffe ich“, antwortete der Soldat. „Wir können so nicht die ganze Nacht Wache halten.“

Sie lagen auf den harten, eisüberzogenen Felsen, zitterten und starrten hinaus in die wirbelnde, sturmgepeitschte Dunkelheit. Sie waren so wachsam und ängstlich wie Höhlenmenschen, die in die Dunkelheit eines Eiszeitwinters starren. Doch nichts regte sich.

Schließlich ließen sie es gut sein und teilten die Soldaten sowie Stephen für einstündige Wachdienste ein. Willoby war gegen seinen Willen von dem Schuss, der dem Eotyrannus beinahe den Kopf weggerissen hätte, beeindruckt gewesen. Immerhin hatte Stephen aus vierhundert Metern Entfernung, bei schlechter Sicht und starkem Wind geschossen. Cutter, Connor und Abby wollten auch Wache halten, doch der Captain war dagegen.

„Ihr seid das Hirn dieser Operation“, meinte er. „Wir brauchen euch wachsam und lebendig, damit ihr weiter Informationen liefern könnt.“

Jenny lag mit einem Verband hinter ihrem linken Ohr in einem Arktisschlafsack. Cutter saß neben ihr im Zelt, während sich Abby und Connor hinter ihm in einen weiteren durchnässten Schlafsack kauerten, der um ihre Schultern gewickelt war. Connors Haar hing in dünnen Strähnen über seine Stirn und er zitterte krampfartig. Die Neuigkeiten über den Eotyrannuns hatten sein altes Selbst zwar wieder zum Leben erweckt, doch nun sah er sich mit der Aussicht auf eine weitere nasse, eiskalte Nacht konfrontiert. Und dieses Mal streiften auch noch riesige Raubtiere durch die Felsen und Einöden jenseits des Camps. Sein Sinn für Abenteuer schien auf dem Tiefpunkt zu sein.

Er hatte die elektronischen Innereien seines tragbaren Anomalie-Detektors vor sich auf einem Taschentuch ausgebreitet und trocknete mechanisch die Teile eins nach dem anderen ab, doch er schien nicht richtig bei der Sache zu sein.

Abbys Kopf sank nach vorn. Einmal, als sie ihn auf seine Schulter legte, schloss er die Augen und vergrub seine Nase in ihrem Haar.

„Dieser arme Mann“, sagte Jenny. „An so einem Ort sterben zu müssen.“

„Wenigstens ging es schnell“, sagte Cutter.

„Cutter, was zum Teufel machen wir hier?“

Cutter lächelte sie an. Sie hatte seine Hand genommen und ihre Finger fühlten sich auf seiner eigenen kalten Haut warm an. „Wir versuchen, ein Durcheinander wieder in Ordnung zu bringen, schätze ich, so wie immer. Nur, dass es dieses Mal ein bisschen schwieriger ist als sonst.“

„Das läuft alles ganz falsch, Nick.“

„Wir werden uns schon durchwurschteln“, meinte er. Allerdings klang er nicht überzeugt.

„Wir haben Ihr Satellitentelefon“, fuhr er fort. „Es ist noch intakt, und drei von euch haben es mit nur leichten Verletzungen aus dem Chopper geschafft – dafür sollten wir dankbar sein. Wir sind immer noch einsatztauglich, wie Lester sagen würde.“

„Lester!“, sagte sie und Wut flackerte über ihr Gesicht. „Alles, was James Lester interessiert, ist sein eigener Aufstieg auf einen sehr rutschigen Ast.“

„Er hätte Sie nicht hier raus schicken dürfen“, gab Cutter zu. „Das ist nicht Ihre Art von Szenario, Jenny.“

„Ich weiß. Öffentlichkeitsarbeit, was? In meinem Vertrag stand nie etwas von Stürmen auf See, Helikopterabstürzen und plündernden, prähistorischen Raubtieren.“

Er tätschelte ihre Hand.

„Morgen früh packen wir zusammen und brechen zu diesem verlassenen Army-Stützpunkt im Norden auf. Wir können nicht noch eine Nacht im Freien verbringen, nicht bei diesem Wetter. Danach werden die Dinge ein wenig ...“ Er suchte nach dem passenden Wort.

„Angemessener sein.“

DREIZEHN

In der Nacht ließ der Wind nach und Cutter wachte durch das seltsamste Geräusch auf: Stille. Der Sturm war jetzt schon so lange ein Teil ihrer Welt gewesen, dass seine Abwesenheit wie ein neuer, erstaunlicher Umstand wirkte.

Er verließ das Zelt mit dem Satellitentelefon, das wie ein Plastikblock aussah, in der einen Hand, während er mit der anderen eine geborgte Pistole in seine Jackentasche steckte. Draußen war die Luft eiskalt und immer noch voller Wasserdampf. Er sah sich bestürzt um. Die Insel war in dichten, eisigen Nebel gehüllt, der die Sicht auf vielleicht fünfzehn Meter einschränkte. Er war so dicht, dass er seine Bewegungen in seinem Gesicht spüren konnte und Salz auf seinen trockenen, rissigen Lippen schmeckte. Es erinnerte ihn daran, dass ihr Wasser knapp wurde.

Doody war auf dem Wachposten hinter dem Minimi. Er lag auf einer Isomatte und hatte seine Wange gegen das Stützgestell der Waffe gelehnt. Als Cutter auf ihn zu kam, riss er den Kopf hoch und fluchte.

„Ein Glück, dass Sie es waren“, sagte er. „Wenn es der Boss gewesen wäre, hätte ich einen Mordsärger dafür bekommen, während der Wache einzuschlafen.“

„Wenn es ein Eotyrannus gewesen wäre, hätten sie mehr als nur Mordsärger bekommen“, erwiderte Cutter. Er setzte sich und teilte sich einen Schokoriegel mit Doody. Sie genossen den Zucker und den Energieschub, den er zu dieser entkräftenden Morgenstunde in ihren Körpern verteilte. „Kein Zeichen?", fragte Cutter.

„Kein Zeichen. Allerdings könnte ein halbes Dutzend dieser Mistviecher nur hundert Yards entfernt in diesem Nebel stehen, und man würde nichts bemerken."

„Okay, Doody. Wann ist ihre Ablösung?"

„Ihr Kumpel Hart übernimmt in zehn Minuten."

„Wie geht es unseren Patienten?"

Doody rieb sich mit der Hand über sein Gesicht.

„Der Soldat, McCann, kommt wieder in Ordnung. Er hat nur eine Beule am Kopf und wurde ordentlich durchgeschüttelt – nicht schlimmer als eine gute Nacht in Colchester. Für den Piloten, Brice, gilt dasselbe, aber er hat auch noch den rechten Arm gebrochen. Er wird für eine Weile keine Helis mehr fliegen."

„Und Jenny?", fragte Cutter und täuschte dabei einen Ton vor, von dem er hoffte, dass er nüchtern distanziert klang.

„Sie meinen die brünette Schönheit, für die Sie eine Schwäche haben?"

Cutter starrte ihn an. „Was haben Sie gesagt?"

Doody kicherte. „Schon gut, Sir, es ist nur ziemlich offensichtlich, das ist alles. Ihr geht es auch gut. Eine leichte Gehirnerschütterung, fünf Stiche, zwei angeknackste Rippen. Das Mädchen hat Mumm. Sie wird heute schon wieder aufstehen und rumlaufen, darauf wette ich."

Cutter nickte. „Danke, Doody."

„Gehen Sie nicht zu weit weg!", sagte Doody schnell, als Cutter ging. „Die Standardanweisung lautet, immer zu zweit zu pinkeln."

„Ich bin Zivilist. Ich habe keine Standardanweisungen", sagte Cutter zu ihm. „Aber wenn Sie hören, dass ich gefressen werde, dann kommen Sie schnell rüber."

Er entfernte sich etwa sechzig Yards vom Camp und hielt

immer wieder an, um zu lauschen. Es gab kein Geräusch, bis auf das tropfenden Wassers. Die Insel schien tot und verlassen. Er fragte sich, ob die Anomalien noch geöffnet waren.

Connor muss den Detektor wieder zum Laufen bringen.

Er baute das Satellitentelefon auf, fuhr die kleine Schüssel aus und stellte es auf einen nahegelegenen Felsen. Dann drückte er die Wahlwiederholung.

Das Telefon klingelte zweimal, dann sagte eine Stimme, „Sie haben sich Zeit gelassen."

Cutter lächelte.

„Gut zu wissen, dass Sie mich vermisst haben", sagte er und lauschte genüsslich der stillen Verwunderung am anderen Ende.

„Cutter! Sie sind also noch lebendig."

„Und munter, Lester. Aber nur gerade so. Es war ein kühner Zug, Jenny hier raus zu schicken, um nach uns zu sehen."

„Es was notwendig."

Ein Anflug von Wut kroch in Cutters Stimme.

„Sie Mistkerl. Sie wurde fast getötet."

„Was ist passiert?"

„Ihr Helikopter ist abgestürzt. Sie sitzt jetzt hier fest, genau wie der Rest von uns. Einer der Crew wurde bei dem Absturz getötet und ein anderer ernsthaft verletzt."

„Ich verstehe." Dann folgte Stille.

„Wollen Sie nicht seinen Namen wissen? Seine Angehörigen werden informiert werden müssen."

„Alles zu seiner Zeit, Cutter. Immerhin war es nicht meine Entscheidung, das irische Militär in die Sache zu involvieren. Und zu diesem Zeitpunkt existiert keiner von Ihnen, Guns Island ist verlassen und die Medien werden das so lange wie möglich glauben."

„Nun, solange in den Fluren der Macht alles hübsch ordentlich ist", antwortete Cutter, ohne sich die Mühe zu machen, seine Abscheu zu verbergen.

„Welche Kommunikationsmittel haben Sie?“, fragte Lester mit einer Geduld, die ihm gar nicht ähnlich sah. Vielleicht fühlte er sich tatsächlich ein wenig schuldig.

„Funkgeräte mit begrenzter Reichweite und dieses Satellitentelefon. Das ist alles. Das Langstrecken-Hochfrequenzgerät haben wir zusammen mit der Hälfte unserer Ausrüstung auf See verloren. Lester, wir haben hier Verletzte. Wir brauchen so schnell wie möglich neue Vorräte und einen Verwundetentransport. Und wir haben kaum noch Nahrungsmittel, Wasser, medizinische Versorgungsmittel und …“

„Geben Sie jetzt etwa auf, Professor?“

Cutter hielt seine Wut zurück.

„Ich nenne Ihnen nur die Tatsachen.“

„Was ist mit den Anomalien? Sind sie noch geöffnet – haben Sie irgendwelche Kreaturen gesehen?“

„Wir haben bis jetzt drei unterschiedliche Spezies gesehen, eine im Meer und zwei an Land. Unser Anomalie-Detektor wurde beschädigt. Wir arbeiten daran.“

„Du liebe Güte, Sie haben aber auch Pech gehabt.“

Cutter dachte an die Überquerung des Meeres, den Aufstieg der Klippen und daran, wie er die Leiche von der Absturzstelle fortgezogen hatte.

„Das könnte man so sagen“, sagte er und schloss für eine Sekunde die Augen.

In der Nähe befindet sich ein Schiff der irischen Marine, und ein französisches wird auch schon auf dem Weg sein. Ich werde sehen was ich tun kann, um ein weiteres Luftfahrzeug zu Ihnen raus zu schicken. Aber es hängt alles vom Wetter ab, Cutter.“

„Sie werden hier heute nichts mehr hinfliegen lassen können“, meinte Cutter. „Wir sind im Auge des Sturms und völlig von Nebel umgeben.“

„Haben Sie eigentlich tatsächlich einen Plan?“, fragte ihn Lester.

„Die Anomalien scheinen sich am nördlichen Ende der Insel zu befinden und dort ist auch der alte Außenposten. Wir werden dorthin gehen. Wir brauchen Schutz vor den Elementen und den wilden Tieren. Beton ist dafür wesentlich besser geeignet als ein Nylonüberzelt. Sobald wir dort sind, melde ich mich wieder bei Ihnen.“ Er hielt inne. „Wir werden die Batterien dieses Dings hier schonen müssen. Es ist unsere einzige Verbindung zur Außenwelt.“

„Also gut.“ Diesmal war es Lester, der innehielt. „Jenny – ich gehe davon aus, es geht ihr gut.“

„Sie ist ein wenig angeschlagen, aber sie wird überleben.“

„Gut. Ich wünsche Ihnen Glück, Cutter. Und ich werde sehen, ob ich für einen weiteren Helikopter sorgen kann.“

Cutter unterbrach die Verbindung, legte den Hörer zurück in die Halterung und packte Schüssel und Kabel wieder ein. Dann stand er auf und ging resigniert zum Zelt zurück, während um ihn herum der Nebel die Insel in ein stilles Leichentuch hüllte.

Connor stand da und klappte den Schalter des tragbaren Anomalie-Detektors vor und zurück.

„Er ist repariert“, murmelte er, „Ich weiß, dass er es ist. Professor, er sollte perfekt funktionieren.“

„Warum zeigt er dann nichts an?“, wollte Cutter genervt wissen.

„Vielleicht gibt es nichts, was er anzeigen kann“, sagte Stephen über seine Schulter. Er war, genau wie der Rest des Teams, damit beschäftigt, seine Sachen in seinen Rucksack zu stopfen. Jenny und Brice saßen an der Seite. Der irische Pilot hatte seinen geschienten Arm in einer Schlinge und in seinem Gesicht zeigten sich Schmerz und Kummer.

„Du meinst, es gibt keine Anomalien innerhalb der Reichweite“, sagte Cutter und seine Augen weiteten sich leicht, als es ihm dämmerte.

„Es ist doch möglich, oder nicht?“, sagte Stephen. „Wir wissen, dass sie eine ziemlich kurze Haltbarkeit haben. Für die letzten war die Zeit vielleicht einfach abgelaufen.“

„Vielleicht ist es der Sturm“, vermutete Connor, „oder eher das Fehlen des Sturms.“

„Das Wetter?“, sagte Jenny. „Sie denken, das Wetter hat etwas damit zu tun?“

„Wir haben noch nie zuvor so viele Anomalien an einem einzigen Ort angetroffen“, sagte Connor verteidigend. „Plötzlich ist da dieser Sturm, diese Insel und jede Menge andere Dinge. Vielleicht ist es eine Kombination aus Meteorologie und Geologie, die sie zu diesem Ort gezogen hat.“ Sie sahen ihn nun alle an. Er zog den Kopf ein. „Es ist nur eine Theorie“, murmelte er.

„Und eine gar nicht mal so schlechte“, sagte Cutter und klopfte ihm auf die Schulter. „Die wesentliche Sache ist die, dass eine mehr als durchschnittliche Chance besteht, dass zurzeit keine Anomalien auf der Insel geöffnet sind. Wenn das der Fall ist, dann wird es Zeit, dass wir uns auf den Weg machen.“

„Da draußen könnten immer noch Kreaturen sein“, protestierte Stephen. „Sie verschwinden nicht einfach, sobald die Anomalien verschwinden.“

„Nein, aber wir wissen, dass es eine begrenzte Anzahl von ihnen gibt, zumindest im Moment“, antwortete Cutter. „Und sie werden nicht einfach aus dem Nichts auftauchen. Laut meiner Karte gibt es in dem Außenposten einen Brunnen. Außerdem ist der Ort wie ein Bunker gebaut und lässt sich leicht verteidigen. Das wird unsere Operationsbasis auf der Insel sein.“

Alle waren still und sahen ihn an. Sogar in Abbys Blick lag eine Art Vorwurf.

„Sie meinen, wir können das hier immer noch schaffen?“, fragte sie.

„Ich habe heute Morgen mit Lester gesprochen. Er wird versuchen, einen zweiten Helikopter zu schicken, um Lieutenant Brice abzuholen und uns neue Vorräte zu bringen. Wenn das klappt, sind wir so gut wie neu."

Jenny berührte vorsichtig den Verband unter ihrem Ohr.

„Vielleicht nicht ganz so gut wie neu", sagte sie.

Sie packten das Camp in weniger als einer Stunde zusammen und hievten wieder einmal ihre durchweichten Rucksäcke auf ihre Schultern. Sie sahen weniger wie Mitglieder einer harten, halbmilitärischen Operation, sondern eher wie eine Gruppe Landstreicher aus. Sie waren dreckig, unterkühlt, durchnässt, graugesichtig und müde. Willoby sah sie an und grinste breit.

„Das letzte Mal, als ich eine so übel aussehende Truppe gesehen habe, war es ein Haufen Argentinier, die zu uns kamen, um sich zu ergeben", sagte er. „Kopf hoch, Leute, es sind nur noch ein paar hundert Meter und dann habt ihr ein richtiges Dach über dem Kopf."

Connor blickte hinaus auf die leere Nebelwand, die sie umgab.

„Hoffen wir mal, dass die Dinosaurier nicht auch gerne ein Dach über dem Kopf hätten", sagte er mürrisch.

Sergeant Fox und Stephen übernahmen die Führung und liefen etwa zehn Meter vor dem Rest. Sie waren durch den Nebel gerade noch sichtbar und immer, wenn sie die Hauptgruppe aus den Augen verloren, warteten sie und ließen die anderen aufholen. Ihnen folgten Willoby und Cutter, dann Jenny, Connor und Abby, dann Brice, der vom irischen Soldaten McCann gestützt wurde. Doody lief dicht hinter ihnen, dann kam die Signalgeberin, Watts, und Farnsworth und Bristow bildeten das Schlusslicht.

Die Leiche des Kopiloten hatten sie wie zuvor in einen Regenumhang gewickelt und wechselten sich damit ab, sie zu ziehen. Sogar Jenny bestand darauf, dabei mitzuhelfen. Brice blickte auf die Leiche seines Freundes und sagte nichts, sondern ging schleppend voran. Er hielt eine Pistole in seiner freien Hand und sah so aus, als könnte er es kaum abwarten, sie gegen etwas einzusetzen.

Sie kamen nur langsam und stockend voran. Obwohl Guns Island nicht groß war, war das Plateau, über das sie zogen, eine zerklüftete Landschaft aus tiefen Schluchten, steilen Felsspitzen und zerrütteten Geröllfeldern, die durch Eis und Schnee rutschig und in dem sie umgebenden stillen Nebelschleier umso bedrohlicher waren.

An der Spitze winkte Fox Stephen zu sich. Er hockte und hielt einen Prismenkompass in seiner freien Hand.

„Hey, sehen Sie sich das mal an."

Stephen kniete sich neben ihn. Die Nadel zeigte nicht nach Norden, sondern schwang unaufhörlich über alle Richtungen des Kompasses.

„Sowas Ähnliches hab ich mal im Cuillin Gebirge gesehen", meinte Fox, „aber noch niemals so schlimm. Unter unseren Füßen muss es irgendeine seltsame Geologie geben."

„Sind Sie zufrieden mit der Richtung, in die wir gehen?", fragte ihn Stephen. Er durchsuchte den Nebel um sie herum und hielt sein Snipergewehr eng an seine Schulter.

„Ja, es ist kein großes Problem, etwas über einen halben Kai oder so. Ich würde hier allerdings ungern in der Dunkelheit herumnavigieren müssen."

Weiter hinten in der kleinen Reihe erschien Connor neben dem Professor und hielt den tragbaren Anomalie-Detektor hoch.

„Nichtmal ein Zucken", sagte er. „Professor, wie lange glauben Sie wird dieses Auge-des-Sturms-Ding anhalten?"

„Nicht lange", sagte Cutter. „Vielleicht ein paar Stunden."

„Ich glaube fast, der Wind war mir lieber", meinte Connor.

„Diese Stille ist mir unheimlich. Ich dachte, hier gäbe es riesige Vogelkolonien."

„Die Tölpel ziehen im Winter Richtung Südatlantik. Sie kommen nur in den Sommermonaten zum Brüten hierher. Das ist auch besser so. Diese Insel beherbergt etwa ein Fünftel der Brutpopulation der ganzen Welt – kannst du dir das Chaos vorstellen, wenn sich die Anomalien geöffnet hätten, während hier eine halbe Million Tölpel ihre Eier ausbrüten? Das wäre eine ökologische Katastrophe."

„Die königliche Vogelschutzgesellschaft wäre wohl nicht begeistert", stimmte Connor zu.

An der Spitze ließen sich Stephen und Fox gleichzeitig auf ein Knie sinken und Fox hob eine geballte Faust in die Luft.

„Stillgestanden", sagte Willoby.

„Hä?", sagte Connor.

„Beweg dich nicht. Halt die Augen offen und lass den Mund zu." Er lief nach vorne, um sich den beiden Männern anzuschließen, die nur Schatten im dichten Nebel waren.

„Was ist los, Calum?"

„Vor uns rumpeln Steine. Könnte nur ein kleiner Steinschlag sein."

„Überprüfen Sie das", befahl Willoby.

Fox und Stephen verschwanden im Nebel. Innerhalb von zwanzig Sekunden hatte er sie geschluckt, als hätten sie niemals existiert. Cutter ging zu Willoby hinüber und wischte sich salzige Feuchtigkeit aus dem Gesicht. Er zog seine Pistole.

„Ein Problem?"

„Seien Sie einfach still, Professor."

Die Sekunden verstrichen. Sie hörten das Rumpeln eines Steins weiter vorn, doch der Nebel schien jegliches Geräusch zu dämpfen. Es war, als knieten sie auf dem Steinboden einer riesigen Kathedrale, deren weiße und kahle Wände überall um sie herum waren.

Wieder rumpelten Steine, genauso wie Fox es beschrieben hatte. Willoby legte seine M-4 an die Schulter und blickte durch die eiserne Kimme, die über der teleskopischen angebracht war. Was auch immer da draußen war, es war nah.

Ein dunkler Schatten erhob sich aus dem Nebel. Cutter hob seine Pistole und zog den Hahn bis zum Anschlag zurück. Sein Mund war trocken wie Sand und sein Herz hämmerte in seiner Brust.

Der Schatten verwandelte sich in zwei menschliche Gestalten. Fox und Stephen stolperten durch den Nebel zurück und direkt auf sie zu. Cutter atmete zitternd aus und sicherte seine Waffe wieder.

Willoby nahm den Lauf des Gewehrs runter.

„Verfluchter Nebel“, sagte er. „Wir werden uns noch gegenseitig erschießen, wenn wir nicht aufpassen.“

„Da draußen ist etwas“, sagte Stephen. Er rang nach Luft. Er und Fox hatten die weit aufgerissenen Augen und das fahle Aussehen verängstigter Männer. „Es hat sich in einem Bogen um uns herum bewegt und kam auf unsere linke Flanke zu. Es schien sich zurückzuziehen, als wir näher kamen.“

„Es war groß“, sagte Fox. „Ich dachte, ich hätte es gesehen; es war ein Schatten, so groß wie ein verdammtes Haus, Boss.“ Für eine Minute knieten sie alle vier in einem kleinen Knoten der Unentschlossenheit, bevor Cutter sprach.

„Wir müssen in Bewegung bleiben. Wenn wir verfolgt werden, dann kommt hier herum zu stehen einer Einladung zum Essen gleich. Aber wir sollten dichter zusammen bleiben. Rudeltiere stürzen sich zuerst auf Nachzügler der Herde.“

„Rudeltiere?“, fragte Willoby.

„Es könnte wieder unser Freund der Eotyrannus sein, und er wird wahrscheinlich nicht allein sein. Captain, wir müssen so schnell wie möglich zu unserer Basis kommen.“

„Es geht doch nichts darüber, das Offensichtliche festzustellen“, sagte Willoby trocken. „Also gut; Hart, Sie und Fox bleiben nah beim Rest von uns. „Und falls Sie schießen müssen, stellen Sie um Gottes willen sicher, dass Sie richtig zielen. Eine Horde Leute mit automatischen Waffen kann füreinander ebenso gefährlich sein wie für den Feind. Lasst uns gehen."

Sie machten sich wieder auf den Weg und bewegten sich dieses Mal als eine Gruppe. Abby und Connor trugen Mullans Leiche, während der Rest der Truppe neben ihnen lief und hinaus in den sie umgebenden Nebel sah. Sie zuckten bei jedem Stein, den ihre Füßen ins Rollen brachten, zusammen. Sie schafften weitere hundertfünfzig Meter, bevor Bristow und Farnsworth, die das Schlusslicht bildeten, nach vorne kamen, um sie anzuhalten.

„Es ist hinter uns", sagte Bristow. Trotz der Kälte lief der Schweiß über seinen kurzgeschorenen Kopf und Hitze stieg in kleinen Dampfwolken von seiner Kleidung auf.

„Bewegt es sich?", fragte Cutter.

„Ich höre, wie sich die Felsen bewegen. Es rennt nicht; es bewegt sich langsam und untersucht den Boden hinter uns."

„Geht weiter", sagte Willoby. „Wir halten wegen nichts an. Kommt schon, Leute, versucht euer Bestes. Es ist jetzt nicht mehr weit."

Sie kämpften sich weiter. Die Zeit schien unaufhörlich zu vergehen und der Boden, auf dem sie liefen, schien derselbe zu bleiben; eine trostlose, vereiste Landschaft aus Stein und Flechten und vereinzelten Klumpen gefrorenen, gelben Grases. Es gab keinen Horizont, nur die Insel unter ihren Stiefeln und das alles umhüllende Nebeltuch.

„Ich glaube, ich höre etwas", sagte Farnsworth von hinten. „Joe, ich bin sicher."

„Komm schon, Pete – du hast den Boss gehört. Lauf verdammt nochmal weiter."

Farnsworth drehte sich um. „Aber ich sage dir …"

Es platzte aus dem Nebel heraus und katapultierte sich durch die Luft. Zwanzig Fuß massive, sehnige Muskeln sprangen gegen Farnsworth, drückten ihn gegen die Steine, rissen ihn auf wie eine Papiertüte und verteilten seine Eingeweide in einer roten Explosion zu allen Seiten.

Bristow ließ eine lange Salve Automatikfeuer los. Die Sucher strichen wild über den Kopf des Tieres. Dann drehte er sich um und rannte los.

„Nicht aufgeben!", rief Willoby. Sie stürzten alle an ihm vorbei in den Nebel. Die Kreatur hob die Schnauze von Farnsworths blutigem Kadaver und bellte scharf.

Aus dem Nebel erklang eine Reihe Gebell als Antwort.

Ein zweiter Eotyrannus schoss ins Sichtfeld. Er schleuderte aus dem Nebel wie ein Dämon aus dem Albtraum eines Kindes. Er verpasste Jenny um weniger als ein Yard, rutschte über die vereisten Steine und fiel krachend auf die Seite. Mit gebleckten Zähnen drehte sich Cutter um und leerte sein Magazin in das Tier. Er zog den Abzug der Waffe so schnell wie er seinen Finger bewegen konnte. Die Kreatur schrie wütend, ein schrilles Kreischen, das in ihren Ohren stach. Es zog sich auf seine Seite hoch, gerade als Cutters Pistole leer klickte und der Schieber hinten blockierte.

Er hatte das Magazin verschossen.

Cutter warf die Pistole nach dem verwundeten Biest, griff nach Jennys Hand und zog sie rennend hinter sich her.

Die Gruppe jagte inmitten panisch gerufenen Befehlen und hektischen Schüssen auseinander. Die verwundete Kreatur kam auf die Füße und stieß ein hohes Kreischen aus. Blut rann über ihre Seite. Watts drehte sich um und feuerte eine Ladung Leuchtspurmunition in ihren Kopf. Das Tier zuckte und schwankte, bellte vor Schmerz und Wut. Das andere sprang von einer Seite zur anderen und schnappte nach den vorbeilaufenden Menschen, vielleicht verwirrt von dem Beutereichtum, den es entdeckt hatte.

Das Team war zersplittert und sie verloren einander im Nebel.

Connor, Abby und Doody sprinteten stolpernd einen felsigen Abhang hinauf und starrten plötzlich ins Nichts hinunter; sie hatten das Ende der Klippe erreicht. Sie drehten sich um und wandten sich dem Weg zu, den sie gekommen waren. Unter ihnen wurden noch mehr Schüsse abgegeben, und der Eotyrannus kreischte wie besessen. Dann bellte er, als wolle er seinen Gefährten ein Zeichen geben.

„Ich bin offen für Vorschläge“, sagte Doody und hob seinen Karabiner.

„Wir müssen zurück“, sagte Abby und spannte den Hahn ihrer MP5.

„Das ist für euch in Ordnung – ihr habt ja auch Waffen“, jammerte Connor.

Doody zog eine Pistole aus seinem Oberschenkelhalfter und reichte sie ihm.

„Sie ist nicht gespannt. Es sind siebzehn Kugeln im Magazin. Erschieß die Dinosaurier, nicht uns.“

„Alles klar“, sagte Connor und spannte die Waffe mit einem zufriedenstellenden metallischen Klicken.

„Lasst uns gehen“, sagte Abby. „Wir haben die Leiche von dem Typen da drüben gelassen.“

„Lass doch die Leiche“, meinte Doody. „Wir finden die anderen, wir bleiben am Leben. Das ist alles, was jetzt noch zählt.“

Sie gingen den Weg zurück, den sie gekommen waren.

Cutter und Jenny zwängten sich in eine enge Felsspalte und lehnten sich aneinander. Sie schnappten nach Luft. Keiner von beiden war bewaffnet. Sie konnten die anderen Mitglieder der Gruppe rufen hören – vor allem Willobys Stimme zu ihrer Linken – und es erklangen stakkatoartige Stöße von Waffenfeuer.

„Sie haben uns erwischt“, schnaufte Cutter. „Sind Sie in Ordnung?“

„Ja. Mein Gott, Nick, haben Sie diesen armen Mann gesehen …“

„Denken Sie nicht daran. Wir müssen zu den anderen zurück. Wir sind unbewaffnet, und zumindest eine dieser Kreaturen läuft da draußen rum und sucht einen Kampf. Allein werden wir keine fünf Minuten überstehen."

Jenny schüttelte den Kopf.

„Ich habe Panik bekommen. Es tut mir leid."

„Das haben wir alle – dafür muss man sich nicht schämen. Es könnte ein oder zwei Leben gerettet haben." Er holte Luft. „Können Sie rennen?"

„Ja – ja das kann ich."

„Es hat keinen Sinn, ziellos über die Insel zu laufen. Wir würden Gefahr laufen, selbst erschossen zu werden. Wir gehen zur Basis. Früher oder später wird der Rest auch dorthin gehen müssen."

Jenny hielt noch immer seine Hand und klammerte sich so fest daran, dass er dachte, spüren zu können, wie die Knöchel gegeneinander rieben.

„Hey", lächelte er, „es ist in Ordnung. Das ist mein Job, wissen Sie noch?"

„Ich werde das hier bei meiner Gewerkschaft vorbringen", gab sie zurück, und es ermutigte ihn zu sehen, dass die Kratzbürstigkeit in ihren Blick zurückkehrte.

„Braves Mädchen. Also, lassen Sie uns gehen, bevor ich meine Meinung ändere."

Stephen und Sergeant Fox standen Rücken an Rücken. Fox schob ein neues Magazin in seinen Karabiner und ließ die Mechanik, die die Kugeln in den Lauf drückte, nach vorn schnellen.

Sie hatten sich die Kehle aus den Hals gebrüllt, sobald sie aufgehört hatten zu rennen, doch niemand hatte geantwortet. Stephen hatte jeglichen Orientierungssinn verloren. Es war so, als ob Nebel und Panik seine komplexeren Gehirnfunktionen abgestumpft hätten. Er atmete tief ein und war für den

Moment damit zufrieden, sich auf Fox' inneren Kompass zu verlassen.

„Alles bereit?", fragte er ihn.

„Ja. Was jetzt? Ich habe vor einer Minute den Captain von rechts rufen hören, aber vom Rest fehlt jede Spur. Sie sind losgerannt wie ein Haufen Kaninchen. Wir sind jetzt überall über diesen verdammten Ort verteilt und bei diesem Wetter werden die Funkgeräte nicht funktionieren."

„Wir gehen weiter nach Norden", sagte Stephen, „so wie vorher. Wenn wir einfach ziellos im Nebel herumwandern, bringt das gar nichts."

Fox schüttelte den Kopf.

„Ich denke, dass wir versuchen sollten, den Boss wieder zu finden."

„Calum, da besteht keine Chance. Wir ..."

Sie hörten den Schrei einer Frau, der von weit entfernt aus südlicher Richtung erklang. Dann wurde er durch das Gebrüll eines Tieres und einer langen, wilden Salve Automatikfeuer abgeschnitten.

„Jesus Christus", sagte Fox.

Der Eotyrannus war verschwunden. Er war aus ihrer Mitte gesprungen, als hätte er eine plötzliche Entscheidung getroffen. Sein Gefährte bewegte sich immer noch schwach, bis der irische Pilot, Brice, zu ihm hinüber ging und ihm mit einem beängstigend ruhigen Gesichtsausdruck in den Kopf schoss.

Willoby sah sich um.

„Bleibt in der Nähe Leute. Wer ist alles hier? Brice, Watts, McCann, Bristow ..."

Das Tier griff wieder an, als ihr Verstand noch durch den Schock der ersten Attacke betäubt war. Es sprang aus dem Nebel, ein klauenbesetztes Phantom, das direkt auf dem Rücken von Anita Watts, der Signalgeberin, landete. Der Aufprall warf sie zu Boden, ihr Gewehr flog davon und verschwand im Nebel. Sie wand sich darunter, schrie, dann biss die Kreatur mit erschreckender Kraft in ihren Kopf. Es gab ein scharfes Knacken, als die Schädelknochen nachgaben und ihr schmerzverzerrter Schrei erstickt wurde.

Die Kreatur hob triumphierend ihren Kopf.

Willoby und der irische Soldat, McCann, standen Seite an Seite und leerten ihre Magazine in das Monster. Beide schrien, während sie feuerten. Es waren unbekannte Laute, wie sie möglicherweise ihre Vorfahren von sich gegeben hatten, während sie eine urzeitliche Kreatur mit Feuerstein und gehärtetem Holz angegriffen hatten. Die Kugeln rissen durch den Bauch und die Rippen der Kreatur, stachen eine explodierende Reihe roter Löcher in ihre Haut und zerfetzten Muskeln und Knochen. Sechzig Kugeln schossen in die Kreatur. Sie bäumte sich taumelnd auf, die Klauen der Hinterbeine klackerten gegen den Fels.

Schließlich brach sie zusammen und begann wie wild zu strampeln. Sie stieß ein rasendes, hohes Jaulen aus und schleuderte faustgroße Steine durch die Luft. Willoby und McCann wechselten die Magazine und feuerten zwei weitere Ladungen in die sich windende Kreatur. Schließlich lag sie still. Die Klauen hatten sich vor Schmerz in den Boden gegraben. Private Watts' gebrochene, schlaffe Leiche lag daneben.

Als sie rannten, erschien etwas Großes im Nebel und Jenny drückte sich an Cutters Seite. Sie hatten das Waffenfeuer sowie die Schreie gehört und hatten keine Möglichkeit, herauszufinden, ob die anderen es geschafft hatten.

Es war ein hässliches Gebäude aus Betonplatten. Verstärkter Beton, auf dem eine Schicht Eis lag und der von Flechtenkreisen entstellt war. Im Nebel wirkte es fast wie ein verlorener Tempel, der darauf wartete, entdeckt zu werden. Tief in die Seite einer Wand eingelassen befand sich eine grün lackierte, mit massiven Vorhängeschlössern versehene Stahltür.

Cutter ließ seinen Rucksack vom Rücken gleiten. In all der Aufregung hatte er nie daran gedacht, ihn zurückzulassen, doch jetzt beschwerte sich seine Schulter wieder und sein Kopf pulsierte vor Schmerz. Er überprüfte das Satellitentelefon in der Seitentasche und murmelte ein erleichtertes Dankgebet, dass es noch immer unbeschädigt war.

„Sieht aus, als wären wir da", sagte er zu Jenny und reichte ihr seine Wasserflasche. Sie trank und schüttelte dann den Behälter. „Ist das alles, was Sie noch haben?"

„Fast alles ist knapp, wie es scheint. Auch die Leute."

Sie standen beide da und horchten. Die Schüsse und das Geschrei hatten aufgehört und die vernebelte Insel war still wie ein Grab. Jenny erschauderte, als ihr der Vergleich in den Sinn kam. Sie fragte sich, ob sie Abby, Connor und Stephen jemals wiedersehen würden.

„Lassen Sie uns sehen, ob wir da rein kommen", sagte Cutter.

„Nick ..." Sie legte eine Hand auf seinen Arm. „Ich muss es ihnen sagen. Diese Geschichte über die biologischen Stoffe ..."

„Ja?"

„Naja ... sie ist wahr. Die ganze Sache ist wahr. Hier *wurden* in den Fünfzigern Experimente durchgeführt, und es kann gut sein, dass sich in diesem Gebäude noch immer aktive Stoffe befinden."

Cutter grübelte einen Moment lang darüber nach, dann lächelte er.

„Lester", sagte er halb bewundernd. „Er deckt wirklich alles ab, was?"

„Es ist Willobys Job, die Biowaffen sicherzustellen. Deshalb hat Lester soviel Kooperation vom Militär erhalten. Der Captain hat eine doppelte Mission."

„Tja, soviel wir wissen, könnte Willoby tot sein."

„Soviel Glück haben Sie nicht, Cutter."

Die Stimme ließ sie herumschnellen. Willoby stand keine

fünfzehn Fuß entfernt da. Sein Gesicht war blutverschmiert und seine Augen waren entschlossen und hart wie Glas. Hinter ihm standen ein paar der anderen. Cutter sah die beiden Iren, McCann und Brice und den kahlgeschorenen Joe Bristow.

Etwas in seinem Herzen machte einen Ruck.

„Sind das alle?", fragte er heiser. „Sind das alle, die es geschafft haben?"

„Ich weiß es nicht", sagte Willoby. Er wischte sich geistesabwesend das Blut aus dem Gesicht. „Farnsworth und Watts sind beide tot; das hab ich gesehen. Der Rest könnte noch irgendwo verstreut sein. Beide Dinosaurier wurden getötet; wir haben den erledigt, den Sie verwundet haben und haben uns den anderen vorgenommen, als – als er – egal, sie sind beide tot."

Cutter sah ihm in die Augen. „Es tut mir leid um ihre Leute, Captain."

Er nickte.

„Wir müssen zurück. Wenn es möglich ist, müssen wir sie nach Hause bringen."

Er räusperte sich. „Fürs Erste haben wir es immerhin zur Basis geschafft. Wir müssen einen Weg hinein finden und uns einen Überblick über die Lage verschaffen. Wenn das erledigt ist, werde ich nochmal rausgehen und nach dem Rest des Teams suchen. Ich habe vor, jeden von ihnen zu finden, tot oder lebendig."

Einen Moment lang standen sie da, während der Nebel die Luft um sie herum erfüllte. Es war so, als könnten sie sich nicht recht dazu durchringen, weiterzumachen. Cutter wurde klar, dass die Stille, die nun wieder die ganze Insel einhüllte, bedeutete, dass ihre Freunde entweder in Sicherheit oder tot waren. Niemand gab mehr Schüsse ab.

Er ging hinüber zu der großen, stählernen, mit Schlössern versehenen Tür, die in die Seite der Wand eingelassen war.

„Lasst uns weitermachen", sagte er.

Eine Viertelmeile entfernt hob Doody sein Gewehr.

„Etwas vor uns bewegt sich."

Connor und Abby erstarrten beide. Die drei standen in einer Art halber Hockstellung und zielten mit ihren Waffen in alle Richtungen. Als Connor die Leere vor sich durchsuchte, fragte er sich, ob irgendjemand der anderen überlebt hatte. Und er versuchte, die brennende Panik zu vergessen, die ihn dazu gebracht hatte, wie eine verbrühte Ratte zu fliehen. Es war reines Glück gewesen, dass er in dieselbe Richtung wie Abby und Doody gelaufen war.

Vielleicht war es der Nebel; er schien irgendwie seinen Mut zu untergraben. Er hasste es, nicht sehen zu können, was da draußen war. Es machte die ganze Sache zu einer Art zweitklassigem Horrorfilm, den er nicht abschalten konnte. Es machte alles irgendwie traumartig.

Wenigstens bin ich bei Abby, dachte er. *Das ist immerhin etwas.*

Ein Licht blinkte im Nebel. Doody fing an zu grinsen.

„Hey, wer ist das?"

„Der große, böse Wolf", kam die Antwort zurück. Stephen Hart und Calum Fox kamen aus dem Nebel und lächelten grimmig. Abby lief auf sie zu und umarmte sie einen nach dem anderen.

„Wir dachten ihr wärt eines der Viecher."

„Ja, und ich war kurz davor, auf euch zu schießen!", rief Connor und knuffte Stephen in den Arm. Stephen drückte sanft den Lauf der 9mm zur Seite, die Connor in seiner Erleichterung herumschwenkte.

„Da bin ich ja froh, dass du es nicht getan hast. Weiß Gott, wer da am Ende den Schuss abbekommen hätte."

„Seid ihr allein?", fragte Abby. Als sie nickten, fügte sie hinzu, „Was jetzt?"

„Wir finden die anderen. Diese Dinger haben nicht alle erwischt, da bin ich sicher. Wir gehen nach Norden und suchen diese Basis, zu der wir wollten. Das ist alles, was wir tun können."

„Ich übernehme die Führung", sagte Fox und marschierte entschlossen los. Der Rest folgte ihm. Connor lief ihnen nach.

„Leute, wartet mal." Er trottete eilig hinter Abby her.

„Komm schon, Connor!"

„Kannst du es nicht spüren, Abs? Kannst du es nicht spüren?"

„Was – was soll ich spüren?"

Connor hielt inne, als ein piepsendes Geräusch aus seiner Tasche kam. Er zog den tragbaren Anomalie-Detektor heraus. Ein Licht blinkte rot und der LED-Bildschirm war in einer Ecke erleuchtet.

„Oh nein", sagte er.

„Connor – ich schwöre bei Gott, wenn du zurückbleibst, komme ich nicht zurück, um dich zu holen." Abby zog an seinem Arm.

Er stand wie angewurzelt da und sein normalerweise fröhliches Gesicht war ernst und düster. Er zeigte ihr den Detektor.

„Ich wollte dich fragen", sagte er, „ob du den Wind spüren kannst." Er hob seinen Kopf, und das Geräusch des Windes erhob sich um sie herum. Er fegte über die Felsspitzen und das vertrocknete Gras der Insel, zerfetzte den Nebel immer mehr und erweiterte so ihre Welt.

„Das Auge des Sturm ist vorüber, Abby", sagte er. „Die Anomalien sind wieder da."

VIERZEHN

Sie konnten es selbst in dem Beton überdachten Schutz der nördlichen Basis hören. Joe Bristow, der Wache an der Tür stand, kam halb die Treppen herunter.

„Boss, draußen fängt der Sturm wieder an zu toben", rief er und hob seine Stimme, um über den stärker werdenden Wind gehört zu werden.

Willoby verzog das Gesicht.

„Wenigstes wird das den Nebel auflösen." Er hustete. „Irgendwo hier drinnen gibt es einen Brunnen. Schwer zu glauben, dass diese Insel tatsächlich einen Wasserspiegel hat. Laut der Grafiken, die man uns gezeigt hat, hat der Bunker mehrere Ebenen. Das hier ist die Verwaltung. Auf Ebene zwei sind Aufenthaltsräume und darunter, glaube ich, Labors."

„Schön, gut informiert zu sein", sagte Cutter. Er massierte seine schmerzende Schulter. „Also gut, wir sind drin. Jetzt lasst uns wieder da raus gehen und unsere Leute finden."

„Wir haben auch Ausrüstung zurückgelassen. Und die Toten haben Waffen und Munition, die wir dringend brauchen", meinte Willoby. „Wir müssen ..."

„Boss!", rief Bristow. Dieses Mal war seine Stimme von reiner Freude erfüllt. „Boss, diese verdammten Mistkerle laufen einfach auf die Vordertür zu!"

Die Insassen des Raums drängten sich zum Eingang und fanden dort Stephen, Fox, Abby, Connor und Doody. Sie standen da und grinsten breit. Es wurde hin und her auf die Rücken geklopft und sich umarmt. Cutter stand vor Stephen, während der stöhnend das schwere Snipergewehr von seinen Schultern nahm.

„Gut, das du es geschafft hast“, sagte er.

„Du kennst mich, ich verlasse die Party nie als erster“, meinte Stephen. Sie schüttelten sich die Hände. „Sollen wir ...?“, fragte Stephen und öffnete die Arme.

„Nein, überlass das den Mädchen“, sagte Cutter. „Du bist zu hässlich, um umarmt zu werden.“

Über ihnen brüllte der Wind erneut wie ein Güterzug und brachte eine Sturzflut aus Schneeregen und Schnee mit sich.

Das Team rollte die Isomatten und Schlafsäcke aus und legte sie auf den Boden des Betonwürfels, der den Flur der Basis bildete. Dann überprüften sie ihre wenigen Vorräte, während der gefürchtete Joe Bristow mit dem Minimi die Tür bewachte und durch zusammengekniffene Augen in den Schneesturm hinaus starrte, der den Nebel ersetzt hatte. Jenny bemerkte, wie unheimlich es war, dass die Insel innerhalb einer Stunde von einem Extrem zum nächsten übergegangen war.

„Das ist wirklich ein seltsamer Ort“, sagte sie kopfschüttelnd, während sie die Schlinge an Sean Brices gebrochenem Arm neu knotete.

„Soweit ich weiß, streitet sich unsere Regierung mit den Franzosen um die Insel“, sagte Brice. „Was mich betrifft, können die verdammten Franzosen sie gerne haben. Danke, Miss.“

„Jenny“, sagte sie. „Ich denke, die Zeit für Formalitäten ist längst vorbei, Lieutenant.“

„Ich entschuldige mich für die Landung. Der Aufwind hat uns überrascht. Ich hab noch nie einen so starken erlebt. Les war da erfahrener. Er hätte ...“

Brice hielt inne. Er blinzelte wütend.

„Er hat eine gute Frau und eine Tochter. Sie sollten wissen, was mit ihm passiert ist."

Jenny setzte sich neben ihn auf den staubigen Beton.

„Ja, das sollten sie. Er starb, während er mutig seine Arbeit erledigte." Sie zögerte und suchte nach Worten. „Sie haben auf dieser Insel unglaubliche Dinge gesehen, Lieutenant, unmögliche Dinge. Ich hoffe, Ihnen ist klar, dass Ihre Regierung sich dieser Dinge nicht bewusst ist und dass das alles absolut geheim ist – und zwar nicht wie bei James Bond, sondern so ernsthaft wie möglich. Sie dürfen mit niemandem über die Dinge, die Sie auf Guns Island gesehen haben oder noch sehen werden, sprechen."

Brice beäugte sie vorsichtig, und sie fragte sich, was wohl gerade in seinem Kopf vorging. *Sein Leben – die Art, wie er die Welt um sich herum sieht – es hat sich alles verändert*, überlegte sie. Der Gedanke hatte den Beigeschmack eines bekannten Bedauerns.

„Sie sind viel zu hübsch, um so einen schmutzigen Job zu machen", sagte er. Nach einem Moment fügte er hinzu, „Nun, dann werde ich besser mal sehen, was ich tun kann, um zu helfen." Dann stand er auf und ging zu seinem Landsmann McCann, der auf der anderen Seite des Raumes saß und sein Gewehr reinigte.

Es gab ein lautes Klappern, als Willoby mit dem Griff seines Gewehrs ein Vorhängeschloss von einer anderen Tür schlug.

„Das alte SLR war für so was besser geeignet", grunzte er, als er einen Treffer landete. Schließlich löste sich das rostige Vorhängeschloss und er riss die Stahltür auf, sodass die Angeln stöhnten. Er hustete, trat von der Dunkelheit, die er gefunden hatte, zurück und hielt eine Hand über seinen Mund.

„Alte Luft", sagte er und schaltete seine Stirnlampe ein. „Wenigstens hoffe ich, dass es nur das ist."

Cutter starrte einen Moment hinein und folgte ihm dann in die Dunkelheit. Es roch modrig, war aber so trocken wie das Grab eines Pharaos.

„Sie haben diesen Ort ordentlich gebaut“, sagte er zu Willoby. „Fünfzig Jahre und nicht ein Tropfen Feuchtigkeit. Diese Einrichtung ist so dicht versiegelt wie ein Ballon.“

„Biomist“, sagte Willoby. „Sie hatten keine andere Möglichkeit, oder? Es sei denn, sie hätten gewollt, dass dreibeinige Tölpel auf der Insel brüten.“

„Es war alles echt. Ich weiß Bescheid“, sagte Cutter. „Jenny hat es mit erzählt, Willoby.“

„Ich hatte so ein Gefühl, dass sie das tun würde. Wenn man dieses Stadium einer Operation erreicht, kriechen alle Geheimnisse aus ihren Löchern. Aber es ist egal. Wir haben mit dem Hier und Jetzt zu tun, mit Leben und Tod. *Das* ist es, was zählt.“

„Und die Mission“, sagte Cutter.

„Und die Mission“, stimmte Willoby zu. Er durchsuchte den Raum, das Licht seiner Lampe flackerte von Wand zu Wand, als er seinen Kopf drehte.

„Sie und ich, wir sind uns sehr ähnlich, Cutter. Nach allem, was ich gehört habe …“

„Sie meinen bei ihrer Einweisung?“, unterbrach Cutter.

„In Ordnung. Laut der Akte, die man mir über Sie gegeben hat, scheint es so, dass Sie Ihr eigener Boss sind, der das, was er will, so lange verfolgt, bis er es bekommt. Das kann ich nachvollziehen.“

„Was machen wir hier, Captain? Werden wir jetzt beste Freunde?“

Willoby zuckte mit den Schultern. „Immerhin sind wir beide an vorderster Front und nicht so wie die Leute, die uns hier raus geschickt haben. Wir sind beide entbehrlich, Cutter – zumindest in deren Augen.“

„Nun, da werde ich Ihnen nicht widersprechen“, gab Cutter zu.

Sie starrten in die schwach beleuchtete Dunkelheit, doch alles, was sie sahen, waren leere Regale und Arbeitsplatten. Hier und da lag ein wenig Abfall herum, doch ansonsten befand sich nichts in dem Raum. Was auch immer hier gewesen war, es war schon vor langer Zeit mitgenommen worden.

Ein Lichtstrahl erhellte sie beide.

„Professor?“, fragte Connors Stimme. Cutter schirmte seine Augen ab.

„Hier drüben. Was ist los, Connor?“

Der jüngere Mann kam zu ihnen herüber. Seine Füße wirbelten eine dünne Staubschicht auf dem Betonboden auf.

„Sehen Sie sich das mal an“, sagte er.

Sein tragbarer Anomalie-Detektor blinkte.

„Sie sind wieder da“, sagte Cutter. „Zusammen mit dem Sturm.“

„Es ist mehr als das, Professor. Der Detektor zeigt nicht die Anomalien draußen an – er hat eine ganz in der Nähe gefunden. Sehen Sie sich das Signal an – wir stehen praktisch direkt drauf.“

„Das ist unmöglich“, sagte Cutter. Doch er wusste, dass es das nicht war. Wenn Anomalien in der Londoner U-Bahn auftauchen konnten, dann konnte sie auch nichts davon abhalten, sich hier zu materialisieren.

„Sehen Sie sich die Messwerte an, Professor. Der Detektor arbeitet völlig korrekt, und die Richtung, die er angibt, deutet auf diesen Ort.“

Cutter und Willoby sahen sich zuerst gegenseitig an und blickten dann auf die verschlossenen Türen, die aus dem schwarzen Raum führten, in dem sie standen.

Auf einer der Türen standen Buchstaben, die die Worte ‚Sicherheitsfreigabe benötigt‘ bildeten, und die Farbe blätterte bereits ab. Auf einer weiteren stand ‚Verwaltung‘ und auf einer dritten ‚Systeme‘.

„Sie sagten, dass es unter uns zwei Ebenen gibt?", fragte Cutter Willoby.

„Und das sind diejenigen, deren Existenz sie zugeben", antwortete der Spezialeinheitsoffizier. „Wer weiß, was wirklich da unten ist."

Sie standen für eine Sekunde da und überdachten die Konsequenzen.

„Nein, es muss ein Zufall sein", sagte Willoby schließlich.

„Aber Biowaffen", sagte Cutter. „Dieser Begriff deckt einiges ab."

„Wenn es wahr *wäre*, dann hätten sie den Ort nie aufgegeben, oder sie hätten ihn zumindest unter Quarantäne gestellt und die Vogelbeobachter ferngehalten."

„Was?", fragte Connor zitternd. „Professor, wovon reden Sie beide da?"

„Wenn hier in der Basis eine Anomalie ist – tatsächlich hier drinnen, dann könnte das etwas bedeuten, das wir bisher noch gar nicht bedacht haben", sagte Cutter. „Wenn der Bau der Basis irgendwie mit der Existenz der Anomalien auf der Insel verbunden ist, dann könnte das bedeuten, dass diese Dinger kein erst kürzlich aufgetretenes Phänomen sind. Um Gottes willen, dieser Ort ist seit fünfzig Jahren nicht mehr in Betrieb gewesen."

„Wie schon gesagt, es ist wahrscheinlich ein Zufall", meinte Willoby. „Es muss einer sein."

„Ich will diese unteren Ebenen sehen", sagte Cutter bestimmt.

„Ich fürchte, das ist unmöglich."

„Sie lügen, Willoby. Es war Ihre Aufgabe, hierher zu kommen und diese Anlage zu sichern. Das können Sie aber nicht vollständig tun, wenn Sie keinen Zugang zu allen Ebenen haben."

„Solange die Versiegelungen in Ordnung sind, ist mein Job erledigt", schnauzte Willoby. „Sie haben doch selbst gesagt, dass sie diesen Ort ordentlich gebaut haben; er ist verdammt nochmal immer noch luftdicht. Das bedeutet, die Mission ist beendet. Die biologischen Stoffe bleiben unter Verschluss. Was auch immer da unten ist, kann dort bleiben und verrotten. Wir werden nicht noch weiter in diese dunklen Räume vordringen.

Der Fall ist abgeschlossen, Cutter."

Cutter zuckte mit den Schultern.

„Okay – na gut. Sie können mich nicht für meine Neugier beschuldigen. Immerhin gehört das zu meinem Beruf."

„Meine zweitrangige Mission", fuhr Willoby mit humorlosem Lächeln fort, „war es, die Mitglieder Ihres Teams am Leben zu halten. Um das zu tun, müssen wir Wasser finden und diesen Ort angriffssicher machen."

„Ich schätzte, dann wähle ich die Tür, auf der ‚Verwaltung' steht", sagte Cutter leise.

„Mein drittes Ziel", machte Willoby weiter, „besteht darin, die Leichen und die Ausrüstung, die sie trugen, zu bergen."

„Wenn Sie da jetzt raus gehen, sind Sie ein toter Mann", warnte Cutter.

Der Soldat wandte sich ab, doch zuvor bemerkte Cutter die tiefe Müdigkeit in dessen Gesicht.

„So leicht bin ich nicht zu töten", sagte er.

Als die schlechte Luft sich aus dem Vorraum verzogen hatte, zog das Team hinein.

Im äußeren Korridor, den sie nun den „ersten" Raum nannten, sammelte sich bereits ein größerer See aus Regenwasser und geschmolzenem Schneeregen an, den der Sturm durch die geöffnete Tür schleuderte. Niemand schlug vor, die Tür zu schließen. Es schien unwahrscheinlich, dass der Eotyrannus sie in dem Sturm finden könnte, und die Türe zu schließen, hätte völlige Isolation und Dunkelheit bedeutet. Die Basis war gebaut worden, um Luftangriffen zu widerstehen und hatte daher keine Fenster. Das Dach war mehrere Fuß dick, und obwohl entlang der Wände Lüftungsgitter eingebaut waren, waren ihre Abdeckungen alle geschlossen.

„Sie haben diesen Ort gegen so ziemlich alles gesichert", sagte Calum Fox und leuchtete hier und da mit seiner Taschenlampe über die Wände. „Nicht nur gegen Sprengstoffe – er hält auch Nervenkampfstoffe und alle Arten von Waffen ab. Gott sei Dank ist der Kalte Krieg vorbei."

„Sag das Watts und Pete Farnsworth", grunzte Bristow. Doody hatte ihn am Minimi abgelöst, und er trocknete das geschmolzene Eis von seinem Gesicht und Hals ab. „Wenn man tot ist, ist man tot, egal, ob ein nuklearer Winter herrscht oder …" Er sah in das zornige Wetter jenseits der Türe hinaus, wo Doody, mit dem Knauf des Minimi auf der Schulter, zitternd unter einem Regenumhang lag. „Oder ob man von etwas, das gar nicht existieren sollte, in Stücke gerissen wird. Nach allem, was wir wissen, wurde dieses Etwas vielleicht hier entwickelt. Biowaffen! Wer weiß, was an diesem gottverlassenen Ort vor sich ging, oder was sie in ihren Reagenzgläsern gezüchtet haben."

Stephen kam klatschnass und mit Schnee in den Haaren in die Basis zurück. Er trug ein halbes Dutzend Wasserflaschen aus Hartplastik.

„Hat nicht viel gebracht; der Wind bläst den Schnee darüber hinweg. Es ist vielleicht ein halber Liter in jeder – besser als nichts."

Er verteilte das Wasser und das Team versammelte sich um ihn, um gierig zu trinken. Die salzige Luft hatte sie alle ausgetrocknet.

„Hast du da draußen irgendwas gesehen?", fragte Cutter.

„Ich war nur zehn Fuß von der Tür weg, aber ja, ich habe in der Entfernung eine Anomalie gesehen, vielleicht eine Viertelmeile von hier. Es ist schwer zu sagen – sie kam und ging mit dem Sturm."

„Irgendwelche Kreaturen?“, fragte Abby.

„Nicht eine. Vielleicht gucken sie aus der Anomalie raus, sehen, wie das Wetter hier ist, sagen ‚Scheiß auf dieses Spiel mit den Spielzeugsoldaten‘, und verpissen sich wieder in die Kreidezeit.“

Alle lachten.

„Ich hätte nichts gegen ein paar Stunden in der Kreidezeit“, sagte Connor mit Nachdruck. „Wenigstens wäre es da warm.“

„Wenn da nicht die randalierenden Wildtiere wären, dann wäre das wie ein Urlaub auf den Bahamas“, meinte Cutter.

„Oh, bitte nicht, Professor“, sagte Abby zitternd. „Ich kann mich nicht erinnern, wann mir das letzte Mal warm war oder ich trockene Füße hatte.“

Ein Missklang lauter Schläge kam aus dem inneren Raum. Willoby versuchte immer noch, die Schlösser von den Türen zu schlagen, doch diese waren um einiges hartnäckiger, als die von Rost zerfressenen an der Außentür. Schließlich hörten sie ihn rufen. „Bleibt aus diesem Raum raus – aus dem Weg!“ Dann folgte ein Schuss, der in dem begrenzten Raum in ihren Ohren schmerzte.

„*Autsch*!“, schrie Connor. „Sofortiger Tinnitus!“

Das Zischen und Krachen der Kugel heulte die Wände des anderen Raums entlang, und in diesem Moment stürzte Willoby mit dem Kopf zuerst heraus. Sie sahen ihn alle an und er grinste verlegen.

„Man sollte niemals einen Schuss in einem begrenzten Raum mit jeder Menge Beton darum abfeuern“, sagte er. „Trotzdem hat es funktioniert. Bristow, kommen Sie und bringen Sie Ihre Taschenlampe mit.“

Letztendlich schlossen Cutter, Connor und Abby sich ihnen an. Die drei Zivilisten husteten und würgten, als Bristow und Willoby die massive, gummiumrandete Tür aufhebelten, die zur ‚Verwaltung‘ führte.

„Wartet, bis es sich verzieht“, sagte Willoby und wedelte

mit seiner Hand vor seinem Gesicht herum.

„Das ist so, als würde man Tutanchamuns Grabkammer öffnen“, sagte Abby.

„Ich sag dir, wie das hier ist. Es ist, als würde man Moria betreten“, sagte Connor düster.

„Ich wusste, dass du *Der Herr der Ringe* irgendwann erwähnen würdest“, sagte Abby und tat ihr Bestes, um angewidert zu klingen.

„Schluss jetzt“, schnauzte Cutter. Die Strahlen ihrer Taschenlampen huschten über die Schwärze eines halben Jahrhunderts, die vor ihnen lag. Sie sahen Treppen, die nach unten führten, und an deren Ende sich eine Tür befand. Diese Tür bestand aus Holz, und sie war offen.

„Dann wollen wir mal“, sagte Willoby und begann, die Treppen hinunter in die Dunkelheit zu steigen.

Draußen nippte Doody an seiner Wasserflasche, zerdrückte das Eis darin und unterdrückte sein Zittern. Seine Augen schmerzten vom Schlafmangel und alles, was er aß oder trank, schien nach Salz zu schmecken.

Er starrte in die sturmgepeitschte Weiße des Wintertages hinaus und dachte an seine Freundin in Hereford. Ein Bett, in dem sie lag – und neben dem Bett ein großer Krug mit kaltem, klarem Wasser. Er fuhr sich mit der Zunge über die Innenseite seines Mundes, als er daran dachte.

Draußen bewegte sich etwas. Ein Schatten, der inmitten der Schneewehen kam und ging.

„Mist“, flüsterte Doody. Er sah am Lauf des Minimi entlang und zog den Knauf der Waffe gegen seine Schulter.

Da war es wieder.

Aus dem Sturm erklang ein seltsames, heulendes Bellen. Er hatte so ein Geräusch noch nie gehört. Von weiter weg kam eine schwache Antwort. Der Schatten bewegte sich im peitschenden Schnee. Doodys Augen tränten, als er sich bemühte, sie im Wind offen zu halten. Die Insel war wieder leer und es kam nur noch das endlose Heulen des Sturms und das schlagende Geräusch des Windes, der auf den geduldigen Stein einhieb. Doody atmete aus.

„Das ist genug, um einen alt zu machen“, murmelte er.

Im Schlafsaal standen immer noch die Metallrahmen der Betten, deren Matratzen auf ihnen zusammengerollt und festgebunden waren. Sie waren alle in tadellosem Zustand. Immerhin waren sie für Jahrzehnte von der Welt abgeschnitten gewesen, nachdem die Mitarbeiter der Basis sie in den 1950ern zurückgelassen hatten.

Abby drehte mit mehr Hoffnung als realistischer Erwartung einen Wasserhahn auf. Er quietschte trocken in ihrer Hand.

„Verdammt“, sagte sie laut.

Cutter öffnete eine schwerere Tür. Auf den Angeln war immer noch Schmierfett. Dahinter befanden sich etwas, das wie eine Art Pumpvorrichtung aussah und ein verlassener Stahleimer.

„Ist das Ihr Brunnen, Willoby?“

Er betätigte den Hebel an der Seite der Apparatur. Er bewegte sich leicht in seiner Hand und von weit unten erklang eine Reihe klickender und klappernder Geräusche. Doch aus dem Rohr sprudelte kein Wasser, um den Eimer zu füllen.

Willoby beugte sich über den Tank und hob den schweren Metalldeckel an.

„Man braucht Wasser, um Wasser zu machen“, sagte er. „Wir müssen den hier erst füllen, bevor wir anfangen zu pumpen, um das Ding in Gang zu bringen.“ Er rieb sich mit den Händen übers Gesicht. „Joe, kommen Sie mit mir. Sie auch, Fox – bei den Kreaturen, die hier rumlaufen, ist man nur gemeinsam stark. Wir gehen raus und füllen noch mehr Wasserflaschen, solange es noch hell ist. Cutter …“

„Ich sehe mich hier mal ein bisschen um. Vielleicht schaffen wir ein paar von diesen Matratzen nach oben", sagte Cutter.

„Wie Sie wollen. Kommen Sie, Joe." Die Soldaten gingen. Sie stapften zurück in die Dunkelheit und die Strahlen ihrer Stirnlampen flackerten wie Lichtschwerter über die Wände.

„Die hier sind jedenfalls besser, als auf dem Beton zu schlafen", sagte Abby und drückte mit einem zweifelnden Finger gegen eine Matratze.

Connor hatte schon eine auseinandergerollt und sich darauf geworfen, sodass die Federn des Metallbettes quietschten und eine Ladung Staub aufgewirbelt wurde. Er nieste dreimal schnell hintereinander.

„Oh Abby, das ist super", sagte er und schniefte laut. „Wir sind ja selber auch nicht gerade sauber."

Sie warf ihm einen verärgerten Blick zu. „Da sprichst du für dich selbst."

„Ruhe, ihr beiden", sagte Cutter entnervt. Er wanderte den langen Schlafsaal auf und ab und leuchtete mit seiner Taschenlampe umher. Eine weitere Tür. Er öffnete sie. „Hier ist die Küche. Die Kantine ist direkt dahinter. Dieser Ort ist viel größer, als ich dachte. Hier müssen mehrere Dutzend Leute gleichzeitig gearbeitet haben."

Er kam lächelnd zurück und warf Connor eine Konservendose auf den Bauch. „Hunger?"

„Nicht auf Bohnen von circa 1951", sagte Connor. Er warf die Dose mit einem Klappern quer durch den Raum.

Die Soldaten waren dem Wind und dem Schneeregen ausgeliefert. Zu ihren Füßen stand eine Ansammlung Wasserflaschen, die dem Sturm entgegengeneigt war und von einer kleinen Steinmauer gestützt wurde. Doody hatte ihnen von den schattenhaften Gestalten im Schnee erzählt.

„Boss", sagte Fox, „es ist nur ein Gedanke, aber Pete hat die ganze Demo-Ausrüstung getragen. Sie ist immer noch da draußen, in seinem Bergen: C-4, Sprengschnüre, Zündkapseln, Schnellzünder – das ganze Zeug. Ich denke nur, wenn wir das hätten, könnten wir ein paar Sprengfallen für diese Mistviecher von Monstern legen, anstatt zu versuchen, sie mit 5.56mm Kugeln zu erledigen …"

„Sie hätten uns hierfür verdammte Bazookas geben sollen", sagte Joe Bristow mürrisch. „Wir haben vier ganze Magazine gebraucht, um den zu erledigen, der Anita erwischt hat. Wenn drei oder vier von denen es sich in den Kopf setzen, gleichzeitig in die Basis zu kommen, würde uns die Munition ausgehen, bevor wir sie aufhalten könnten."

„Gutes Argument", sagte Willoby. „Aber alles zu seiner Zeit."

„Was machen diese verdammten Wissenschaftler überhaupt hier?", fuhr Bristow fort. „Soweit ich das sehe, ist alles, was sie zustande bringen, sich wegen nicht und wieder nichts in Gefahr zu bringen."

„Sie sind Experten", sagte Willoby geduldig. Er beobachtete die schwarzen Felsen des Plateaus durch seinen Teleskopsucher. „Sie müssen diese Dinger überwachen, diese Anomalien, und überprüfen, was durch sie durch kommt. Stellen Sie sich vor, ein Paar von irgendwas kommt aus der Vergangenheit da durch und schafft es, hier zu überleben und sich irgendwie zu vermehren. Das wäre ein schöner Schlamassel."

„Sollen sie doch", gab Bristow zurück. „Nichts für ungut, Boss, ich und die Jungs, wir haben das Gefühl, dass Sie uns irgendwas verschweigen."

Willoby ließ sein Gewehr sinken und sah ihn ernst an.

„Alles zu seiner Zeit, Joe", sagte er. „Alles zu seiner Zeit."

FÜNFZEHN

Cutter ließ das Licht seiner Taschenlampe über die Tür gleiten. Sie war massiv, mit Gummi versiegelt und ohne einen Fleck Rost. Das Vorhängeschloss, das sie sicherte, war so groß wie seine Faust.

„Connor“, sagte er, „ich verlass mich auf dich.“

„Ich kenn mich nur theoretisch damit aus“, sagte Connor schnell. „Ich hab mal gesehen, wie es gemacht wird und ich habe ein paar der Werkzeuge, aber ...“

„Tu es einfach, Connor“, sagte Stephen. Er blickte zurück zu der offenen Tür zwei Räume weiter, wo Doody still hinter dem Minimi lag. Brice und McCann schliefen. Die anderen Soldaten waren alle draußen.

„Okay, okay.“ Connor zog einen kleinen Lederbeutel aus seiner Innentasche und öffnete den Reißverschluss.

„Sieht wie ein Maniküreset aus“, sagte Jenny mit schelmischem Lächeln.

„Ja, deine Nägel könnten ein wenig Lack vertragen, Connor“, frotzelte Abby.

„Oh, danke.“ Connor ließ ein Paar dünner Stahlwerkzeuge aus dem Beutel rutschen und steckte sie in das Schlüsselloch des Vorhängeschlosses. Es gab eine Reihe winziger Klicklaute, als er begann, sie vor und zurück zu schieben.

Sie standen eng um ihn herum und schirmten ihn vor der Tür ab. Draußen wurde es dunkel und das Licht der Taschenlampen schien heller, als sich die Finsternis um sie verstärkte. Connor atmete schwer durch den Mund und bewegte die beiden dünnen Werkzeuge im Innern des Schlosses vor und zurück und hinein und hinaus.

„Ich denke, ich – ja!“ Das Schloss sprang auf. „Wer hätte das gedacht? Ich könnte meinen Lebensunterhalt als Einbrecher verdienen.“

„Bleib lieber bei deinem Hauptberuf“, sagte Cutter und tätschelte seine Schulter. „Also, wenn die anderen vor mir zurückkommen, sagt ihnen, ich bin draußen und folge dem Ruf der Natur“, sagte er.

„Ich komme mit Ihnen!“, bestand Jenny.

„Hören Sie, ich …“

„Ich habe Ihnen die Wahrheit über Willobys Mission gesagt. Jetzt will ich die ganze Wirklichkeit selbst sehen, Cutter. Keine Widerrede.“

„Okay, okay, ihr schließt die Tür hinter uns, aber nicht ganz. Denkt dran, wir brauchen Luft. Was auch immer ihr tut, lasst dieses Ding nicht hinter uns zuschlagen.“

„Gehen Sie es an, Professor“, sagte Abby.

Cutter und Jenny schlüpften in die Schwärze auf der anderen Seite der Tür und husteten in ihre Handflächen. Hinter der Tür gab es zwar Luft, aber sie war tot und abgestanden und voller Staubpartikel, die die Strahlen der Taschenlampen wie schwebende Goldbarren erscheinen ließen.

Cutter blickte zurück und sah zu, wie die Tür bis auf einen Zentimeter geschlossen wurde. Der Lärm des Sturms von draußen wurde fast völlig abgeschnitten. Sie befanden sich in einer lichtlosen Stille – es hätte die Hälfte des Weges zum Mittelpunkt der Erde sein können.

„Dieser Ort ist echt unheimlich“, sagte Jenny leise. Ihre Stimme war kaum mehr als ein Flüstern. Cutter konnte ihre Wärme neben sich spüren; sie standen so nebeneinander, dass ihre Schultern sich berührten.

„Wir haben nicht viel Zeit“, meinte er. Er ging vorsichtig los und sah nach rechts und links. Sie waren in einem kleinen Vorraum mit Schreibtischen, Stühlen und Aktenschränken. Das Telefon aus Bakelit und die Reihe der komplexen Kontrollen und Instrumente an der Wand sahen mit ihren Skalen und Knöpfen wie etwas aus einem anderen Zeitalter aus.

„Von hier aus haben sie die Luftzufuhr und die Temperatur kontrolliert“, sagte er.

„Es war wie ein Raumschiff“, staunte Jenny.

„Ja, das war es – und hier ist die Luftschleuse.“

Es gab eine weitere massive Tür. Sie ließ sich durch das Drehen eines großen Eisenrades öffnen. Es gab keine Schlösser an ihr.

Sie haben sich wahrscheinlich nicht vorstellen können, dass jemals jemand so weit kommt.

Nichtsdestotrotz rutschen Cutters Finger daran ab und er fluchte flüsternd, als er sich bemühte, es gegen den Uhrzeigersinn zu drehen. Ein Scheppern ertönte und die Tür schwang lautlos an den Angeln auf. Wieder einmal würgten er und Jenny fast, als der abgestandene Gestank der Luft dahinter an ihnen vorbeizog.

„Es ist ein Labor“, sagte Cutter, als er wieder zu Atem gekommen war. Er ließ die Taschenlampe über Arbeitstische, Bunsenbrenner und Halterungen mit Reagenzgläsern gleiten. In einer Ecke stand ein Sicherheitsschrank und in der anderen eine Abzugshaube.

„Jetzt kommen wir der Sache langsam näher“, sagte er. „Hier müssen ziemlich abgefahrene Dinge vorgegangen sein.“

„Hoffen wir, dass alles tot ist“, murmelte Jenny und ging zwischen den Tischen auf und ab. „Es sind keine Dokumentationsunterlagen zurückgelassen worden, nicht einmal ein Klemmbrett. Man kann sogar sehen, wo sie etwas von der Wand gelöst haben.“

„Ja“, stimmte Cutter zu. Es gab auch keine Proben, keine

Objektträger und keine Chemikalien in Gläsern. Glas, Holz, Gummi und Stahl war alles, was sie zurückgelassen hatten. „Sie haben alles mitgenommen, was zur Operation gehörte, als sie gegangen sind."

„Was haben Sie sich erhofft, Nick?"

„Ich weiß nicht. Irgendeinen Hinweis darauf, warum dieser Ort hier gebaut wurde. Abgesehen von der offiziellen Erklärung."

An der Hinterseite des Labors gab es noch eine Tür. Cutter hievte sie auf, wie er es bei der ersten getan hatte. Dahinter erstreckte sich ein breiter Durchgang, der sich zu einer Seite in Treppen und zur anderen in eine Rampe abwinkelte. Die Feuerlöscher hingen noch an den Wänden und am Ende der Treppen war ein großes Schild mit der Aufschrift ‚Bio-Eindämmungsbereich'. Darunter befand sich die massivste Tür, die sie bisher gesehen hatten. Sie sah aus wie der Eingang zum Tresorraum einer Bank.

„Das ist es", sagte Cutter. „Das ist der Kernpunkt des Ganzen, genau hier."

Sie stiegen schnell die Treppen hinunter. Ihre Neugier siegte über ihre Müdigkeit. An der Tür befand sich ein weiteres Rundschloss, doch obwohl Cutter sich dagegen lehnte bis seine Augen hervorquollen und Schweiß auf seiner Stirn ausbrach, wollte es nicht nachgeben.

Jenny tippte ihm auf die Schulter.

„Cutter, bevor Sie sich einen Leistenbruch zuziehen, sollten Sie sich das hier ansehen."

An einer Seite der Tür war ein kleines Kästchen an der Wand befestigt. Jenny klappte den Deckel auf. Darin befand sich ein nummeriertes Set Kippschalter aus glänzendem Messing und voller Schmierfett.

„Ein Kombinationsschloss", sagte sie.

„Verdammt", sagte Cutter heiser. „Wir haben an der letzten Barriere versagt."

Dunkelheit legte sich über die Insel. In dem schwarzen, heulenden Mahlstrom der Nacht konnten sie das wütende Gebrüll großer Tiere hören, die kämpften, jagten und einander riefen.

Willoby, Fox und Bristow kehrten mit den Wasserflaschen zurück. Sie wuchteten gemeinsam die Vordertür zu und hielten sie mit einem kleinen Felsbrocken einen Spalt geöffnet, so als wollten sie versuchen, die Schrecken von draußen auszusperren. Sie füllten den Tank und betätigten wieder die Handpumpe. Die ersten paar Eimer waren trübe und sauer, aber danach kam das das Wasser so süß und klar herauf, wie man es sich nur wünschen konnte. Das Team füllte die Flaschen und trank Liter um Liter. Sie bewunderten die Tatsache, dass etwas so Einfaches und Gewöhnliches wie Wasser so gut schmecken konnte. Es war besser als der erlesenste Champagner.

Der erste Klang fließenden Wassers wurde von Applaus begleitet, doch es schien Willoby, dass Cutters und Jennys Stimmung gedrückt war. Er zuckte mit den Schultern.

Vielleicht hatten sie Krach, dachte er bei sich selbst. *Das ist nicht gerade der perfekte Ort für einen romantischen Ausflug.* Also widmete er seine Aufmerksamkeit wichtigeren Dingen.

Sie hievten die Matratzen aus dem Schlafsaal und breiteten ihre Schlafsäcke darauf aus. Sie waren froh, nicht mehr auf dem kalten Betonboden sitzen zu müssen. Zwar trugen sie noch immer nasse Kleidung, doch als sie über ihren ersten Lagerplatz auf der südlichen Landspitze sprachen, dankten sie ihren Glückssternen für die stabilen Mauern, die sie umgaben. Der Gedanke an eine weitere Nacht in den Zelten im tobenden Sturm und unter den frei herumlaufenden Kreaturen war etwas, an das niemand von ihnen denken wollte.

Ihre einzigen Probleme waren technischer Natur. Das Satellitentelefon würde eingeschlossen in drei Fuß Beton nicht funktionieren und die Batterien der Stirnlampen wurden schnell schwächer. Das war ihre Hauptsorge, bis Connor, der in der Küche herumgewühlt hatte, eine kleine Schachtel Kerzen entdeckte. Diese wurden in verschiedenen Ecken ihrer Schlafeinrichtung angezündet, woraufhin der Ort auf eine kahle, düstere Weise fast schon heimelig wirkte.

„Es ist wie eine Mischung aus Colditz und einem Kloster“, sagte Abby, als sich das Team auf die Matratzen legte und ins Kerzenlicht starrte. Währenddessen tobte draußen immer noch stur der Sturm.

„Das ist viel besser als ein Zelt“, sagte Connor. „Ich bin nicht der Typ für Camping, bin ich nie gewesen. Mir sind vier Wände und ein Dach tausendmal lieber.“

„Was ist aus dem Höhlenmenschen geworden, den wir alle kannten und liebten?“, fragte Abby.

„Ach, naja, es gibt für alles die richtige Zeit und den richtigen Ort, Abs.“

Willoby kam herüber und kauerte sich neben Cutter. Leise sagte er: „Ich will, dass Sie morgen nach der Möglichkeit eines Verwundetentransports fragen. Brice sieht gar nicht gut aus. Doody sagt, er hat Fieber und ihm gehen die starken Schmerzmittel aus. In weiteren vierundzwanzig Stunden haben wir nur noch Aspirin und Pflaster. Außerdem haben wir höchstens noch Nahrungsmittel für sechsunddreißig Stunden.“

„In der Küche sind Konserven“, sagte Cutter. „Sie sind alt, aber diese Dinger können einen manchmal überraschen.“

Willoby lächelte schwach.

„Ich habe schon mal Dosenrationen aus den Sechzigern gegessen, aber das Zeug hier wäre dann doch ein bisschen übertrieben. Wir können es uns nicht leisten, dass jemand eine Lebensmittelvergiftung bekommt. Professor, ich gehe morgen mit meinem Team raus, um meine Toten zu bergen und sie hierher zu bringen. Danach verlassen wir diesen Ort, wenn Sie es sagen. Aber ehrlich gesagt, verstehe ich nicht, was Sie hier von jetzt an noch Gutes bewirken wollen. Sie setzen nur die Leben dieser Leute aufs Spiel.“

„Ich gehe davon aus, Sie sehen Ihre erste Mission als erfolgreich beendet an, Captain Willoby?“

Da war etwas in dem Ton seiner Stimme …

„Hier scheint alles in Ordnung zu sein.“

„Und Sie sind nichtmal im Entferntesten neugierig darauf zu wissen, was sich in der versiegelten Kammer unter uns befindet?“

Willoby starrte ihn an. Für eine Sekunde kochte Wut in ihm hoch; dann verschwand sie und er war nur noch leer und müde bis auf die Knochen.

„Sie sind natürlich da runter gegangen. Ich hätte es wissen sollen.“

„Ich bin da runter gegangen, aber ich bin nicht weit gekommen und das wussten Sie auch. Eine letzte Tür bleibt über den Geheimnissen verschlossen.“

„Mit Gott weiß was auf der anderen Seite. Ich würde nicht einmal in einem ABC-Schutzanzug da runter gehen, Cutter.“

„Ich denke, dass die ganze Biowaffensache eine Fassade ist.“

„Es war eine Fassade, die tatsächlich stimmte. Ein klassischer Doppelbluff. So gewinnt jeder. Der Bunker ist intakt, und Ihre Anomalien werden weiterhin geheim gehalten. Was wollen Sie denn noch?“

„Ich will diese Dinge verstehen!“, zischte Cutter wütend. Er senkte seine Stimme, als andere Mitglieder des Teams überrascht herübersahen. „Verglichen mit dem, was diese Anomalien mit der bloßen Struktur unserer Welt anrichten könnten, sind Ihre Biowaffen nichts weiter als ein Regentropfen in einem Sturm. Raum und Zeit, Willoby. Sie reißen Löcher in die Gesetze unserer Physik.“

„Das ist nicht mein Problem“, sagte Willoby. Er sah weg.

„Was ist es, das Sie wissen und uns nicht sagen? Sie haben es doch vor einer Weile selbst gesagt, Mann; Wir sind hier draußen an der Front, und die Mistkerle, die uns hierher geschickt haben, ziehen nur die Fäden.“

„Es ist mehr als das, Cutter."

„Dann tun Sie mir einen Gefallen; kommen Sie mit mir nach unten zu der Kammer und öffnen Sie sie. Denn die haben Ihnen den Code gegeben, nicht wahr, Willoby? Sie wissen, wie man die letzte Tür öffnen kann. Ich kann es in Ihrem Gesicht sehen. Und tief drinnen sind Sie genauso neugierig darauf wie ich."

„Neugier! Ist es das, worauf alles hinausläuft?", wollte Willoby wütend wissen. „Es sind Menschen *gestorben* …"

„Und es werden noch mehr sterben, viel mehr, bevor wir diese Dinge verstehen."

Die beiden Männer starrten einander an.

„Meine Karriere wäre vorbei", sagte Willoby.

„Beim Militär mit Sicherheit. Aber man weiß ja nie – ich könnte vielleicht woanders etwas für Sie finden."

Willoby schüttelte lächelnd den Kopf.

„Sie aalglatter Mistkerl."

„Sie tun es also. Ich werde soviel Verantwortung übernehmen wie ich kann. Die können mich nicht feuern; ich bin der einzige Irre, der bereit ist, diesen Job zu machen."

„Vielleicht schlafe ich darüber. Ich muss heute Nacht noch Briefe schreiben", meinte Willoby.

„Briefe?"

„An die Familien. Das ist auch ein Teil meines Jobs, Cutter." Damit ging er fort.

Der mittlere Teil der langen Winternacht brach an und Stephen hielt mit dem Minimi Wache an der Vordertür. Die einfachen Anforderungen dieser Aufgabe befriedigten ihn. Wach bleiben, die Tür beobachten, bereit sein, auf alles zu schießen, das versuchte, herein zu kommen.

Er konnte sie da draußen im Sturm hören. Sie taten ihm fast leid. Sie waren aus einer warmen, ihnen bekannten Welt gekommen und befanden sich plötzlich in dieser subarktischen Hölle, in der sie herumwanderten und langsam starben. Solch großartige Tiere, von denen jedes eine lebenslange wissenschaftliche Studie wert wäre, und er saß hier und war bereit, sie ohne Zögern oder Reue zu töten. Er mochte es nicht, wie sich dieser Job entwickelt hatte. Und er mochte die Dinge nicht, in die er und Cutter hineingeraten waren. Es gab zu viele Soldaten, was irgendwie immer auch mehr Tod zu bedeuten schien.

Das ist keine wissenschaftliche Untersuchung, dachte Stephen. *Das ist das Gesetz des Dschungels. Und inmitten dieser Trostlosigkeit sind wir nichts als Köder.*

Er versuchte, sich an alles, was er über den Eotyrannus wusste, zu erinnern. Doch er kam immer wieder zu der Tatsache zurück, dass sie hervorragende Jäger und Killer waren. Vielleicht der erste Tyrannosauroide, der je gefunden wurde, beinahe achtzig Millionen Jahre vor dem Tyrannosaurus rex.

Doch ihre vermutlich furchterregendste Eigenschaft war die Tatsache, dass sie im Rudel jagten. Wo einer war, waren mit Sicherheit auch noch mehr.

Sie hatten zwei von ihnen getötet und Stephen war sich ziemlich sicher, dass der Rest des Rudels ihren gefallenen Brüdern durch die Tore gefolgt war. Sie waren jetzt da draußen und streiften wie Hunde auf einer Spur durch die Dunkelheit. Sie würden die Leichen fressen, die auf der Insel verteilt waren und dann würden sie anfangen der Blutspur zu folgen.

Hierher.

Triff ihn in den Kopf, dachte er ruhig. *Triff ihn mit der ersten Ladung in den Kopf, dann hältst du ihn vielleicht lange genug davon ab, dich in Stücke zu reißen. Wenn natürlich noch ein zweiter direkt hinter dir steht, bist du ohnehin nur noch Hundefutter.*

Er erschreckte sich fast zu Tode, als Abby leise hinter ihm erschien und sich ihm auf seinem Posten anschloss.

„Gott, du hast mich erschreckt!“, murmelte er. „Hat deine

Mutter dir nie gesagt, dass man sich nicht an einen Mann anschleicht, der eine Maschinenpistole in der Hand hält?"

„Meine Matratze stinkt", beschwerte sich Abby.

„Wir stinken alle. Es überrascht mich, dass du es überhaupt bemerkt hast."

„Ich bin gut erzogen worden, nicht so wie der Rest von euch Pennern."

„Penner – also, das gefällt mir." Das tat es tatsächlich. Sie setzte sich neben ihn und sie lauschten gemeinsam den unheimlichen Geräuschen der Nacht.

„Gott", sagte Abby, „ich hab das Geräusch des Windes so satt."

„Wenigstens helfen der Regen und der Schneeregen dabei, unseren Geruch zu verwischen", meinte Stephen.

„Wie lange kann dieser Sturm überhaupt dauern?"

„Er scheint ein ziemliches Ereignis zu sein. Ich hab ein bisschen was gelesen, bevor wir das ARC verlassen haben. Stürme wie dieser tauchen nur ein- oder zweimal pro Generation auf. Die Tiefdruckzone hier ist zwischen zwei Hochdruckzonen gefangen. Eine ist über dem Westatlantik und die andere über dem europäischen Kontinent. Also sitzt sie hier fest und dreht sich ewig im Kreis, bis sie schließlich Energie verliert und von den anderen Zonen verschluckt wird. Guns Island ist ein bedauernswerter Ort: die Insel befindet sich genau in der Mitte der Region des Atlantiks, in der das Phänomen häufig vorkommt. Es geschieht überall auf dem Planeten, aber hauptsächlich auf dem Meer. Deshalb fällt es nicht so auf wie es das zum Beispiel tun würde, wenn es direkt über Cambridgeshire kreisen würde."

„Da haben wir ja Glück, dass wir genau zur richtigen Zeit hier sind."

„Timing – ja, das ist alles", sagte Stephen. Und dann traf es ihn wie ein Blitz. „Abby, der Sturm ... er war schon in vollem Gange, als Connor die Anomalien entdeckt hat, nicht wahr?"

„Soweit wir wissen."

Eine Art Erkenntnis schwebte am Rande seiner Gedanken wie ein vergessener Name, der ihm auf der Zunge lag.

Draußen bewegte sich etwas. Es folgte das Klappern gelöster Steine.

„Stephen …", flüsterte Abby.

„Ich weiß. Geh zurück." Er hob den Lauf des Minimi, und das Zweibein schaukelte, als er es vom Boden nahm.

Im Türspalt erklang ein scharfes Schnauben, wie ein Pferd, das durch seine Nüstern bläst, nur schriller. Die Tür bewegte sich einen Zentimeter, dann zwei, als etwas dagegen drückte. Stephen spürte, wie Abbys kleine Hand in seine Schulter griff, bis ihre Finger fast über den Knochen zu kratzen schienen.

Die Spitze eines dunklen Mauls schob sich durch die Türe. Sie sahen, wie sich die schlitzartigen Nasenlöcher öffneten und schlossen und warmen Atem in die eisige Nachtluft schnauften. Die Kerze neben Stephen flackerte, als der größer werdende Spalt mehr Wind hineinließ.

Oh, geh nicht aus, betete er. *Geh nicht aus und lass uns hier im Dunkeln.*

Er drehte kaum merklich seinen Kopf. Seine Stirnlampe lag vier Fuß entfernt auf dem Boden. Es hätten genauso gut tausend Yard sein können. Neben ihm war Abby so erstarrt und unbeweglich wie eine marmorne Karyatide.

Die Schnauze zog sich zurück. Sie hörten sie draußen in der Dunkelheit herumschnüffeln. Die Steine klapperten, als sie von den massiven Klauen umgedreht wurden. Dann war da nur noch das Heulen des Sturms, das bekannte Hintergrundgeräusch, das all ihre Erlebnisse hier begleitete.

„Es ist weg", flüsterte Abby. „Es ist weggegangen."

Stephen schüttelte den Kopf. Das Gewicht des Minimi schmerzte auf seinem Arm, doch er konnte den Lauf nicht sinken lassen. Er hielt ihn auf die Tür gerichtet, als ob er von unsichtbaren Fäden gehalten wurde.

„Taschenlampe“, sagte er mit gedämpfter Stimme. „Hol sie.“

Sie krabbelte zu der Lampe auf dem Boden, und gerade als sie danach greifen wollte, schob sich der Kopf der Kreatur ganz durch die Tür. Es folgten der Hals und eine Schulter. Der Kopf drehte sich zu Abby, schnüffelte und drückte die schwere Metalltür weit auf, wobei der große Stein, der sie gesichert hatte, über den Boden schleifte. Ein gelbes Auge war auf sie gerichtet und das Tier stieß eine Reihe heftiger, durchdringender Belllaute aus. Es war so nah, dass sie selbst im schwach flackernden Kerzenlicht die federartigen Kiele sehen konnten, die die Oberseite seines Kopfes säumten.

„Aus dem Weg!“, rief Stephen zu Abby. Sie war in seinem Schussfeld. Er stand aufrecht, als sich das Maul des Tieres öffnete und es sich komplett in den Raum drängte. Seine langen Hände hielt es vor sich. Stephen stieß Abby zur Seite, drückte den Abzug und das Minimi explodierte in einem wütenden Blitz aus Waffenfeuer.

Die Kerze wurde ausgeblasen und in der plötzlichen Dunkelheit schien das Licht des Waffenfeuers in einer Art unwirklichem Stroboskopeffekt alles zu verlangsamen. Stephen sah, wie sich Abbys blonder Kopf Bild für Bild in einem Film seines eigenen Albtraums bewegte; er sah, wie der Eotyrannus in den Raum pirschte und in der begrenzten Umgebung unglaublich riesig wirkte. Der Widerhall der Schüsse ließ sein Gehör ausfallen, sodass er taub war, und nur noch das Zischen in seinem Kopf wahrnahm.

Leuchtspurgeschosse knallten aus der Maschinenpistole in seiner Hand, und durch aufflackernde Lichtsplitter sah er, wie die Kreatur auf ihn zuraste und stufenweise von Kugelsalven zerrissen wurde. Dann krachte das Biest in ihn hinein und er fühlte den heißen Atem des Tieres, als die Zentner aus Fleisch und Knochen und Muskeln und reißenden Zähnen ihn zu Boden warfen und ihn auf den unnachgiebigen Beton drückten.

„Achtung!“, rief Willoby, und im angrenzenden Raum krabbelte der Rest des Teams aus den Schlafsäcken und griff unbeholfen und schlaftrunken nach den Waffen. Sie stießen zusammen, rutschen aus, stolperten und fluchten, als sie sich mit den harten Kanten der Waffen gegenseitig in die Rippen stießen.

„Aus dem Weg!“, schrie Willoby. Er schüttelte die Auswirkungen der Müdigkeit ab und stürzte mit erhobener Waffe, die er beim Laufen entsicherte, hinaus in die Dunkelheit des anderen Raums.

Es war stockdunkel darin, eine Schwärze, die von Tiergeschrei erfüllt war. Er hörte, wie Abby Stephens Namen kreischte. Er schaltete die Lampe, die am Lauf seiner M-4 befestigt war, an, und sie erleuchtete den riesigen, furchteinflößenden Kopf eines Eotyrannus, der keine acht Fuß entfernt war. Er war blutüberströmt.

Willoby feuerte zweimal in das Auge der Kreatur und der Kopf wurde zurückgerissen. Er schwenkte die Lampe des Gewehrs durch den Raum, durchsuchte die Dunkelheit und erhaschte einen Blick auf Abby, die versuchte, Stephens Körper von der Kreatur wegzuziehen.

„Fox, Bristow, zu mir! Nur auf identifizierte Ziele feuern. Hier sind Freunde und Feinde in einem einzigen Durcheinander!“

Warme Spritzer trafen ihn im Gesicht. Er schmeckte sie auf seinen Lippen; er wusste nicht, wessen Blut es war.

Die Kreatur tobte und brüllte und bellte wie besessen.

Cutter kam zu ihm. Er hatte eine große, breitstrahlige Taschenlampe, die sie vom Schlauchboot mitgebracht hatten. Sie erhellte den Raum wie eine Theaterbühne. Der halbe Fußboden schwamm vor Blut. Der Eotyrannus zappelte noch, doch bloß wie etwas, das nur noch durch bloßen Willen am Leben blieb. Willoby schoss fünf weitere Male in seinen Kopf. Er gab einen hohen, gurgelnden Heulton von sich, dann war er still und der Kopf landete mit einem Krachen auf dem Boden.

Sie waren alle halb taub vom Waffenfeuer, aber dennoch konnte Willoby die hohen Belllaute weiterer Kreaturen von draußen hören.

„Herrgott, es ist ein ganzes Rudel von denen", sagte Cutter. „Abby, bist du in Ordnung?"

„Es ist Stephen; das Vieh ist auf ihm gelandet. Ich glaube er ist schwer verletzt."

„Bring ihn hier weg, die Treppen runter. Ihr alle, raus hier", sagte Willoby. „Das hier ist Soldatenarbeit."

„Wir sind in den Labors", sagte Cutter. „Durch diese Türen kann nichts kommen."

„Ich komme mit Ihnen. Holt die Ausrüstung – lasst nichts zurück! Joe, Calum, helft mir, diese verdammte Tür zu schließen."

Die drei Soldaten drückten mit ihren Schultern gegen die Tür und begannen, sie zuzuschieben. Doch ein plötzlicher, massiver Aufprall auf der anderen Seite warf sie zurück. Willoby wurde von den Füßen gerissen, und der Kopf eines Eotyrannus schoss durch den sich weitenden Spalt. Die Soldaten konnten diese massive Kraft nicht zurückhalten.

Joe Bristow, der immer noch gegen die Tür drückte, zog ein Jagdmesser aus seinem Gürtel und stach der Kreatur neben das Auge. Der Eotyrannus jaulte vor Schmerz auf. Dann schnappte er schnell wie eine angreifende Schlange zu und schloss seine Kiefer um Bristows Kopf. Der Soldat wurde schreiend von den Füßen gerissen.

„Erschießt es! Erschießt es!", schrie Willoby. Doody hob seine Waffe, doch es gab nichts, worauf er zielen konnte – nur die untere Hälfte von Bristows Oberkörper, der durch den Türspalt verschwand. Draußen schrie seine dumpfe Stimme weiter. Calum Fox packte seine Stiefel und versuchte, ihn durch die Tür zurück zu ziehen, doch es gab einen kräftigen Ruck und er war verschwunden. Sie hörten, wie seine schwachen Schreie im heulenden Sturm verhallten.

„Oh Gott“, sagte Fox. Tränen liefen über sein Gesicht. Er bückte sich, hob seinen Karabiner auf und machte sich mit einem nicht ganz zurechnungsfähigen Blick in Richtung Tür auf.

„Nein, Calum“, rief Willoby.

„Joe lebt noch, Boss – wir müssen da raus und ihn retten!“

„Er ist so gut wie tot, Sergeant, und wenn Sie sein Freund sind, dann hoffen Sie, dass er schnell stirbt.“ Willoby sah sich unter dem Rest des Teams um. „Wir müssen …“

Er wurde von einem Chor aus scharfem Gebell von draußen unterbrochen.

„Allmächtiger Gott, sie sind immer noch da draußen“, sagte Doody.

„Nehmt eure Ausrüstung und geht die Treppen runter. Folgt den Zivilisten. Bewegung, Jungs!“

Sie griffen ihre Rucksäcke und hechteten die Treppen hinunter in die Dunkelheit, während Willoby ihnen den Rücken deckte. Als sie die Laborebene erreichten, stand dort Cutter an der schweren Tür.

„Kommt schon!“

Willoby drehte sich um, als er die Tür erreichte und hob seinen Karabiner. Die Lampe am Lauf folgte seinem Blick. Oben an der Treppe standen zwei Eotyrannus und sahen sie an. Beide waren mit Blut besudelt. Als er zurückstarrte, gingen sie beide in die Hocke und hielten ihre Arme vor sich, als ob sie einen Ball fangen würden.

„Sie werden springen – kommen Sie!“, rief Cutter und zog an Willobys Arm.

Willoby feuerte unkontrolliert ein komplettes Magazin in Richtung Treppenansatz und duckte sich dann an der schweren Stahltür vorbei. Auf der anderen Seite waren Leute. Ihre Gesichter wurden von einem Zickzack aus Stirnleuchten erhellt.

Die Tür wurde zugeworfen. Cutter begann, das Schloss

zuzudrehen, als ein massives Gewicht dagegen donnerte. Der Stahl vibrierte unter dem Aufprall. Selbst durch all das Metall konnten sie die Kreatur auf der anderen Seite frustriert schreien hören.

Sie standen keuchend an der Tür und schürften die schale Luft in ihre Lungen.

„Jetzt ist es soweit“, sagte Willoby. Er wischte sich den kalten Schweiß vom Gesicht. „Sie haben uns in der Falle.“

SECHZEHN

„Ich gehe nicht davon aus, dass jemand daran gedacht hat, ein paar Kerzen einzustecken", sagte Connor. Er, Doody und Abby hatten sich über Stephen gebeugt und die Strahlen ihrer drei Stirnlampen glühten in einem kränklichen Gelb.

„Das hier ist ein versiegelter Raum", sagte Cutter. „Solange diese Tür geschlossen bleibt, verbrauchen wir die Luft hier drinnen, was an sich schon nicht gut ist. Die Kerzen würden sie nur noch schneller verbrauchen. Benutzt eure Lampen alle so wenig wie möglich – ihr braucht keine drei. Und versucht, euch nicht zu viel zu bewegen. Wir müssen sparsam mit dem Sauerstoff umgehen."

„Das heißt also, wir können entweder hier bleiben und ersticken, oder da raus gehen und gefressen werden", sagte Connor. „Professor, ich muss schon sagen, das sind wirklich zwei ziemlich dämliche Optionen."

„Munition überprüfen", sagte Willoby. „Kommt schon, Jungs, reißt euch am Riemen. Sie auch, McCann. Sie sind Soldat. Wir brauchen Sie jetzt."

Der irische Soldat ging zu Doody und Fox hinüber und streckte eine Hand aus.

„John McCann, Irish Rangers", sagte er. „Ich habe drei volle Magazine, neunzig Kugeln – das ist alles."

Fox schüttelte ihm die Hand. Cutter fand es seltsam, doch die Soldaten schienen aus dieser symbolischen Geste Ermutigung zu schöpfen.

„Willkommen im Team, John. Wir haben hier immer was zu lachen.“ Fox drehte sich zu Willoby um. „Wir haben das Minimi oben gelassen. Alles, was wir haben, sind die M-4s und die Glocks. Boss, ich hab höchstens noch vierzig Kugeln und zwei Clips für die Pistole.“

„Das gilt auch für mich“, berichtete Doody.

„Ich hab noch ein volles Magazin, dreißig Kugeln“, sagte Willoby mit schwachem Lächeln. „Das ist nicht genug, nicht genug, um wieder da raus zu gehen.“ Er sah sich zwischen den Betonwänden des Labors um. „Wir brauchen eine Idee, Cutter, und zwar schnell.“

Cutter beugte sich stirnrunzelnd über Stephen.

„Er hat ein paar gebrochene Rippen und blaue Flecken vom Kinn bis zum Schritt“, sagte Doody, „aber ich glaube, er hat keine inneren Verletzungen. Er wird bald wieder zu sich kommen, und es wird höllisch wehtun, aber er sollte in Ordnung kommen. In der Zwischenzeit muss er nur warm gehalten werden.“

Cutter klopfte dem Sanitäter auf die Schulter.

„Danke“, sagte er. Dann richtete er sich auf, überprüfte die große, tragbare Taschenlampe und schwenkte den breiten Strahl durch den Raum, bis er schließlich auf Willoby ruhen blieb.

„Captain, ich denke es ist Zeit, dass wir einen Blick hinter Ihre verschlossene Tür werfen.“

Cutter, Willoby, Connor und Jenny standen vor dem massiven Eingang, auf dem ‚Bio-Eindämmungsbereich‘ stand, und bemühten sich, langsam zu atmen. Die Luft im Bunker schien bereits dünner zu werden und sie keuchten, als ob sie sich auf dem Gipfel eines hohen Berges befänden.

„Wenn irgendjemandem schwindelig wird, setzt er sich sofort hin“, sagte Cutter. „Captain, würden Sie uns die Ehre erweisen?“

Willoby schritt vor, hängte sich seinen Karabiner um und klappte das Verschlusskästchen an der Seite der Tür auf. Er fing an, die Messing-Kippschalter einen nach dem anderen umzulegen. Erst als sie zu seiner Zufriedenheit angeordnet waren, griff er an das Stahlrad in der Mitte der Tür und drehte es leicht.

Es gab ein hörbares Klicken.

„Sind Sie sicher, dass Sie das tun wollen?", fragte er Cutter.

„Wenn wir hier unten sterben sollten, dann bin ich mir verdammt nochmal sicher, dass wir wenigstens unsere Neugier befriedigen können, bevor wir den Löffel abgeben", sagte Cutter.

„Hört, hört", fügte Jenny hinzu. Willoby lächelte sie an.

„Sie sind wirklich eine sehr seltsame Staatsbeamtin, Miss Lewis." Er begann, das Drehschloss zu bewegen.

Ein Klappern erklang, und die Tür schien für eine Sekunde zu vibrieren. Dann begann Willoby, sie mit einem Grunzen aufzustemmen. Die Angeln quietschten. Es war, als schöbe man ein Auto an. Sie lehnten sich gemeinsam dagegen und schafften es schließlich, die massive Tür aus Stahl und Gummi zu drei Vierteln zu öffnen.

„Mein Gott", sagte Willoby.

Sie blickten nicht in Dunkelheit. Im Raum hinter der Tür war Licht, ein seltsames, glasklares, flackerndes Licht. Sie betraten die Kammer und fanden sich auf einem breiten Laufsteg wieder. Unter ihnen befand sich eine Grube, deren Grund nicht aus Beton bestand und nicht von Menschenhand gemacht war, sondern aus dem schwarzen Granitfelsen der Insel selbst bestand. Und auf diesem Felsen leuchtete und glitzerte und drehte sich eine zehn Fuß hohe Säule aus Licht. Lichtscherben flitterten daraus hervor und verschwanden wieder darin.

„Jedes Mal wenn ich sie sehe, bewundere ich ihre Schönheit", sagte Cutter. Er lehnte sich auf das Geländer des Laufstegs und lächelte.

„Biowaffen", sagte Jenny und ihre Lippen kräuselten sich.

Connor starrte auf den kleinen LED-Schirm seines tragbaren Anomalie-Detektors. Er blinkte grün. „Ich wusste es! Ich wusste, hier musste irgendwo eine sein."

Willoby starrte wie hypnotisiert auf die Anomalie.

„Das ist es also. Das ist das Tor zu einer anderen Welt." Er hielt allerdings seine Waffe bereit, so als ob er sich fragte, was wohl durch dieses Loch im Raum erscheinen könnte.

„Zu einer anderen Zeit", korrigierte Cutter. „Die Welt der Vergangenheit, oder der Zukunft, aber unsere Welt, diese Welt." Er sah auf seine Uhr.

„Was macht sie hier?", fragte Willoby. „Ich meine, die müssen diesen Ort um sie herum gebaut haben, um sie zu untersuchen, aber dann haben sie sie einfach zurückgelassen. Warum?"

„Ich schätze, die Anomalie ist einfach verschwunden", sagte Cutter. „Das ist es, was sie tun, Captain. Sie erscheinen und verschwinden – wir wissen nicht warum oder wie. Als das Ding zum ersten Mal aufgetaucht ist, haben sie diesen Ort gebaut, um es zu untersuchen. Dann ist es verschwunden, und sie ebenso."

„Und wer, glauben Sie, sind *sie*?", fragte Jenny.

„Die gleichen Leute, die es immer sind", meinte Cutter. Die Fadenzieher – die Männer, die Lesters Gehalt zahlen und die die Konstruktion von Einrichtungen wie dem ARC finanzieren. Ihre Gesichter verändern sich über die Jahre, aber ihre Absichten bleiben die gleichen. Nationale Sicherheit, Verteidigung des Reiches – nennen Sie es, wie Sie wollen. Wir sind alle ein Teil davon, ob wir das gerne glauben wollen oder nicht."

„Der militärisch-industrielle Komplex", sagte Connor. „So hat Eisenhower es genannt."

Willoby hustete. Sie drehten sich zu ihm um.

„Das ist ja alles gut und schön, Cutter, aber die grundlegenden Fakten haben sich nicht allzu sehr geändert. Wir sind immer noch hier drinnen gefangen. Wir haben keine Möglichkeit, unsere Vorräte aufzufrischen und in den Korridoren laufen Raubtiere rum. Und wir können nicht sagen, was aus dieser Richtung auf uns zukommt."

„Aber wir sind nicht gefangen", sagte Cutter. „Nicht mehr."

„Ich kann Ihnen nicht folgen."

Cutter zeigte auf die Anomalie. „Da ist unser Weg nach draußen."

Die anderen starrten ihn erstaunt an.

„Sie machen wohl Witze", sagte Jenny entgeistert.

„Ich bin für alternative Vorschläge offen", sagte Cutter und zuckte mit den Schultern. „Wir stehen hier und warten darauf zu sterben. Und wenn wir die Tür öffnen, wird das Eotyrannusrudel hier rein kommen. Wir haben Verwundete und kaum noch Munition. Wir würden keine dreißig Sekunden überleben. Wenn wir aber durch die Anomalie gehen, bekommen wir eine neue Chance."

„Auf der anderen Seite könnten fünfzig weitere Kreaturen warten", protestierte Connor.

„Wenn das so wäre, denkst du nicht, die würden durchkommen? Leute, ich bin schon mal durch Anomalien gegangen – ich bin auf der anderen Seite gewesen. Helen macht das seit Jahren. Wenn wir erstmal da sind, müssen wir nur ein Portal finden, das uns zurück bringt, aber an einen anderen Ort. Ja, es ist gefährlich, aber nicht aussichtslos. Und außerdem haben wir keine anderen Optionen mehr."

Sie standen da und starrten auf den hellen, glitzernden Weihnachtsbaum, der die Anomalie darstellte.

„Ich gehe erst allein durch", bot Cutter an. „Auf diese Weise finden wir raus, ob man auf der anderen Seite überleben kann."

„Sie könnten überall landen – sogar im Meer", protestierte Connor.

„Das ist ein Risiko, das ich bereit bin, einzugehen."

Cutter begann den schrägen Laufsteg hinunterzugehen. Abwesend bemerkte er, dass das Design des Ortes mehr als nur ein wenig an das Innere des ARC erinnerte.

„Tun Sie es nicht!" Jenny stürzte nach vorne und ergriff seinen Arm. „Wir können es uns nicht leisten, Sie zu verlieren."

Cutters Gesicht leuchtete auf.

„Es freut mich, das zu hören." Er ließ den Blick wieder durch den Raum schweifen. „Aber uns gehen die Alternativen aus – besonders wegen der Verletzten. Es wird nicht rechtzeitig Hilfe eintreffen. Ich muss gehen ..."

„Dann seien Sie vorsichtig", sagte Jenny mit Nachdruck.

„Ich werde zurückkommen." Cutter drückte ihre Hand. Dann ging er weiter die Rampe hinunter, auf die felsige Oberfläche der Grube zu. Er stand vor der Anomalie und ließ die sich drehenden und wendenden Lichtscherben über seine Haut fließen. Dann holte er tief Luft und schritt in das Licht.

„Ich glaub es nicht", sagte Willoby. „Er ist verschwunden, einfach so." Der Spezialeinheitsoffizier lehnte sich auf das Geländer des Laufstegs und ließ seinen Kopf hängen. „Das ist alles verrückt."

„So scheint es tatsächlich, zumindest am Anfang", sagte Connor. „Aber man gewöhnt sich daran. Es ist auf jeden Fall besser, als zu den Vorlesungen zu gehen."

Willoby starrte ihn an.

„Ihr Typen habt echt nicht mehr alle Tassen im Schrank."

Die drei standen da und starrten in das funkelnde Herz der Anomalie, das flackerte und sich drehte. Lichtfragmente splitterten durch die Kammer wie die Reflexionen einer Discokugel.

„Wir könnten nie wieder rauskommen, wenn wir da rein gehen", sagte Willoby.

„Wenn wir hier bleiben, werden wir wahrscheinlich ohnehin alle sterben“, meinte Jenny. „Wenigstens besteht so eine Chance.“

Connor sah auf seine Taschenuhr. „Dreieinhalb Minuten. Kommen Sie schon, Professor; wie lange dauert es denn, ich mal kurz umzusehen?“

Cutter atmete aus. Seine Augen waren geschlossen. Er machte einen, zwei, drei Schritte vorwärts und mit einem Mal traf ihn die Wärme. Sie war wie eine massive Welle und es fühlte sich an, als beträte man ein Dampfbad. Es schien ihm, als hätte er vergessen, wie sich wahre Wärme anfühlt.

Er atmete tief ein.

Dichte, warme, sauerstoffreiche Luft. Er sog sie Lungenzug für Lungenzug in seinen Körper ein. Sie war sauber, gesund und roch nach grünen, wachsenden Dingen. Und darunter lag ein scharfer Geruch von Salz, die Essenz des Meeres.

Er öffnete die Augen.

Das Sonnenlicht blendete ihn. Er stand vor einer weiten, offenen Fläche aus großen Farnen, die sich bis zu einer etwa einen Kilometer entfernten Waldlandschaft erstreckte. In der Ferne lagen baumbedeckte Hügel mit großen Lichtungen. Noch weiter entfernt konnte der zwischen den Hügeln das blaue Glitzern des Meeres erkennen.

Er blinzelte und versuchte, die Vegetation um sich herum zu identifizieren, um Zeit und Ort zuordnen zu können. Es gab keine blühenden Pflanzen, aber er konnte Pinien sehen. Dann musste es eine späte Ära sein. Vielleicht später Jura oder noch wahrscheinlicher frühe Kreide. Der Jura war trockener und heißer gewesen, eine Zeit der Savannen und Wüsten. Die Szene, die sich ihm bot, erinnerte ihn ein wenig an Montana.

Frühe Kreidezeit, dieselbe Ära, die den Eotyrannus und den Iguanodon hervorgebracht hatte. Das bedeutete, dass zumindest eine der Anomalien auf der Insel aus derselben Zeit war. Also könnte es hier eine oder mehrere geben, die sie zurück ins einundzwanzigste Jahrhundert bringen könnten.

Er wusste, dass er zurückgehen musste. Doch er stand noch einen Moment da und genoss die Wärme, die klare Luft und das helle Sonnenlicht.

Eine Herde Tiere bewegte sich in der Ferne. Er konnte sie nicht richtig erkennen, vielleicht eine Art Sauropoden. Er beobachtete sie und staunte über die riesigen Kreaturen, die über die Ebene trotteten.

Zeit, zurück zu gehen.

Er wischte sich den Schweiß aus dem Gesicht und schritt dann durch das glitzernde Portal der Anomalie zurück.

Und landete in kalter, keuchender Dunkelheit. Die Veränderung war so gewaltig, dass er sogar stolperte. Eine Hand stützte ihn.

„Cutter!" Es war Connor.

„Wir haben uns schon gefragt, ob Sie gefressen worden sind", sagte Willoby mit grimmigem Humor.

Cutter schnappte nach Luft, und der Schweiß, der sich in der Kreidezeit auf seiner Haut gebildet hatte, begann zu Eis zu gefrieren.

„Es ist die frühe Kreidezeit", sagte er zu seinen Gefährten. „Es gibt dort gute Luft, Wärme, und ich habe keine Raubtiere gesehen. Da werden wir hingehen, Captain."

Willoby sagte für eine ganze Weile nichts, sondern starrte Cutter nur an, als ob er versuchte, dessen Gedanken zu lesen.

„Also gut", sagte er schließlich. „Wir gehen durch. Ich gehe und hole den Rest des Teams. Connor, kommen Sie mit mir; Sie müssen helfen, Ihren Freund Hart zu tragen."

Sie gingen, und die unsteten Strahlen ihrer Stirnlampen flackerten gelb, als sie die Treppen zu den Räumen darüber hinaufstiegen. Cutter setzte sich auf den blanken Felsen am Fuß der Anomalie.

„Ist es das wirklich?“, fragte ihn Jenny. „Ist das wirklich alles, was wir tun können?“

„Der Anblick auf der anderen Seite ist um Einiges angenehmer als hier“, sagte Cutter.

Mag sein, aber was, wenn wir dort stecken bleiben? Diese Dinger öffnen und schließen sich die ganze Zeit – denken Sie, wir können unseren Weg zurück finden?“

„Ich hab so ein Gefühl, dass die Anomalien weiterhin auf der Insel auftauchen werden, solange der Sturm andauert. Ich bin mir fast sicher, dass das der Grund ist, warum dieser Ort gebaut wurde – um sie zu untersuchen. Aber was auch immer sie hierher bringt und sie hier hält, hängt mit der Geologie dieses Ortes und mit den atmosphärischen Bedingungen, die in bestimmten Perioden der Vergangenheit vorherrschen, zusammen. Der Sturm und der Stein, wenn man so will. Die anderen Anomalien, die sich jetzt gerade auf der Oberfläche der Insel befinden, müssen ihre Gegenstücke haben. Manche von ihnen befinden sich in der Zeit, in der ich gerade war. Mit Connors Detektor sollten wir in der Lage sein, sie zu finden und durch sie zurückzukehren.“

„Zurück auf das Plateau von Guns Island, auf dem ein Rudel Eotyrannus frei herumläuft. Damit wären wir dann wieder am Anfang.“

„Wir werden aber nicht gefangen sein, oder verhungern oder verbluten“, sagte Cutter ein wenig zu scharf. „Und wenn wir irgendwo anders auf der Insel durch eine Anomalie zurückkommen, werde ich das Satellitentelefon benutzen können, um Hilfe zu rufen. Es sind schon zu viele Menschen gestorben. Wir brauchen Unterstützung oder müssen ganz von dieser Insel runter.“

„Ich bin für das zweite“, sagte Jenny, tappte mit ihren Fuß auf den Boden und verschränkte die Arme.

„Da würde ich mich Ihnen anschließen“, sagte Cutter lächelnd.

Die überlebenden Mitglieder des Teams schleppten sich mit

Ausrüstung und Waffen beladen die Treppen herunter. Als Connor und McCann Stephen halb zur Anomalie hinuntertrugen, hob er seinen Kopf und sagte benommen: „Ich will nach Hause."

„Das dauert noch, Kumpel", sagte Cutter. „Wie fühlst du dich?"

„So als ob mich gerade ein Elefant als Toilettenpapier benutzt hat. Wollen wir das wirklich durchziehen, Nick?"

„Wir ziehen es durch", sagte Cutter entschlossen.

„Die Kreaturen werfen sich immer noch gegen die Tür", sagte Doody. „Sture Mistviecher, das muss ich ihnen lassen. Und es klingt so, als ob jetzt noch mehr als vorher da sind. Es ist nur eine Frage der Zeit, bis sie durchkommen."

Das Team stand vor der Anomalie und wartete auf Cutters Zeichen.

„Sobald wir da durch gehen", sagte Cutter. „werden wir in einer Welt sein, in der Menschen niemals existieren sollten. Also seid wachsam. Haltet die Augen offen und versucht nicht auf alles zu schießen, was sich bewegt. Wir werden kleine Säugetiere in einer Welt riesiger Reptilien sein. Versucht, euch nicht zertrampeln zu lassen." Er hielt inne und sah sie alle an. „Also gut, lasst uns gehen."

Einer nach dem anderen gingen oder humpelten sie durch das strahlende Tor der Anomalie. Sie ließen die Welt, die sie kannten, hinter sich und betraten eine fremde Vergangenheit.

SIEBZEHN

James Lester hatte in der Schule Französisch gelernt und sprach es einigermaßen gut. Es war eine Zierde für den Lebenslauf, die in Whitehall selbst heute noch als ratsam angesehen wurde. *Verlass dich nie auf Dolmetscher, es sei denn, dir bleibt keine andere Wahl*, das war das Mantra.

Und leite nie gemeinsam mit einer ausländischen Regierung eine Operation; das war das andere, dachte Lester. Die alten Rivalitäten, die in Europa Jahrhunderte lang für Blutvergießen gesorgt hatten, waren so gut wie überwunden. Doch jeder Nationalstaat hatte noch immer seine Geheimnisse, die er behalten wollte. Mit den Verwicklungen dieser Operation war Lesters Abteilung mit heruntergelassener Hose erwischt worden. Kein Wunder, dass der Kapitän des Schiffes so leise amüsiert geschienen hatte, als Lester an Bord geeilt war. Das Dienstpersonal liebte es, wenn den routineverwöhnten Bossen mal Feuer unterm Hintern gemacht wurde.

Inmitten des weingeschwängerten Dunstes der *Jovialität*, in dem sie sich nach dem Gipfeltreffen befanden, hatten seine eigenen Vorgesetzen beschlossen, dass James Lester dieses Schiff in die blauen Weiten begleiten würde, „um unseren gallischen Freunden Solidarität zu zeigen". Und zweifellos, um die Iren wütend zu machen, weil sie um die ganze Angelegenheit überhaupt so ein Aufsehen gemacht hatten.

Also war er auf die *La Gloire* geflogen worden und

steuerte jetzt auf eine Situation zu, die ohnehin schon ein Desaster war.

Vive la solidarité!

Sie sollten Verbindung mit dem irischen Patrouillenschiff *Aoife* aufnehmen, das sich selbst südlich der Insel befand. Die Iren hatten schon einen Helikopter an den Ort verloren, und obwohl sie informiert worden waren, dass die Crew lokalisiert wurde, stand ihre Besorgnis kurz davor, sich in Wahnsinn zu verwandeln. Sie hatten schon versucht ein Rettungsboot zu besteigen, doch der hohe Seegang machte das unmöglich; alles, was sie tun konnten, war, ihre Stellung zu halten.

Also war Guns Island immer noch unerreichbar.

Selbst über Satelliten konnte man nichts erkennen, da die Insel unter einer ständigen dichten Wolkendecke lag. Was auch immer dort passierte, die Außenwelt konnte momentan in nichts davon eingreifen.

Die Fregatte kämpfte mit relativer Leichtigkeit gegen den heftigen Seegang an. Sie war ein großes, modernes Schiff mit einer zweihundert Mann starken Besatzung und einer exzellenten Weinauswahl an Bord. Lester hatte bereits in der Offiziersmesse diniert und die zivilisierte Natur des Essens hatte seine Verärgerung etwas besänftigt. Nun stand er wie immer makellos gekleidet auf der Brücke der *La Gloire* und betrachtete nachdenklich die endlosen Wellen des Nordatlantiks, während um ihn herum das geschäftige Treiben der Mannschaft weiterging.

Wir hätten ein eigenes Schiff schicken sollen, dachte er, *allerdings hätten wir bei all diesen Verteidigungsmaßnahmen Glück gehabt, wenn wir ein verdammtes Ruderboot hätten auftreiben können.*

Captain Palliere, ein eleganter, dunkler, überraschend junger Mann, trat an Lesters Seite und bot ihm an, ein Fernglas zu benutzen. Lester lehnte höflich ab.

„Ich glaube nicht, dass es dort draußen momentan viel zu sehen gibt, *Monsieur le Capitaine*.“

„Auf unserem Meer gibt es immer etwas zu sehen", sagte Palliere in fließendem Englisch. „Zum Beispiel hat mein Ausguck erst vor einer Stunde darauf bestanden, dass er achtern so etwas wie ein riesiges Krokodil durch die Oberfläche hat brechen sehen. Er sagte, es sah aus wie eine Seeschlange."

„Außergewöhnlich", sagte Lester. „Vielleicht hatte er beim Mittagessen zu viel Wein."

Palliere hob eine Augenbraue. „Das lässt mich daran denken, wie es in den alten Tagen während des Kalten Krieges gewesen sein muss. Ich habe seit Langem nicht mehr so viel Mysteriöses auf einem Schiff gesehen. Ihr Briten vertraut niemandem, und die, denen ihr vertraut, versucht ihr zu manipulieren. So ist es immer gewesen. Ich selbst habe Le Carre Fleming jedenfalls immer vorgezogen." Er schüttelte grinsend den Kopf. „Ich denke, ihr habt da draußen irgendetwas vor, etwas, das ihr lieber für euch behalten würdet."

„Es handelt sich um sehr heikle Angelegenheiten, das ist wahr", sagte Lester vage. Er räusperte sich. „Aber ich habe das schon mit Ihren Vorgesetzten ausdiskutiert, Captain. Über Ihre Handlungen wurde sich geeinigt und Ihre Befehle wurden von unseren beiden Regierungen abgeklärt. Sie sollen eine maritime Sperrzone von zwanzig Seemeilen um Guns Island errichten und es dabei belassen."

Palliere nickte. Etwas Kaltes kroch in seinen Blick.

„Ich bin ein Geschöpf des Dienstes, dem ich mein Leben gewidmet habe", sagte er. „Ich werde die Befehle natürlich befolgen. Doch es gibt andere Gesetze und Notwendigkeiten, wenn man auf See ist. Seien Sie sich bewusst, *Monsieur* Lester, dass, wenn ich Menschen in Not sehe, die uralte Tradition der Seeleute eintritt. Ich werde in diesem Fall alles in meiner Macht stehende tun, um ihnen zu helfen. Das hat für mich Priorität gegenüber allen anderen Befehlen."

Lester fing an, diesen ordentlichen, entschlossenen jungen Mann beinahe zu mögen. Jeder Zentimeter an ihm war ein

Offizier, doch er hatte dazu einen Schlag schwarzen Humor.

Doch alles, was er sagte, war: „Ich verstehe, was Sie meinen."

„Ihr habt da draußen etwas vor", wiederholte der Captain, „und jetzt seid ihr – wie sagen die Amerikaner? Ihr seid mit der Hand in der Keksdose erwischt worden. Wir sind hier, um Ihren Leuten zu helfen, aber missverstehen Sie unsere Hilfe nicht als Komplizenschaft."

Lester lächelte. „Das werde ich mir merken, Captain."

Palliere lächelte zurück. „Ausgezeichnet. Sollten die Umstände es zulassen, würde ich mich geehrt fühlen, wenn Sie mir heute Abend beim Essen Gesellschaft leisten."

„Das tue ich mit Freuden." Lester verbeugte sich sogar leicht. Für einen Moment hatte er sich vorgestellt, er sei in einem früheren Zeitalter, als Frankreich und Großbritannien Rivalen und Feinde waren, die dennoch einen gesunden Respekt voreinander bewahrten. Bei diesem scharfsinnigen, jungen Captain würde man aufpassen müssen.

Ich bin wie dieser kleine holländische Junge, der seinen Finger in den Deich gesteckt hat, dachte er. *Ich kann ihn nicht mehr lange zugestopft halten.*

Sie bauten ihr Camp in einem kleinen, isolierten Wäldchen auf, in dem Eichen und Weiden neben Farnen wuchsen, die bis über ihre Köpfe reichten. Sie machten sich gegenseitig auf die riesigen Libellen aufmerksam, die schimmernd zwischen den Bäumen auftauchten und wieder verschwanden.

Durch das Wäldchen floss ein kleiner Bach und das Wasser war so klar und sauber, wie man es sich nur vorstellen konnte. Cutter versuchte darauf zu bestehen, dass es mit Chlortabletten behandelt wurde, bevor irgendjemand davon trank, doch es war bereits zu spät. Die durstigen Soldaten hatten ihre Wasserflaschen gefüllt, kippten es in sich hinein, als sei es Bier, und wunderten sich über den feinen, harten Geschmack.

„Großartig", sagte Cutter, während er einen Anorak um Stephen wickelte, um es ihm bequemer zu machen. „Jetzt haben wie unbehandeltes Kreidezeitwasser mit Gott weiß was für Parasiten darin in unseren Bäuchen."

„Das Wasser ist sauber – sie haben mir welches gegeben und es ist das beste, das ich jemals getrunken habe", sagte Stephen und zuckte durch den Schmerz seiner gebrochenen Rippen zusammen. „Das hier ist immer noch der Planet Erde, Cutter. Die Bakterien sind nicht fremdartig, höchstens vielleicht ein wenig anders. Du stellst dich nur an."

„Je weniger gegenseitige Beeinflussung wir mit dieser Welt haben, desto besser", beharrte Cutter. „Ich muss dir das nicht erklären, Stephen. Wer weiß schon, was für Auswirkungen das kleinste Ereignis hier auf den Rest der Geschichte haben könnte?"

„Bleib locker, Nick. Außer eine Seuche einzuführen, bezweifle ich, dass es viel gibt, was wir tun könnten, das sich über hundert Millionen Jahre auszuwirken würde."

„Ich hoffe nur, du hast recht." Cutter blickte über das kleine Camp zu Jenny hinüber. Sie hatte ihr Haar in einem Knoten zurück gebunden und ihr Gesicht war frei von Make-up. Sie sah sehr viel jünger aus. Mehr wie die Claudia, die er gekannt hatte, eine Frau, in die er vielleicht verliebt gewesen war.

McCann und Fox hielten Wache, während die anderen ihre Ausrüstung durchsahen und versuchten, in dem zerquetschten Chaos ihrer Rucksäcke etwas zu essen zu finden. Sie hatten auf ihrer wahnsinnigen Flucht vor den Eotyrannus so viel zurückgelassen. Rationsbeutel, Munition, Schlafsäcke, Taschenlampen, Ersatzbatterien. Connor hatte seinen tragbaren Anomalie-Detektor, was immerhin etwas war, und Abby war geistesgegenwärtig genug gewesen, um das Satellitentelefon mitzunehmen. Falls sie also eine Anomalie finden sollten, die sie zurück zur Insel führen würde, würden sie in der Lage sein, Hilfe zu rufen, was auch etwas wert war.

Aber ansonsten standen sie so alleine da, wie es niemals ein Mensch gewesen war. Sie waren hundert Millionen Jahre von Zuhause gestrandet und hatten kaum Nahrung, um zu überleben.

„Da ist eine verdammt große Herde von Irgendwas, die sich über die Ebene nach Norden bewegt", sagte Fox. „Irgendwelche Ideen, Professor?"

Cutter ging zu ihm zum Rand des Wäldchens und starrte durch das Taschenfernglas, das Willoby ihm geliehen hatte.

„Iguanodons", sagte er, „wie diese arme, verletzte Kreatur auf der Insel. Hoffentlich bedeutet das, dass hier in der Nähe eine Anomalie ist, die zurück nach Guns Island führt."

Fox nickte. „Was für eine Art Kreaturen sind das?"

„Pflanzenfresser", antwortete Cutter, „die sich in einer großen Familiengruppe bewegen. Das müssen fast hundert von ihnen sein. Sie halten die Jungen in der Mitte und die Erwachsenen laufen an den Außenseiten."

„Wie Bisons", sagte Stephen, der sich auf einen Ellbogen stützte und seine Rippen umklammerte. „Was denkst du, Nick – haben wir Zeit für ein paar wissenschaftliche Nachforschungen? Wir könnten die ganze Warmblütige-Dinosaurier-Debatte ein für alle mal klären; überleg mal!"

Cutter senkte das Fernglas.

„Selbst wenn wir das herausfinden würden, wie würden wir es beweisen? Ich sehe es schon vor mir: eine Arbeit, die auf der Erforschung echter, lebender Exemplare beruht und nicht auf den Schlussfolgerungen aus dokumentierten Fossilienfunden. Sie würden uns lachend aus der Uni werfen, Stephen."

„Naja, es ist ja auch nicht so, als würden wir der akademischen Gemeinschaft irgendetwas von dem, was wir tun, erzählen, oder?", antwortete Stephen. „Wir sind dazu gezwungen, mit der Ansammlung von Wissen nur um des Wissens willen zu leben – ich fürchte, für uns wird es keine Nobelpreise geben."

„Ich frage mich, ob man die essen kann“, warf Fox ein. Cutter starrte ihn an. „Was denn? Ich hab Hunger. Wenn wir einen von denen erledigen könnten, hätten wir ein königliches Festmahl.“

„Die Dinosaurier werden nicht gegessen“, sagte Cutter und drohte dem Sergeant mit dem Finger. „Es ist schon schlimm genug, dass wir hier sind, ohne dass wir auch noch die örtlichen Wildtiere jagen und es dadurch noch schlimmer machen.“

„Calum hat allerdings irgendwie recht“, sagte Willoby. „Wir haben fast nichts mehr zu essen – es reicht vielleicht noch für eine anständige Mahlzeit. Und wir müssen irgendwie bei Kräften bleiben.“

Cutter zeigte auf die Herde massiger Tiere in der Ferne.

„Sie wollen also einfach zu ihnen rüber gehen und anfangen, auf sie zu schießen? Wir haben keine Ahnung, wie sie sich verhalten würden. Sie könnten in panische Flucht verfallen, oder einfach über Sie drüber spazieren und Sie mit einem Fuß in den Boden stampfen.“

„Verstehe“, sagte Willoby. „Vielleicht etwas Kleineres.“

„Da zeigt man einem Soldaten eine komplette, unberührte, neue Welt und alles, woran er denken kann, ist sein Magen“, sagte Cutter kopfschüttelnd.

Willoby grinste. „Stellen Sie es sich nur mal vor, Professor. Schöne, große, saftige Iguanodon-Steaks, die über einem Feuer grillen.“

„Das ist noch eine Sache. Ich bin mir auch nicht sicher, ob wir ein Feuer anzünden sollten.“

„Wir haben kaum noch Munition – wir werden ein Feuer brauchen, um uns zu schützen, besonders bei Nacht. Wer weiß, was über diese Ebenen pirscht, sobald die Sonne untergeht.“

„Stimmt – es ist nicht mit Sicherheit bekannt, ob Dinosaurier bei Nacht jagen oder nicht.“

Stephen meldete sich zu Wort.

„Die Sache ist die, Nick, die dokumentierten Fossilienfunde sind wahrscheinlich nur ein Bruchteil der Kreaturen, die diese Epoche bevölkern. Da draußen könnten alle Arten von großen und kleinen Spezies sein, von denen wir keine Ahnung haben. Und zu ihrem Verhalten können wir ohnehin nur Vermutungen anstellen. Ich schließe mich Willoby an – wir sollten heute Nacht ein Feuer anzünden."

Cutter gab stirnrunzelnd nach.

„Ja, gut, vielleicht hat du recht."

Der irische Pilot, Sean Brice, stieß im knackenden Farnkraut zu ihnen. „Da ist etwas auf der anderen Seite der Bäume, von dem ich denke, dass ihr Jungs euch das mal ansehen solltet."

Sie marschierten zum südlichen Waldrand. Dort standen Weiden, deren herunterhängende Zweige in den Bach tauchten, der sich durch die Bäume schlängelte. Ihre Blätter bildeten das perfekte Versteck, von dem aus sie auf die Farne der Ebene hinausstarren konnten.

„Herrgott", sagte Willoby.

Connor und Abby schlossen sich ihnen mit weit aufgerissenen Augen an.

„Sehen Sie mal, Professor, sie kommen den Hügel runter!", rief Connor in einem heiseren Flüsterton.

Es war eine Gruppe aus drei großen Tieren, die sich in einer V-Formation bewegten. Es waren Theropoden. Sie standen auf ihren Hinterbeinen und liefen schnurstracks auf die Iguanodonherde zu.

„Was sind das?", fragte Brice flüsternd, als ob er Angst hätte, dass die Kreaturen ihn hören könnten.

„Eine Art Allosauride, denke ich", sagte Cutter. Als er dort hinter den verdeckenden Zweigen der Weiden hockte, verspürte er einen Stich reiner Angst. Es war eine primitive Reaktion auf den Anblick eines riesigen Raubtiers. Ihr folgte eine

Art intellektueller Freude, als er die Tiere genau betrachtete und ihr Aussehen und Verhalten katalogisierte.

„Die sehen aus wie Tyrannosaurier“, sagte Willoby. „Die hab ich in Filmen gesehen.“

Die drei großen Räuber liefen weniger als eine Meile entfernt leichtfüßig über die Ebene. Sie hatten die Geschwindigkeit galoppierender Pferde. Selbst auf die Entfernung war leicht zu erkennen, dass sie nicht mit voller Kraft rannten.

„Nein, T-Rex war sogar noch größer“, murmelte Cutter. „Mein Gott, ich denke, das sind Neovenatoren – eines der größten europäischen Raubtiere während der frühen Kreidezeit. Seht euch den riesigen Schädel an.“

„Wow“, flüsterte Connor. „Die müssen fast dreißig Fuß lang sein.“

„Auf den könnte man hundert Kugeln abfeuern“, sagte Brice, „und er würde nichtmal mit der Wimper zucken. Haben Sie immer noch Lust auf die Jagd zu gehen, Captain?“

Willoby pfiff lautlos.

„Sie haben einen unglaublich guten Geruchssinn“, sagte Cutter. „Gott sei Dank sind wir in Windrichtung und zwischen diesen Bäumen.“

„Sie legen los“, sagte Abby. „Seht nur, wie sie rennen!“

Die drei Kreaturen beschleunigten plötzlich und begannen mit unglaublicher Geschwindigkeit über die Ebene zu preschen, wobei sie sich verteilten. Sie lehnten sich nach vorn und ihre Schwänze waren gerade nach hinten gestreckt.

Die Iguanodonherde bemerkte schließlich, was auf sie zukam und unter ihnen erhob sich ein lauter Chor aus hupenden Schreien, die wie Basssirenen klangen. Die Herde bewegte sich über die Ebene, wirbelte eine gewaltige Staubwolke auf und kam dann zum Stehen. Die erwachsenen Tiere wendeten sich nach außen, um der Gefahr zu begegnen.

Die drei Raubtiere verschwanden in der Staubwolke, aus der der schreckliche Missklang ihres Gebells und Gebrülls erklang. Die Wolke hob sich und die Herde brach auf. Sie stampfte in einer großen, donnernden Masse nach Norden.

Das Team, das über eine Meile entfernt lag, konnte die Erde unter sich wackeln und zittern spüren, als sie durch den Aufprall Hunderter Tonnen tobenden Fleisches und Knochen erschüttert wurde. Sie lagen in Ehrfurcht erstarrt da und sahen zu, wie sich das Drama abspielte, bis der Staub in die Ferne auf die höher gelegenen Ebenen nah dem Meer zog.

Dann endete das Massaker so schnell, wie es begonnen hatte. Um sie herum wurde die Welt wieder still. Es gab nur noch den Wind, der durch die Bäume wehte, und das Geräusch des gurgelnden Baches.

„Wir müssen weiterziehen", sagte Cutter. „Wir können hier nicht bleiben."

„Wo liegt das Problem?", fragte Willoby.

„Es sieht so aus, als wären wir mitten im Jagdrevier eines Spitzenraubtiers gelandet. Wenn sie heute Beute machen, werden sie für eine Weile träge sein, während sie ihre Mahlzeit verdauen. Wir sollten heute Nacht nach Anbruch der Dunkelheit verschwinden und uns ins Hochland begeben."

„Verdammt, Cutter, muss das wirklich sein?", fragte Willoby.

„Die Neovenatoren werden alles Neue, das in ihrem Jagdrevier auftaucht, untersuchen – wenn sie es nicht fressen, werden sie zumindest sicherstellen, dass es keine Bedrohung und keinen Rivalen darstellt. Löwen tun dasselbe. Wir können neben diesen Tieren nicht existieren und sie werden es auch nicht zulassen. Wir verlagern heute Nacht das Camp."

„Dann wollen wir mal hoffen, dass Sie wenigstens mit einer Sache unrecht haben", sagte Abby mit einem schwachen Grinsen. „Und dass Dinosaurier bei Nacht nicht jagen."

Als die Sonne unterging, packten sie ihre spärlichen Besitztümer wieder zusammen und bereiteten sich auf die Wanderung vor. Bevor sie losgingen, überprüften Cutter und Connor den Anomalie-Detektor. Das Licht leuchtete rot, doch der Bildschirm blieb dunkel.

„Nicht ein Mucks, Professor", sagte Connor enttäuscht. „Wollen Sie, dass ich ihn eingeschaltet lasse?"

„Nein, Connor. Spar die Batterie." Als sie ihr Camp aufgebaut hatten, hatten sie sich bereits aus der Reichweite der Anomalie bewegt, die sie in diese Welt gebracht hatte, um sie nicht mit irgendwelchen anderen, neuen Phänomenen zu verwechseln. Nun, als sie sich in der Kühle des Abends wieder auf den Weg machten, fühlte es sich fast so an, als würden sie sich weiter von Zuhause entfernen, weiter von der einzigen sicheren Verbindung, die sie zu ihrer eigenen Zeit hatten.

Sie verließen ihre Lagerstelle so, wie sie sie vorgefunden hatten, sammelten auf Cutters Beharren hin jeglichen Abfall und jede Dose auf und machten sich dann über die sich verdunkelnde Ebene auf. Doody schnitt Stephen einen stabilen Stab zurecht und er lehnte sich darauf, während er in der Mitte der Gruppe voranhumpelte. Er zischte vor Schmerz, als seine gebrochenen Rippen in seiner Brust auf und zu klappten. Neben ihm lief Brice, der seinen Arm in der Schlinge festhielt, um ihn vor Unebenheiten und Stolperfallen auf dem Weg zu schützen. Die beiden hatten durch ihre Verletzungen eine Art Kameradschaft entwickelt, denn sie hatten beide mit starken Schmerzen zu kämpfen, die nicht gelindert werden konnten. Doodys Sanitäterausrüstung war fast aufgebraucht und bis auf ein paar Aspirin und einige Verbänden war nichts mehr übrig.

Es war so, als würde die Gruppe bis auf die Grundbedürfnisse reduziert werden, während sie den Überfluss der Zivilisation hinter sich ließ.

Sie zogen durch hüfthohe Farne und es fühlte sich an, als wateten sie durch ein blassgrünes Meer zum Land am fernen Horizont. Die Sonne ging in einem atemberaubenden Erguss aus gebrochenen, scharlachroten Wolken unter. Es wirkte wie die Arbeiten einer riesigen, sterbenden Fabrik am Rand der Welt. Cutter starrte auf das Schauspiel.

„Es ist wunderschön", sagte Abby.

„Es sieht so aus, als gäbe es dort im Westen vulkanische Aktivität. Nachdem in den USA der Mount St. Helens ausgebrochen ist, gab es monatelang über die halbe Hemisphäre verteilt spektakuläre Sonnenuntergänge. Die ganze Asche in der Luft fängt das Licht auf."

„Sie sind ein wahrer Romantiker, Cutter", sagte Abby.

Als das Licht nachließ, kamen die Sterne heraus. Und was für Sterne! Cutter blieb stehen, um mit offenem Mund zu ihnen hinauf zu starren und die anderen taten es ihm nach. Der gesamte Himmel war mit Sternbildern überflutet und die Milchstraße war ein riesiger, glitzernder Highway aus Licht. Der Mond war noch nicht aufgegangen, aber die Sterne waren so hell, dass sie ihr eigenes Licht produzierten.

„Ich habe schon in Norwegen Nachthimmel gesehen, die einem den Atem verschlagen konnten", sagte Fox. „Aber das hier ist nochmal etwas ganz anderes."

„Ich sehe den Großen Bären", sagte Connor. „Zumindest glaube ich das, er sieht irgendwie nicht ganz richtig aus."

„Es sind nicht die Sterne, die wir kennen", sagte Stephen. „Manche werden sterben; manche sind noch nicht geboren worden. In einhundert Millionen Jahren werden sie sich verändert haben. Das Universum ist ein sich kontinuierlich entwickelndes Gebilde, das sich noch ausweitet."

„In ein paar Millionen Jahren wird ein Asteroid auf die Erden fallen, auf Yucatán, und als Folge dieses Aufpralls wird die Welt, die wir hier um uns herum sehen, enden", sagte Cutter. „Das KT-Ereignis. Geologisch gesehen ist es gleich um die Ecke."

„Immer alles positiv sehen ...", sagte Doody, und der Rest der Gruppe lachte. Sogar Cutter lächelte.

„Also gut, Kinder“, sagte Willoby und hob seinen Karabiner an die Schulter. „Zeit, ein wenig voran zu kommen. Wir haben vor dem Morgen noch einen ordentlichen Aufstieg vor uns.“

Auf der riesigen Farnebene fühlten sie sich wie auf einem Präsentierteller. Sie blieben dicht zusammen und bewegten sich bloß so schnell wie Stephen, der der Langsamste war. Er tat sein Bestes, um ein gutes Tempo beizubehalten, aber es war offensichtlich, dass er große Schmerzen hatte. Er lehnte sich schwer auf Doodys Stab. Seine Zähne waren zusammengebissen und kalter Schweiß glänzte im Sternenlicht auf seiner Stirn.

Nach etwa einer halben Stunde erreichten sie die Stelle, an der die Iguanodons gegrast hatten. Der Boden war hier zertrampelt und aufgerissen und überall lagen Hügel aus den Hinterlassenschaften der Tiere, die mehrere Fuß hoch waren und in der kalten Nachtluft immer noch dampften.

„Riecht wie Pferdemist. Eigentlich gar nicht so schlimm; ich hab etwas echt Ekliges erwartet“, sagte Abby.

„Stellt euch mal die Rosen vor, die man mit diesem Zeug düngen könnte“, kicherte McCann.

Willoby hielt eine Hand hoch.

„Sssh! Da vorne ist was.“ In der Stille der Nacht konnten sie deutlich das metallische Klicken hören, als er den Sicherheitshaken an seiner Waffe löste.

Cutter ging zu ihm. Willoby tippte an sein Ohr und zeigte dann vor sie. Aus den zertrampelten Farnen kam ein schnüffelndes Geräusch und das Knacken zerbrochener Stängel.

Sie gingen ein Stück vor und als sie eine Bewegung sahen, hielten sie wieder an.

Etwas Kleines und Dunkles kauerte vor ihnen und durchstöberte den Boden. Es hielt inne und sie sahen den Schein seiner Augen.

„Sieht aus wie ein Dachs“, meinte Willoby ungläubig. „Cutter, machen Sie ein Auge zu.“ Dann schaltete er die

Lampe an seinem Gewehr für eine Sekunde an.

Das Tier knurrte, als es vom hellen, blendenden Licht eingefangen wurde. Es zog sich zurück, drehte sich um und lief dann in einer langsamen, hoppelnden Gangart in die Dunkelheit.

„Das war kein Dinosaurier“, flüsterte Willoby.

Cutter sah verwirrt aus. Er öffnete beide Augen. Seine Nachtsicht war dank Willobys Warnung erhalten geblieben. „Es sieht wie ein frühes Säugetier aus. Ich glaube nicht, dass die Überreste von Säugetieren in dieser Gegend zu dieser Zeit entdeckt worden sind, aber das heißt nicht, dass sie nicht existiert haben – es sei denn, es sollte gar nicht hier sein und ist durch eine andere Anomalie gestolpert …“

„Ist es gefährlich?“

„Für uns? Nein. Jemanden von unserer Größe wird es nicht angreifen. Es ist allerdings ein gutes Zeichen, denn es bedeutet, dass hier nichts Größeres umherstreift.“

Sie gingen ein Stück vor, um zu sehen, was die Kreatur gefressen hatte. Es war der schleimige Kadaver eines jungen Iguanodon, nur etwa sechs Fuß lang.

„Sieht so aus, als wäre er gerade geboren worden, als die Neovenatoren angegriffen haben“, sagte Cutter. Er beugte sich vor und berührte das kalte, zerrissene Fleisch der Kreatur. „Bitte sehr, Willoby; wenn Sie Fleisch essen wollen, da liegt es.“

Willoby verzog das Gesicht, aber er nahm sein Messer heraus und schnitt etwas Fleisch von der Kreatur. Allerdings machte er keine Anstalten, es zu essen – stattdessen leerte er einen der Rucksäcke und packte das Fleisch hinein.

„Das wäre so, als würde man ein überfahrenes Tier essen“, erklärte er. „Ganz so hungrig bin ich noch nicht.“

„Sie sind ein Mensch. Das bedeutet, Sie sind ein Aasfresser. Es wird noch viele Millionen Jahre dauern, bis wir selbst als Raubtiere angesehen werden können.“

„Ich schätze, dann warte ich", sagte Willoby. „Wenigstens haben wir so, wenn es knapp wird, etwas, auf das wir zurückgreifen können. Okay, holen Sie die anderen her. Wir verschwenden nur Zeit."

Sie setzten ihren Weg fort, umgingen den Ort, an dem der tote Iguanodon lag, und kamen in dem zertrampelten Landstrich, den die vorbeiziehenden Kreaturen zurückgelassen hatten, besser voran. Die Nacht war unangenehm still. Hin und wieder konnten sie in der Ferne Heulen und Knurren hören, doch es gab keine nachtaktiven Vögel, keine bellenden Füchse und keine Eulen. Die Umgebung erschien bei Nacht irgendwie fremdartiger als am Tag.

„Ich kann das Meer riechen", sagte Abby als sie vorantrotteten.

Der Mond stand am Himmel. Er war zu drei Vierteln voll und selbst sein weißes Gesicht war anders und hatte die Krater an anderen Stellen.

„Aber welches Meer riechst du?", fragte Connor. „Meine Geographiekenntnisse der Kreidezeit sind nicht das, was sie sein sollten."

„Es ist der Atlantik, oder er wird es mal sein", sagte Stephen, der hinter ihnen humpelte. „Pangea, die riesige Landmasse, ist zerfallen und jetzt werden die Kontinente erkennbar. Grönland und das Vereinigte Königreich sind direkte Nachbarn, und es sollte auch jede Menge Inseln geben. Das Meer sollte noch seicht sein. Es ist noch lange kein richtiger Ozean."

„Stellt euch mal vor, wenn man die Anomalien irgendwie kontrollieren könnte", sagte Connor. „Man könnte in jede Zeit und an jeden Ort schlüpfen, an den man wollte. Denkt an all die Fragen, die man beantworten könnte."

„Wer weiß?", sagte Stephen. „Vielleicht finden wir es eines Tages heraus. Ich weiß, dass Helen …" Er unterbrach sich selbst.

Connor und Abby sagte nichts mehr, sahen sich aber im Mondlicht an.

Sie erreichten das Ende der Ebene kurz vor Anbruch der Dämmerung. Sie hielten dort an, um in den Schatten der Berge auszuruhen und Bilanz zu ziehen. Der Boden vor ihnen erhob sich und stieg in lockeren Felsen aus dunklem Stein und offenen, mit Nadelbäumen bewachsenen Abhängen auf. Sie konnten jetzt Pinienharz in der Luft riechen und unter ihren Füßen lagen Piniennadeln. Namenlose Insekten klickten und zwitscherten in den Bäumen um sie herum, aber ansonsten war die Nacht still, und der Mond segelte wie eine silberne Galeone inmitten eines Sternenmeers.

„Wenn man die Monster weglässt, wäre das hier eine verdammt wunderschöne Welt", sagte Calum Fox, der mit seiner M-4 im Schoß dasaß.

„Mir ist der Brecon-Beacons-Nationalpark schon wild genug", gab Doody zurück. „Sarge, was glauben Sie, passiert gerade Zuhause. Denken Sie, dass schon ein Rettungsteam auf der Insel ist?"

Fox nickte. „Mit Sicherheit, wenn das Wetter es erlaubt. Die Iren werden es wahrscheinlich kaum erwarten können, ihren abgestürzten Helikopter wiederzubekommen. Das ist immerhin ein Viertel ihrer gesamten Luftwaffe." Brice und McCann sahen hoch und starrten ihn finster an, doch sie sagten nichts.

Cutter und Connor hatten sich ein wenig vom Rest entfernt. Connor hatte den Anomalie-Detektor eingeschaltet und schwenkte ihn in einem Bogen herum.

„Nichts, Professor. Nichtmal ein Blinzeln."

„Was für eine Reichweite hat dieses Ding, Connor?"

„Nur ein paar Kilometer. Vielleicht sogar weniger. Es wird in höher gelegenem Gelände besser funktionieren."

„Warum?"

Connor zuckte verlegen mit den Schultern. „Ich weiß nicht, es tut es einfach."

Entnervt sagte Cutter: „Du hast das verdammte Ding gebaut!"

„Ich weiß, Professor, aber ich neige dazu, irgendwie ein Gefühl für die Dinge zu haben. Ich baue sie zusammen und sie funktionieren. Aber die halbe Zeit verhalten sie sich auf eine Art und Weise, die ich nicht erklären kann."

„Connor, du bist wahrscheinlich das unerträglichste Genie, das ich je gekannt habe. Lass den Detektor nochmal suchen, wenn wir oben auf dem Berg sind. Wie sieht's mit der Batterie aus?"

„Äh, nicht so gut. Ich glaube, es hat ihr nicht so gut gefallen, ins Meer getaucht zu werden."

„Wundervoll. Naja, schone sie so gut du kannst. Ohne diesen blöden Apparat stehen unsere Chancen, über eine andere Anomalie zu stolpern, nicht sonderlich gut."

Sie brachen wieder auf. Der Himmel hatte begonnen im Westen aufzuhellen und tauchte den Horizont in ein feines Eierschalengrün. Die Morgendämmerung war jetzt nicht mehr fern.

Cutter schätzte, dass sie etwa fünfzehn Kilometer zurückgelegt hatten. Sie kletterten nun den steilen, felsigen, waldigen Abhang hinauf, und ihr Fortschritt hatte sich unter der Dunkelheit der Bäume dramatisch verschlechtert. Sie trafen auf lockere Steine, Baumstümpfe und heruntergefallene Äste, die im Dunkeln schwer zu umgehen waren. Stephen musste auf beiden Seiten von Connor und Abby gestützt werden. Sein Atem war zu einem ziehenden Rasseln in seiner Kehle geworden.

McCann war an der Spitze. Sie sahen, wie er vorne eine Hand hob und zur Faust ballte. Sofort sanken sie alle schwer atmend auf den Boden.

Cutter und Willoby liefen nach vorne und stießen zu ihm.

„Was zum Teufel ist das?", flüsterte der Ire und zeigte auf etwas.

Sie waren fast auf dem Gipfel der Erhöhung und der Abhang war flacher geworden. Die Bäume waren hier dichter und hüfthohe Farne bedeckten den Waldboden. Sie waren nass vom Tau, sodass das gesamte Team bis zur Hüfte durchnässt wurde. Doch weiter oben gab es eine lichtere Stelle, durch die der Schimmer des untergehenden Mondes stieß. Dort befand sich ein großer Erdwall, aus dem etwas ragte, das wie abgebrochene Äste aussah. Doch der Erdwall roch stark nach Mist und irgendeiner Art warmem Tier; und er bewegte sich. Sie konnten das leise Flüstern riesiger Lungen hören, die ein- und ausatmeten.

„Nach links", murmelte Cutter. „Geht um ihn herum."

„Was sind sie?", fragte McCann. „Fleischfresser?"

„Nein, ich glaube, das ist eine Art Ankylosaurus. Gepanzerte Dinosaurier – Sehen Sie diese Stacheln? Es ist eine Familiengruppe. Wenn wir sie aufwecken, werden sie uns angreifen, um ihre Jungen zu schützen. Wir müssen leise sein."

„Allerdings", flüsterte Willoby. „Sie führen, Cutter. McCann, gehen Sie zurück und informieren Sie die anderen – keine Geräusche, nicht sprechen."

„Klar." Der große Ire schlich sich mit erstaunlicher Geschicklichkeit davon.

Die Gruppe kroch an dem Haufen schlafender Tiere vorbei. Das größte von ihnen war vier oder fünf Meter lang. Manche standen schlafend auf ihren Füßen und andere hatten sich auf dem Boden zusammengerollt.

„Polacanthus, schätze ich", flüsterte Connor aus dem Mundwinkel, und Stephen nickte. Sein Gesicht war weiß vor Schmerz, und er schwitzte trotz der kalten Nachtluft stark. Hier oben auf den Hügeln war es kühler und trockener als unten auf der Ebene. Glücklicherweise dämpften die Piniennadeln unter ihren Füßen ihre Schritte und das Team konnte sich ohne Zwischenfall an den schlafenden Dinosauriern vorbei schleichen.

Gerade als die Sonne aufging erreichten sie den höchsten Gipfel der Erhebung. Sie hielten dort an, um Luft zu holen und die stille Majestät der Morgendämmerung zu betrachten, als sie sich über diese gewaltige, wilde Welt ergoss.

Auf der einen Seite erstreckten sich die Ebenen meilenweit wie ein Meer aus Farnen, das von Wasserläufen durchzogen und mit Wäldern gefleckt war. Auf der anderen Seite schimmerte der Proto-Atlantik und fing das Licht bis zum Rand der Unendlichkeit auf. Dort draußen waren bewaldete und grüne Inseln, und dahinter ließ sich am Rand der Sicht eine weitere Landmasse vermuten.

Am Ufer erstreckten sich Felsreihen, die bis ins Wasser reichten, und niedrige Klippen. Darauf konnte das Team Pterosaurier sehen, die sich sonnten und ihre Flügel wie Kormorane ausbreiteten, um die Wärme des aufkommenden Lichts aufzufangen. Unten auf den Felsen lagen reihenweise Kreaturen, die riesige Krokodile gewesen sein könnten. Sie zankten miteinander und stürzten sich in die Wellen. Es war eine Welt, die die Sonne zum Leben erweckte, ein Theater der Giganten.

„Es ist wunderschön", sagte Jenny und ging zu Cutter, der still und versunken auf dem Gipfel des Hügels stand. „Ich hatte mir gedacht, dass es schrecklich und angsteinflößend sein würde, und das ist es auch. Aber es ist auch wunderschön."

„Eine Welt, die wir nicht berührt haben", meinte Cutter. „Sehen Sie sich den Horizont an; er ist klar und sauber. In unserer Zeit wäre da ein purpurner Dunst, der Smog der Verbrennungsmotoren. Unsere Welt, unsere Zeit ist schon halb erstickt. Wir haben das Meer mit Plastik gefüllt und die Regenwälder gerodet. Hier ist alles frisch und unberührt. Ich fange an, zu verstehen …"

Er hielt inne.

„Was zu verstehen?"

„Ich fange an zu verstehen, warum Helen sich in den

Anomalien verloren hat. Seit den letzten acht Jahren ist sie allein durch Welten wie diese gereist, hat sich von Epoche zu Epoche bewegt und diese Phänomene auf die Art und Weise benutzt wie Leute einen Bus benutzen. Ich weiß nicht, wie sie es macht, aber genau jetzt, genau hier, kann ich anfangen zu verstehen warum."

„Würden Sie das auch gerne tun, Cutter – sich in einer Welt wie dieser hier verlieren? Die Objekte Ihres Lebenswerks nicht als versteinerte Knochen, sondern als lebende, atmende Tiere sehen?"

Es gab eine lange Stille. Schließlich sah Cutter sie an. Sein Mund verzog sich zu einem sich selbst verspottenden Lächeln.

„Nein, dafür steckt nicht genügend von einem Pfadfinder in mir." Dann spannte sein Körper sich an. „Was ist das für ein Geruch?"

Sie gingen wieder zu den anderen zurück. Doody hatte ein kleines Feuer angezündet und stapelte trockene Äste darauf. Der Duft von brennendem Holz erfüllte die Luft.

„Ich bin immer noch nicht sicher, ob ein Feuer eine gute Idee ist …", fing Cutter an.

„Ihr Kumpel ist in keiner guten Verfassung. Er muss aufgewärmt werden", unterbrach ihn Willoby barsch und nickte in Stephens Richtung. „Außerdem sollten wir alle eine warme Mahlzeit essen und eine Tasse Tee trinken. Versuchen wir in der Wildnis ein wenig Zivilisation aufrecht zu erhalten. Wenn wir das essen, was wir gefunden haben, können wir die Rationspakete sparen und das Beste daraus machen."

Stephen zitterte und rang nach Luft. Er lag auf einem Bett aus Farn, das Connor und Abby für ihn zusammengetragen hatten. Sie hatten einen Schlafsack geöffnet und ihn halb hinein gestopft. Seine Zähne klapperten, als Cutter sich über ihn beugte.

„Was ist denn hier los?", fragte Cutter sanft. „Machst du schon wieder schlapp?"

„Du kennst mich doch“, knirschte Stephen. „Ich bin einfach 'ne riesige Spaßbremse.“

„Bleib bei uns, Stephen“, sagte Cutter. „Ich brauche hier noch einen weiteren Erwachsenen.“

„Dafür hast du doch Jenny“, antwortete Stephen und versuchte zu lächeln.

„Sind es die Rippen?“

„Ach, ich brauche nur eine kleine Pause. Eine Tasse heißer Tee – also das würde wirklich Wunder bewirken.“

„Halt durch, Kumpel“, sagte Cutter. Seine Stimme war dabei so leise, dass er nicht einmal sicher war, dass Stephen es gehört hatte.

Die Soldaten garten das Fleisch auf improvisierten Spießen und kochten Wasser in Blechdosen. Cutter nahm Doody beiseite.

„Was ist los mit ihm – es wird schlimmer.“

Doodys Gesicht war ernst.

„Der Marsch letzte Nacht – er hätte ihn nicht machen sollen. Ich glaube, dass sich eine seiner Rippen in seine Lunge gebohrt hat. Er hat die ganze letzte Stunde Blut gehustet.“

Cutter fluchte wütend.

„Wie lautet die Prognose?“

„Er muss sich ausruhen und sollte dabei sitzen. Seine Lunge könnte sich mit Blut und Flüssigkeit füllen. Ich bin nicht sicher. Wenn das passiert, werde ich sie absaugen müssen.“ Doody leckte sich die Lippen. „Ich habe das noch nie zuvor gemacht.“

„Besteht keine Chance, dass er von allein wieder in Ordnung kommt?“

„Keine große. Es ist viel wahrscheinlicher, dass er anfangen wird, in seinem eigenen Blut zu ertrinken.“

„Halten Sie sich bereit, Doody“, sagte Cutter.

„Ich versuche es. Es wird hilfreich sein, heißes Wasser zu haben, also ist das Feuer keine schlechte Idee.“

„Also gut. Lassen Sie es mich wissen, falls – falls er …“

„Das werde ich“, sagte Doody.

Das Feuer, das warme Essen und vielleicht mehr als alles andere die bis zum Rand gefüllten Blechbecher mit heißem, braunem Tee heiterten alle auf. Es war wie eine Tinktur aus Normalität. Als sie dort unter den Pinien und Fichten saßen, die sich über ihnen in den Himmel streckten, und auf das Meer hinaussahen, hätten sie ebenso gut ein Picknick in den schottischen Highlands machen können. Außer, dass die Geräusche, die das Bild abrundeten, mehr mit einem afrikanischen Wildgehege gemeinsam hatten.

Durch die Ferngläser beobachteten sie, wie die Iguanodonherde zur Ebene unter ihnen zurückkehrte und wieder zu fressen begann, als ob der gestrige Angriff nie stattgefunden hätte. Den Iguanodons schloss sich eine große Gruppe Polacanthus an, wie die, an denen sie letzte Nacht vorbei geschlichen waren. Die beiden gewaltigen Massen der Tiere mischten sich in offenkundiger Freundschaft miteinander, verteilten sich über das niedrig gelegene Land und sammelten sich an den Wasserlöchern.

Das Team schlief, oder versuchte es zumindest. Nachdem sie die ganze Nacht gelaufen waren, waren sie erschöpft. Cutter übernahm die erste Wache. Obwohl er müde war, hielt ihn das Geräusch von Stephens rasselndem, angestrengtem Husten, das durch das Camp hallte, davon ab, einzudösen. Er setzte sich mit der M-4 auf dem Knie neben seinen ehemaligen Schüler. Er sprach leise über dies und das, über die verschiedenen Unterarten der Entenschnabeldinosaurier, über Herdenverhalten, über die KT-Ereignis-Theorie. Über alles, was sie beide von Stephens kraftloser werdendem Kampf ums Überleben ablenkte.

„Das mit Helen tut mir leid, das was passiert ist“, röchelte Stephen. „Ich schätze, ich war geschmeichelt. Und es schien nicht so, als würdet ihr beiden jemals wieder zusammen kommen. Ich dachte es wäre alles vorbei."

„Hör bloß auf", sagte Cutter. Dann fügte er hinzu, „Sie war immer noch meine Frau."

„Nur auf dem Papier, Nick." Er beugte sich vor, hustete heftig und schnappte nach Luft. Cutter nahm eine handvoll Farn und wischte ihm das Blut vom Mund.

„Egal", fuhr Stephen fort, als er wieder zu Atem gekommen war, „was ich getan habe, war falsch. Ich hatte unrecht."

„Mach dir deswegen keine Vorwürfe, nicht hier und nicht jetzt", sagte Cutter und sah in die Ferne. „Es war außerdem nicht nur dein Fehler." Er seufzte tief. „Was Helen will, das bekommt Helen auch. Sie war schon immer so. Am Anfang war das der Grund, warum ich sie geliebt habe – dieser Ehrgeiz, diese Entschlossenheit. Aber es ist alles schief gegangen. Sie ist eine brillante Frau ..."

„Und eine totale Egomanin", unterbrach Stephen mit einem blassen Lächeln im Gesicht.

„Das ist noch milde ausgedrückt. Nachdem sie acht Jahre lang durch die Zeitlinien gewandert ist, ist sie zu einem Monster geworden."

„Ach, komm schon", protestierte Stephen.

„Ich denke, sie würde mittlerweile vor nichts haltmachen, um zu bekommen, was sie will. Ich frage mich manchmal, ob sie vielleicht hinter ..." Cutter blickte über das Lagerfeuer zu dem Platz, an dem Jenny schlief. „Hinter den Veränderungen gesteckt hat, die eingetreten sind, als ich das letzte Mal aus einer Anomalie gekommen bin."

„Das ist eine ganz schöne Anklage."

„Ja, ist es. Die Chinesen haben ein Sprichwort: ‚Mögest du in interessanten Zeiten leben.' Allerdings ist das kein Segensspruch, sondern ein Fluch. Ich bevorzuge das spanische Sprichwort: ‚Möge nichts Neues auftauchen.'"

Stephen hustete und lachte gleichzeitig, und Cutter musste

ihn stützen, als er sich nach vorne lehnte, um einen blutigen Klumpen in die Farne zu spucken. Als er wieder zu Atem gekommen war, sagte er, „Dafür hast du dir den falschen Job ausgesucht, Nick."

„Scheint so."

ACHTZEHN

Der Puma-Helikopter schaukelte und schwankte unter den Schlägen des Windes. Er näherte sich der französischen Fregatte von achtern, hielt sich bei etwa zweihundert Fuß und trieb in vorsichtigem Schwebeflug vorwärts, während das Kriegsschiff sich in den hohen Wellen auf und ab bewegte und der weiße Schaum an ihren Seiten brach.

Die Bodencrew winkte das Luftfahrzeug heran oder wieder fort, während der Pilot darum kämpfte, es in die Mitte des schwankenden Helikopterlandeplatzes zu lenken. Selbst Lester, der vom hinteren Hangar aus zusah, verspürte ein Prickeln der Angst, das seinen Rücken herunterlief, als das Schiff sich hob, und sich dem Senkflug des Pumas entgegenstreckte. Eines der Räder des Helikopters prallte mit dem Knarren überlasteten Metalls auf das Stahldeck. Der Reifen platzte mit einem dumpfen Druckluftknall und der Helikopter erhob sich wieder in die Luft.

„*Mon Dieu*", sagte Captain Palliere neben ihm grimmig.

Der Puma kam wieder zurück und der Sog seines Rotors ließ Wasser über das Deck tanzen. Lester schirmte seine Augen ab, als es aufbrauste. Dann traf der Pilot seine Entscheidung und legte los.

Der Helikopter traf den Landeplatz mit einem Krachen, das die ganze Schiffshülle erzittern ließ. Er neigte sich auf der Seite, auf der der Reifen geplatzt war, leicht schief, und die

Turbinen wurden abgeschaltet. Die Bodencrew rannte sofort los, um die Maschine festzuzurren; der Wind ließ den Helikopter schon auf dem Landeplatz wackeln und schwanken. Dann kletterte die Crew einer nach dem anderen heraus und die Matrosen um Lester herum verfielen in vereinzelten Applaus.

Oh, um Gottes willen, dachte Lester, aber auch er applaudierte. Selbst er war der Meinung, dass der Pilot es verdient hatte.

Die Helikoptercrew lief ein wenig wackelig in den Hangar, während hinter ihnen Männer über das Luftfahrzeug schwärmten. Captain Palliere schüttelte dem Piloten die Hand und sprach ein schnelles Durcheinander auf Französisch. Dann wandte er sich an Lester.

„Wir werden sofort mit der Einsatzbesprechung beginnen. Ist Ihr Französisch gut genug, dass Sie folgen können, oder soll ich es für Sie auf Englisch abtippen lassen, Lester?"

„Oh, machen Sie sich um mich keine Sorgen", sagte Lester mit einem dünnen Lächeln. „Ich wurschtele mich da schon irgendwie durch. *Allons-y!*"

Auf Lesters ausdrücklichen Wunsch hin waren die einzigen anwesenden Personen bei der Einsatzbesprechung Palliere und sein erster Offizier, ein drahtiger Provenzale namens Dutourd. Der Pilot bekam eine duftende Tasse heißen Kaffee, die er in einem brühend heißen Schluck hinunterkippte. Dann begann er ihnen von seinem Aufklärungsflug zu berichten.

Der Puma hatte zwei Suchflüge über die Insel von Norden nach Süden durchgeführt. Der Aufwind am südlichen Ende hatte die Maschine beinahe zur Seite geworfen, doch sie hatten es geschafft, die Höhe zu halten und es auszupendeln. Das, so sagte der Pilot, war vermutlich das, was mit dem irischen Helikopter passiert war. Der Scout war eine wesentlich kleinere und leichtere Maschine als der Puma, und der Aufwind hätte ihn einfach wie einen Drachen durch die Luft gewirbelt.

„Haben Sie die Absturzstelle gesehen?“, fragte Lester ungeduldig und lehnte sich nach vorne.

„Mais oui“, antwortete der Pilot. Er sah seinen Captain an, der ihm bedeutete, fortzufahren.

Der Westland Scout lag in Richtung des nördlichen Kaps der Insel, nicht weit von dem britischen Außenposten entfernt. Er war sich sehr sicher, dass sich in dem Wrack keine Leichen befanden.

Lester lehnte sich wieder zurück. Das bestätigte, was er schon wusste, aber es war gut, es noch einmal bekräftigt zu bekommen.

Der französische Pilot hatte auf der Insel noch andere Dinge gesehen, seltsame Dinge. Er dachte, er hätte den Kadaver eines großen Tieres gesehen, doch er war sich nicht sicher. Hier und da war Unrat verteilt gewesen, so als ob er bei einer Landung zurückgelassen worden war, und in der Nähe der Nordseite der Insel waren drei seltsame Lichter gesichtet worden. Es waren große, unerklärlich flackernde Phänomene, anders als alles, was er jemals in seiner Karriere als Flieger gesehen hatte und er konnte sie sich nicht erklären.

An dieser Stelle drehten sich alle anwesenden Franzosen um und sahen Lester an. Er behielt sein Pokerface bei und bedeutete dem Piloten, weiter zu berichten.

Der Haupteingang zu dem britischen Außenposten schien offen zu stehen, und der Lehm darum war stark aufgewühlt, so als ob ein Rugby-Gedränge hindurchgepflügt wäre. Das war alles. Bei beiden Touren hatte die Helikoptercrew keine lebenden Menschen gesehen.

Der Pilot durfte wegtreten. Es wurde noch mehr des ausgezeichneten Kaffees eingeschenkt, und Dotourd ging, um seinen Posten auf der Brücke zu beziehen. Lester und Palliere saßen da, starrten zuerst in ihre Kaffeetassen und dann einander an.

„Ich würde sagen, das war sehr seltsam, *n'est pas*?", sagte Palliere sanft.

Lester antwortete nicht. Seit seinem letzten Kontakt mit Cutter war zu viel Zeit vergangen, und trotz des Fehlens der Leichen an der Absturzstelle war er absolut auf das Schlimmste vorbereitet. Er hatte dafür einen Notfallplan, einen, dem seine Vorgesetzten mit äußerstem Widerwillen zugestimmt hatten, denn er beinhaltete, sich einer ausländischen Streitkraft anzuvertrauen. Das war etwas, was sie wenn möglich vorzogen, zu vermeiden.

„Der Captain der *Aoife* hat die Rettungsmission offiziell an die *La Gloire* übergeben", fuhr Palliere fort. „Seine Regierung stimmt zu. Lester, falls Sie keine anderen Informationen haben, die sie vor mir verbergen, bin ich verpflichtet, Ihnen mitzuteilen, dass ich von diesem Augenblick an das Kommando über alle Operationen, die Guns Island betreffen, übernehme."

„Was gedenken Sie zu tun?", fragte Lester scharf.

„Sobald der Puma wieder flugtauglich ist, beabsichtige ich ein Marineteam auf der Insel abzusetzen. Und sobald die Seebedingungen es zulassen, werde ich noch mehr Männer per Boot dorthin schicken. Es wäre daher klug von Ihnen, wenn Sie mich wissen lassen würden, auf was genau meine Männer dort treffen werden, wenn sie erfolgreich gelandet sind."

Es würde also doch der Notfallplan sein müssen. Lester rieb sich die Augen. Er hatte schon von dem Moment an, als er auf die französische Fregatte beordert worden war, so ein Gefühl gehabt, dass es dazu kommen würde.

Doch bevor er sprechen konnte, fuhr der französische Captain fort.

„Lieutenant La Hire ist ein guter Mann. Wenn er sagt, dass er auf der Insel drei große, flackernde Lichter gesehen hat, dann glaube ich ihm. Ich verstehe, dass Ihre Regierung auf Guns Island etwas zu verstecken hat, und ich kann Ihre missliche Lage nachvollziehen. Doch Fakt ist, dass die Leben dieser Männer auf dem Spiel stehen, und das ist für mich das Wichtigste."

Lester betrachtete den Captain der Fregatte für einen Moment.

„Palliere, sind Sie nicht ehrgeizig?"

Der Franzose nippte an seinem Kaffee.

„Hätte ich diesen Rang inne, wenn ich es nicht wäre?", sagte er.

„Dann glauben Sie mir, wenn ich Ihnen sage, dass Sie, wenn Sie sich in diese Angelegenheit einmischen, Ihre Karriere aufs Spiel setzen."

Palliere lehnte sich näher heran. „Ebenso wie Ihre, nehme ich an."

„Nun, ja, natürlich."

Palliere zuckte auf sehr französische Art mit den Schultern.

„Ehrgeiz ist auf seine Weise ganz gut und schön – welcher Experte möchte auf seinem Gebiet nicht herausragend sein? Aber ich sage Ihnen eins, Lester, ich habe mir nie und ich werde mir nie meinen Aufstieg mit dem Blut anderer Männer erkaufen. Nicht in Friedenszeiten. In Kriegszeiten bin ich bereit, meine Männer zu opfern, um mein Land zu beschützen. Doch wir sind nicht im Krieg, und die Verlegenheit einer Regierung ist dieses Opfer nicht wert."

„Noble Empfindungen", sagte Lester ironisch. „Ein wenig überholt in der modernen Welt, meinen Sie nicht?"

Es folgte wieder das winzige Schulterzucken.

„Das ist der Mann, der hier mit Ihnen sitzt und Kaffee trinkt. Ich kann nicht ändern, wer er ist."

Lester atmete tief ein und dann wieder aus.

„Also gut, Captain, in diesem Fall habe ich zwei Bitten an Sie."

„Allez."

„Ich werde Ihnen etwas sagen, das Sie unglaublich finden werden, aber Sie müssen es glauben. Und ich muss bei den ersten Ihrer Männer sein, wenn sie auf der Insel ankommen."

Stephens Husten wurde im Verlauf des Tages schlimmer. Es klang so, als würde er Blut gurgeln, wenn er versuchte, Luft durch seine überflutete Luftröhre zu zwängen.

„Ich kann nicht länger warten", sagte Doody schließlich. „Ich muss die Flüssigkeit aus der Lunge absaugen, sonst wird er vor unseren Augen ertrinken."

„Wenn es getan werden muss, dann lassen Sie es uns tun", sagte Cutter und hielt sein Gesicht so ruhig wie er konnte. „Was brauchen Sie?"

„Es wird höllisch wehtun, und ich habe nicht einmal ein örtliches Betäubungsmittel, also werde ich Leute brauchen, die ihn runterdrücken und festhalten. Ich habe noch ein paar sterile Verbände, damit gibt es also schon mal kein Problem."

„Machen Sie sich an die Arbeit, Dave", sagte Willoby und legte eine Hand auf die Schulter des Sanitäters.

„Solange noch genug Licht da ist, um etwas sehen zu können."

„Wenn ich die falsche Stelle erwische, könnte ich sein Herz durchstechen, oder seine Leber, oder eine Niere. Es würde ihn umbringen", sagte Doody.

„Er stirbt sowieso", meinte Willoby. „Sie haben keine Wahl. Bereiten Sie alles vor."

Sie zogen Stephen bis zur Hüfte aus und legten ihn auf eine Isomatte. Er konnte nicht sprechen, aber als Doody erklärte, was er tun würde, nickte er und rang nach Luft. Der Sanitäter öffnete seinen fast leeren medizinischen Ausrüstungskoffer, während Cutter, Willoby, Fox und Abby den Patienten jeder an einem seiner Gliedmaßen festhielten.

„Bewegen Sie sich nicht, egal wie sehr es wehtut", sagte Doody. „Wenn Sie sich bewegen und die Nadel abrutscht, wird es – wird es übel."

Stephen nickte wieder. „Fangen Sie an“, brachte er krächzend hervor.

Doody nahm eine große Spritze und befestigte daran die größte Nadel, die er hatte. Er schürzte die Lippen, atmete schnell, war aber äußerst konzentriert. Dann stach der die Nadel tief in Stephens Oberkörper.

Stephen spannte sich an wie ein Drahtseil. Die anderen drückten ihn nach unten. Er biss die Zähne zusammen und stieß ein schreckliches, tierartiges Stöhnen aus, als Doody langsam die riesige Spritze aufzog, die sich mit dunklem Blut füllte. Als sie voll war, zog er sie heraus und spritzte die Flüssigkeit zwischen die Bäume.

„Und noch einmal von vorn“, sagte er und stach die Nadel in Stephens andere Seite.

So ging es weiter und weiter, bis Cutter wegsehen musste. In seinem Griff war Stephens Arm vor Schweiß ganz glitschig und seine eigenen Glieder schmerzten vom Festhalten. Der Geruch von Blut schien das Camp ebenso zu durchziehen wie der ranzige Gestank menschlichen Schmerzes. Er hatte sich selbst schon beim ersten Einstich ausgeklinkt.

Doody saugte Maß für Maß das trübe Blut aus Stephens Lunge, sodass entlang der Rippen des verletzten Mannes eine Reihe blutender Löcher zu sehen waren. Es sah aus, als sei er von einem exzentrischen Psychopathen mit einem Eispickel erstochen worden.

Endlich war es vorbei.

Stephen lag schweißgebadet und leichenblass da, aber er atmete unbeschwerter. Doody schien kaum weniger mitgenommen. Er verband die Wunden.

„Macht ihm Tee“, sagte er. „Jede Menge süßen Tee. Er muss jetzt Flüssigkeit zu sich nehmen.“

Abby, über deren Gesicht Tränen liefen, trocknete Stephen ab. Er schaffte es, für sie zu lächeln, konnte aber nicht sprechen. Connor beobachtete alles mit einem kreidebleichen

Gesicht und hielt Jennys Hand fest umklammert.

„Das hält ihn noch für einen oder zwei Tage länger am Leben", meinte Doody zu Cutter und Willoby, „aber er muss so schnell wie möglich in ein Krankenhaus, sonst wird er es nicht schaffen. Und wir müssen eine Trage bauen, wenn wir ihn bewegen wollen – er kann auf keinen Fall laufen."

„Was immer Sie sagen, Dood." Willoby lächelte und klopfte dem jüngeren Mann sanft auf die Schulter. „Sie haben da gerade einen Mordsjob gemacht."

Doody wischte sich über den Mund. Er nickte und riss sich dann von den beiden los. Er rannte vom Camp weg, beugte sich vornüber und übergab sich heftig in die Farne.

Als die Nacht über sie hereinbrach, schichteten sie ein Feuer auf und legten einen Vorrat an Feuerholz bereit, damit diejenigen, die Wache hielten, nicht in der Dunkelheit nach neuem suchen mussten. Tagsüber hatten sie Glück gehabt und nur grasende Herden von Pflanzenfressern und keine Raubtiere gesehen. Einmal war ein Pterosaurier – sie konnten ihn nicht klar genug sehen, um ihn genauer zu identifizieren – im Tiefflug über das Camp geschwebt, und sein segelartiger Kamm hatte rot in der Sonne gefunkelt. Es war, als wäre ein kleines Flugzeug über sie hinweggesurrt.

Bevor die Abenddämmerung sich in völlige Dunkelheit verwandelte, umrundete zweimal irgendein Tier vorsichtig ihr Camp. Sie konnten es durch die Farne stapfen hören und sie durchsuchten den umliegenden Wald mit den schwachen Strahlen ihrer Stirnlampen, doch sie konnten dort in der Stille nichts entdecken. Was auch immer es war, es war im Vergleich zu anderen Tieren, die sie hier gesehen hatten, nicht groß und als die Nacht anbrach, schien es sich nicht mehr um sie zu kümmern.

Sie drängten sich um das Feuer. Die meisten von ihnen hatten während des Tages mehrere Stunden geschlafen, weshalb die stets vorhandene Müdigkeit ein wenig nachgelassen hatte. Hier oben in den Hügeln schien die Nacht geräuschvoller, oder vielleicht war es nur die Nähe der Bäume um sie herum, die jedes Geräusch, das sie hörten, zu verstärken schien.

Wie besessen überprüfte Willoby Ausrüstung und Munition und nachdem er das erledigt hatte, sackte er mürrisch mit seiner M-4 auf den Knien zusammen. Das reine Gefühl von Verwunderung, dem sie alle verfallen waren, als sie diese Welt betreten hatten, hatte begonnen nachzulassen. Ihre missliche Lage war ihnen nun wesentlich bewusster, und dieses Wissen dämpfte ihre Unterhaltung. Außerdem konnten die meisten von ihnen es sich nicht verkneifen, immer wieder einen Blick auf Stephen zu werfen, der nah am Feuer auf einem Kissen aus Rücksäcken unruhig schlief.

Er wachte auf, als ob ihre schuldbewussten Blicke ihn aus dem Schlaf gerüttelt hätten. Cutter kniete sich neben ihn und reichte ihm eine Wasserflasche. Er trank dankbar.

„Vielleicht solltet ihr anfangen zu singen“, sagte er in einem leisen Krächzen zu Cutter.

„Klar doch. Hol deine Gitarre raus und wir fangen an.“ Sie lächelten einander an.

„Das hier ist wirklich ein echtes Abenteuer gewesen“, sagte Stephen.

„Es ist noch nicht vorbei.“

„Wenn ich sterbe, Cutter, dann will ich, dass ihr mich tief vergrabt.“

„Red keinen Scheiß“, schnauzte Cutter.

Stephen lächelte. „Im Ernst. Ich hab drüber nachgedacht. Wenn ihr es richtig macht, könnte jemand schon dabei sein, meine versteinerten Knochen auszugraben, wenn ihr nach Hause kommt. Das würde für jede Menge Aufruhr sorgen. Kannst du dir das vorstellen? ‚Homo sapiens neben Dinosaurier gefunden‘. Die Boulevardzeitungen würden ausflippen.“

„Ach was, um die aufzuregen, muss schon ein Doppeldecker auf dem Mond sein", sagte Cutter lächelnd. Er lehnte sich näher zu Stephen und sah dem jüngeren Mann in die Augen.

„Du wirst nicht sterben. Das ist ein Versprechen."

„Das bringt nichts", sagte Willoby. „Ihre Maschine findet gar nichts, Temple, und das wird sie wohl auch nicht, wenn wir an einer Stelle bleiben – in dieser Reichweite gibt es nichts. Wir müssen losgehen und nach diesen Dingern suchen, solange wir noch die Kraft dazu haben."

Er sah auf seine Uhr.

„Also gut, so lautet der Plan: Wir ruhen uns ein paar Stunden aus und dann mache ich mich mit einem Suchtrupp und diesem Gerät auf. Wir werden versuchen, einen Bogen um das Camp abzudecken, bevor es hell wird, und unsere Reichweite so ein bisschen ausweiten. Cutter, stimmen Sie zu?"

Cutter nickte. „Nehmen Sie Connor mit – er ist der Einzige, der wirklich weiß, wie man mit diesem Detektor umgehen muss."

„Ich soll da draußen in der Dunkelheit rumwandern?", protestierte Connor. Er öffnete und schloss seinen Mund einoder zweimal und seufzte dann. „Also gut."

„McCann, Sie kommen mit uns", sagte Willoby. „Sergeant Fox, wenn Sie uns hier brauchen, geben Sie ein paar Schüsse ab."

Fox hob seine Augenbrauen. „Wenn wir Sie hier brauchen, bin ich sicher, dass Sie mehr als nur ein paar Schüsse hören werden, Boss."

Die drei machten sich bald darauf auf den Weg. Sie hatten jegliche Versuche zu schlafen aufgegeben, weil sie zu angespannt waren. Bevor sie das Camp verließen, nahm Abby Connors Arm und gab ihm eine Pistole.

„Da sind noch fünf Schuss drin", sagte sie. „Sei vorsichtig, Connor – und benutz sie nicht, es sei denn, es geht nicht anders!"

„Werd ich nicht. Danke. Danke, Abby." Er sah im Feuerschein sehr jung aus, nicht viel älter als ein Junge. Als Abby ihn auf die Wange küsste, wurde er rot und stammelte. Es war wie eine Szene aus einer Schulaufführung. Das einzig Unpassende dabei war die 9mm Pistole, die er in der Hand hielt.

„Mit etwas Glück sehen wir uns zur Morgendämmerung", sagte Willoby und führte seine kleine Gruppe aus dem Licht des Feuers heraus in die prähistorische Nacht.

NEUNZEHN

„Festhalten, festhalten!“, rief der Pilot auf Französisch, als sie die gewaltigen, schwarzen Klippen hinaufschossen.

Der Helikopter schleuderte zu einer Seite, was seine Insassen in ihre Gurte presste und wieder zurück riss. Der Puma hob seine Nase und die Turbinen arbeiteten ohrenbetäubend, als die Maschine gegen den Aufwind kämpfte.

„Merde!“, spuckte einer der Marinesoldaten neben Lester. *„Ça c'est le bordel!“*

Da könnte ich ihm nicht noch mehr zustimmen, dachte Lester. *Das hier ist ein der Tat ein beschissener Ort.* Er achtete allerdings darauf, ein neutrales Gesicht zu zeigen und seine Haltung zu bewahren, wie es noch nie von ihm verlangt worden war. *Es wäre so typisch, wenn dieses Ding hier abstürzen würde. Das wäre so verdammt langweilig.*

Sie hatten es über den Rand der Klippe geschafft und flogen für ein paar Minuten durch dichte Wolken. Teile davon zogen durch die offene Tür des Luftfahrzeugs herein und schmeckten salzig auf der Zunge.

Überall um ihn herum saßen stoische Mitglieder des Marineteams. Sie waren an die Innenwände gebunden und hielten ihre Gewehre mit dem Lauf nach unten gerichtet zwischen ihren Knien. Ihr Commander, ein junger Lieutenant namens Desaix, sah so aus, als würde er sich gleich übergeben. Neben ihm bekreuzigte sich der Schiffsarzt, Ramis.

Lester grinste ein wenig, doch nicht lang.

Oh Gott.

Der Helikopter schwang durch die Luft wie ein Blatt. Für einen Moment lag er auf der Seite, und Lester, der in seinen Gurten hing, sah den Boden direkt unter sich. Es war eine verlassene, verdorrte Landschaft aus Felsen und vertrocknetem Gras.

„*Une minute!*“, rief der Winchman und hielt einen Finger für den Engländer hoch, falls dieser ihn nicht verstanden hatte. Lester lächelte in kalt an und wackelte in seinen schlecht sitzenden Stiefeln mit seinen Zehen. Er trug einen französischen Militäranzug, was ihn ausgesprochen verärgerte. Aber wenigstens hatte er die Geistesgegenwart gehabt, die Trikolore von der Schulter zu schneiden, bevor er das Schiff verlassen hatte. Er würde verdammt sein, wenn er mit einer ausländischen Flagge auf dem Arm sterben würde.

Der Helikopter richtete sich wieder auf, schüttelte sich und schoss mit einer Geschwindigkeit nach unten, die Lesters Magen gegen sein Zwerchfell drückte. Er öffnete seinen Mund so weit er konnte, um den Druck auf seinen Ohren zu lösen, und dann gab es einen gewaltigen Schlag, als sie auf den Boden auftrafen.

„*Allez, allez-vite*!“, rief der Winchman, als die Marinesoldaten ihre Gurte lösten und aus den Türen des Helikopters sprangen. Als sie nach draußen purzelten, trat der Winchman ihnen ihre Rucksäcke hinterher. Lester sprang mit dem Rest und landete unsanft. Vor ihm prallte ein schwerer, grüner Rucksack auf den Boden. Ein kurzes Stück weiter und er hätte ihm den Schädel eingeschlagen.

Er richtete sich auf, ignorierte die fauchende Rückströmung des Rotors und wischte sich die Hände sauber. Seine Knöchel und Füße schmerzten von der Landung. Der Helikopter erhob sich, und wurde in Richtung Süden gerissen, als sei er dem Wind hilflos ausgeliefert. Als das Brüllen der Maschinen in der Ferne erstarb, wurde es durch das Heulen des Sturms ersetzt. Lester spürte den Schneeregen, der so hart wie Sand gegen sein Gesicht peitschte.

Also, dachte er, *endlich bin ich hier. Vielleicht werden wir jetzt endlich mal etwas Ordnung in dieses Debakel bringen.*

Die Marinesoldaten sammelten ihre Ausrüstung ein, legten ihre Famas-Gewehre um und verteilten sich in eine Verteidigungsstellung. Es schien eine überflüssige Vorsichtsmaßnahme zu sein. Die Insel war verlassen, und nicht einmal eine Möwe streckte ihren Kopf hervor, um mit dem Sturm zu wetteifern.

Ihr Offizier, der absurd junge Desaix, überprüfte sein GPS und hob dann seine Hand in einer Hackbewegung. Die schwer bewaffnete kleine Truppe lief los. Lester zuckte zusammen und schnaufte dann hinterher, um mit ihnen Schritt zu halten.

Ich bin nicht mehr ganz in Form, dachte er, als sie mit schnellen Schritten über den Boden hechteten. *Ich sollte wirklich versuchen*, *am Wochenende mehr Squash zu spielen.*

Obwohl der Sturm noch immer furchterregend wirkte, ließ er langsam nach. Der Wind sank auf der Beaufortskala langsam nach unten und ein Hochdruckgebiet begann sich von Amerika aus über die Insel zu bewegen. Wäre dem nicht so gewesen, hätte der Puma nicht landen können.

Als das französische Team die Absturzstelle des irischen Helikopters erreichte, verspürte Lester einen plötzlichen Anflug von Mitleid für Jenny. *Wir hätten sie genauso gut in einem verfluchten Doppeldecker losschicken können*, dachte er, als er die Überreste des kleinen Westland Scouts erblickte.

Der Helikopter lag auf der Seite. Die Hauptkabine schien intakt, doch der Boden darum war mit Trümmern übersät. Die Erde war von Stiefelabdrücken und anderen Spuren aufgewühlt. Die Marinesoldaten bauten um das Wrack herum eine

Absperrung auf, während Lester, Desaix und Ramis es genauer untersuchten.

„Es ist so, wie Sie gesagt haben. Jemand hat das Wrack nach dem Absturz gefunden“, sagte Desaix. Er war in Oxford und in Saint Cyr ausgebildet worden und sein Englisch war korrekt und förmlich. „Sehen Sie, die Sicherheitsgurte wurden mit einem Messer zerschnitten, und die Tür des Kopiloten wurde aufgehebelt. Sehen Sie sich außerdem den Boden an. Hier waren einige Personen, nachdem der Helikopter abgestürzt ist.“ Lesters Blick fiel auf einen perfekt geformten Fußabdruck, der nicht von einem Menschen verursacht worden war. Er stellte sich unauffällig darauf und trat ihn in den Schlamm.

„Ja, ja, sie wurden von dem Team gerettet, das vor ihnen hier eingetroffen ist. Mir scheint, uns bleibt hier nichts mehr zu tun. Sollen wir dann weiter, meine Herren?“

Die beiden Franzosen sahen sich an und zuckten mit den Schultern.

„*C'est vrai*“, sagte der Arzt leise und schob seine schwarze Brille hoch.

„Also gut“, sagte Desaix. „Wir werden zu Ihrer Basis weiterziehen. Sergeant, *allons-y*!“

Das Team verteilte sich und untersuchte das verlassene Plateau auf Lebenszeichen. Am vorderen Ende starrte einer der Marinesoldaten vor sich auf den Boden und folgte Spuren im Lehm. Der Schnee schmolz schnell und die ganze Insel schien sich in eine Art Hochlandmoor zu verwandeln. Desaix fiel in der Reihe zurück, um sich Lester anzuschließen.

„Meine Befehle lauten auch, die Orte, an denen unser Aufklärer die seltsamen Lichter gesehen hat, zu untersuchen“, sagte er.

„Natürlich“, sagte Lester glatt. „Aber alles zu seiner Zeit, Lieutenant. Sie können soviel untersuchen, wie Sie wollen, sobald wir sichergestellt haben, ob noch jemand von meinen

Leuten am Leben ist. Wir müssen sie finden, bevor ihnen etwas zustoßen kann."

Desaix nickte. Er marschierte für einige Sekunden still weiter, bevor er sprach.

„Sie sollten unsere Hauptpriorität sein, das ist wahr. Allerdings ist mir nicht klar, was sie an einem Ort wie diesem bedrohen könnte. Hier gibt es nichts, absolut gar nichts."

Hoffen wir mal, dass das auch so bleibt, dachte Lester.

Connor hockte sich ins Dickicht und schaltete den Anomalie-Detektor ein. Das kleine Gerät vibrierte leicht in seiner Hand und es folgte ein scharfes Piepsen, als es hochfuhr. Er kniff für einen Moment die Augen zusammen und versuchte, seine Gedanken beisammen zu halten. Er war noch nie zuvor in seinem Leben so müde und gleichzeitig so angespannt gewesen.

„Also?", fragte Willoby ungeduldig.

„Geben Sie ihm eine Sekunde." Er richtete sich auf und begann, den Detektor in einem Bogen von der Küste zu ihrer Linken und zurück über die Ebene am Fuß der Hügel zu schwenken.

„Nichts."

„Okay, schalten Sie es ab und dann gehen wir weiter. Los, McCann, Sie übernehmen die Führung. Die Achse ist der große Fels am Fuß des Abhangs, auf dessen rechter Seite die Bäume in einer Reihe stehen. Gesehen?"

„Gesehen", bestätigte McCann. Er hob sein Gewehr an die Schulter und ging los.

Mondlicht durchflutete die Welt um sie herum und enthüllte eine gewaltige, einfarbige, stille Wildnis, in der alles Mögliche in den Schatten und Furchen lauern konnte, die das Mondlicht nicht erreichte. Sie waren drei Kilometer vom Camp entfernt und würden nicht viel weiter gehen können, wenn sie es bis zur Morgendämmerung zurück schaffen wollten.

Das ist es, was Säugetiere in dieser Welt sind, dachte Connor. *Nachtaktive Aasfresser, die umherschleichen, wenn die Monster schlafen.* Das Abenteuer hatte längst seinen Reiz verloren. Jetzt hatte er nur noch das Gefühl, dass sie hier keinen Platz hatten, und je länger sie blieben, desto schlechter standen ihre Chancen. Der Mensch gehörte nicht hierher.

Sie stiegen von den Hügeln hinab und gelangten wieder auf die Ebene. Diesmal waren sie nördlich vom Camp und wurden von einem gelbbraunen Meer aus Farn verschluckt, das sich von der Küste erstreckte. Durch den Farn zogen sich Trampelpfade, die platt getreten und mit riesigen Kothaufen bedeckt waren. Durch manche von ihnen hätte man mit einem Truck fahren können. Sie mieden diese Pfade und arbeiteten sich stattdessen durch die hohen Farne, deren scharfkantige Enden ihnen in die Hände schnitten und ihre Beine und Füße durchnässten. Connor wollte gerade den Detektor noch einmal ausprobieren, als McCann eine Hand hob.

„Was ist das?", flüsterte er.

Er zeigte nach vorn. Vor ihnen erhob sich die Ebene in sanften Wellen bis zum Horizont. Sie stieg stetig an, bis sie den Rand des Himmels und die fantastischen, leuchtenden Massen der fernen Sterne erreichte. Doch man konnte noch einen anderen Stern sehen, der von den anderen getrennt war. Er glitzerte in der Dunkelheit, ein Funkeln aus fernem, unerklärlichem Licht.

„Schalten Sie das verdammte Ding ein", sagte Willoby. Die Worte knackten in seiner Kehle.

Der Detektor fuhr langsam jaulend hoch. Die Batterieanzeige hatte nur noch einen Balken, ein alarmierendes dunkelgelbes Warnlicht.

„Es ist eine Anomalie!", rief Connor. „Ehrlich, es ist eine, direkt vor uns!"

„Gott sei Dank", sagte Willoby, und neben ihm wischte sich McCann mit der Hand über sein grinsendes Gesicht.

Connors eigenes Grinsen ließ wieder nach.

„Captain, es ist ein sehr schwaches Signal. Diese Anomalie ist kurz davor zu verschwinden. Sie wird schwächer."

„Wie lange haben wir?", wollte Willoby wissen.

„Das lässt sich nicht sagen. Normalerweise sind es nur ein paar Stunden, aber die Anomalien auf der Insel scheinen sich anders zu verhalten. Cutter denkt, dass es mit dem Sturm zusammenhängen könnte, dass sie irgendwie verbunden sind."

„Das entspricht dann so ziemlich dem Kurs", sagte Willoby durch zusammengebissene Zähne.

„Vielleicht sollten wir jetzt selber durchgehen und sicherstellen, dass sie uns an den richtigen Ort führt", sagte McCann.

Willoby betrachtete das ferne Flackern für einen langen Moment, dann betrachtete er den Himmel. Die Morgendämmerung war nicht mehr fern.

„Nein", sagte er widerwillig. „Entweder gehen wir alle zusammen durch, oder wir bleiben alle hier. Wir werden uns nicht trennen. Wir gehen zurück zum Camp und holen alle so schnell wie möglich hier raus. Wir werden rennen müssen. Bereit?"

„Ich renne nirgendwo hin", sagte McCann stur. „Wenn wir den ganzen Weg zurückgehen, und dann alle hier raus bringen, wird das Ding längst weg sein – Sie haben den Jungen gehört. Ich bin dafür, dass wir uns selbst retten, solange wir noch können. Wir gehen jetzt da durch. Der Rest muss sich um sich selbst kümmern."

„Das werden wir nicht tun", sagte Willoby mit gefährlicher Sanftheit. „Ihr Offizier ist auch noch im Camp, McCann. Wollen Sie ihn zurücklassen?"

„Es geht nicht anders. Außerdem wurde ich unter falschen Tatsachen hierher gelockt. Glauben Sie, man hat uns, bevor wir zu dieser verfluchten Insel geflogen sind, gesagt, dass wir

Dinosaurier bekämpfen würden? Nichts da. Niemand schert sich einen Dreck um uns – wenn wir nicht an uns selbst denken, werden wir es nicht schaffen. Ich sage, wir gehen, jetzt sofort, und wenn Sie nicht mit mir kommen wollen, dann tu ich es alleine."

„Sie werden hier bei uns bleiben und Befehle befolgen", beharrte Willoby.

„Wessen Befehle – Ihre? Sie sind Brite, verdammt nochmal! Welches Recht haben Sie, mir Befehle zu erteilen? Fahren Sie zur Hölle." McCann hob den Lauf seines Gewehrs und bewegte sich rückwärts von ihnen weg.

„Ich warne Sie", sagte er, „versuchen Sie nicht, mich aufzuhalten, oder ich erschieße Sie, wo sie stehen."

„Um Gottes willen!", sagte Connor. „Sie können doch nicht einfach auf eigene Faust losrennen!"

„Das werdet ihr ja sehen. Keine Sorge, Junge – sobald ich auf der anderen Seite bin, werde ich einen Weg finden, um euch Hilfe zu schicken. Du wirst schon sehen." Er drehte sich um und fing an zu rennen.

„McCann, Sie verdammter Idiot!", rief Willoby ihm nach. Doch er war schon in den großen Gewächsen verschwunden und nur noch ein Schatten im Mondlicht.

Wind kam auf, bewegte wellenartig die Farne und brachte Wolken von Süden heran. Es sah aus, als ob es Regen geben könnte. Connor und Willoby starrten für einen Moment vor sich hin und fragten sich, ob McCann seine Meinung ändern würde, doch er war verschwunden.

„Wir gehen besser zurück", sagte Willoby. Er klang irgendwie besiegt.

Connor hielt ihn an, indem er eine Hand auf seinen Arm legte.

„Captain, warten Sie. Hören Sie doch."

Etwas bewegte sich in den hohen Farnen, die sie umgaben – mehr als ein Etwas. Der Mond war hinter einer rollenden

Masse dichter Wolken verborgen, sodass man nur noch durch das Sternenlicht etwas sehen konnte. Sie standen wie angewurzelt da, während auf beiden Seiten keine fünfzig Meter entfernt Dinge in der Dunkelheit an ihnen vorbeizogen. Connor sah große, sich schnell bewegende Schatten. Es erklang ein Grunzen, dann ein scharfes Bellen und eine Art Knurren.

Seine Knie wurden weich.

Die Kreaturen zogen vorbei und bewegten sich den Hügel hinauf, auf den McCann gestiegen war. Sie waren als sich bewegende Furchen in der Farnprärie sichtbar und flogen mit erschreckender Geschwindigkeit über den Boden.

„Lassen Sie uns hier sofort verschwinden", flüsterte Willoby.

„Was ist mit …"

„Zum Teufel mit ihm. Er hat sich entschieden. Kommen Sie schon, Connor. Das hier ist kein Ort, an dem man sich aufhalten sollte."

Sie rannten zum Camp zurück.

John McCann joggte stetig die Erhebung hinauf. Er atmete leicht und hielt sein Gewehr auf den Abhang gerichtet. Er fühlte sich ein wenig schuldig wegen des Jungen, Connor – er war ein anständiger Kerl gewesen. Aber er hoffte, dass dieser arrogante Mistkerl von der Spezialeinheit bekam, was er verdiente.

Diese ganze Sache war der reine Wahnsinn. Von dem Moment an, als der Helikopter das Schiff verlassen hatte, war es ein Albtraum gewesen. Er hatte sich in seinem Leben ja schon für viele Dinge gemeldet, aber das hier gehörte nicht dazu. Wenn er wieder auf der Insel war, würde er sich hinsetzen und auf Rettung warten. Der Rest dieser armen Seelen im Camp war verloren. Hart und Brice waren verletzt, sodass sie viele Stunden brauchen würden, um die Anomalie zu erreichen. Und dann würde es schon helllichter Tag sein, und Gott weiß, was dann die Farnprärien durchstreifen würde.

Nein, es ist besser …

Aus seinem Augenwinkel sah er, wie sich etwas bewegte.

Er rannte weiter, erhöhte die Geschwindigkeit und entsicherte seine Waffe. Durch seinen Kopf jagten kindliche Gebete, die er seit seiner Schulzeit nicht mehr ausgesprochen hatte, als die christlichen Mönche sie ihm eingeprügelt hatten.

Sowohl zu seiner Rechten als auch zu seiner Linken bewegten sich Schatten auf ihn zu. Sie liefen geschmeidig und hielten etwa hundert Meter auf jeder Seite Schritt.

McCann verfiel in einen Sprint. Sein Atem strömte schmerzhaft durch seine Lungen. Das helle Strahlen der Anomalie war jetzt über ihm, auf dem Gipfel des Hügels.

Eins der Dinger scherte vor ihm aus, schoss mit unglaublicher Geschwindigkeit durch die Farne und stieß eine Reihe hoher Kreischlaute aus, die fast wie die eines Vogels klangen. Er fühlte eine Welle der Erleichterung. Diese Dinger waren klein, nicht größer als fünf oder sechs Fuß. So schlimm war es also gar nicht. Es waren keine richtigen Dinosaurier.

Ein weiterer streifte seinen Weg und hinter ihm kamen noch mehr. Er konnte überall in den Farnen Bewegungen hören; der sternenhelle Abhang schien zum Leben erweckt worden zu sein. Er drehte sich im Laufen um und feuerte hinter sich in den Schatten. Das Mündungsfeuer blendete ihn für einen Moment.

Er stolperte und fiel.

Für eine Sekunde lag er mit hämmerndem Herzen da. Es gab fast kein Geräusch mehr, nur noch ein Knacken im Farn, sonst nichts. *Ich hab sie verscheucht*, dachte er.

Er stand auf.

Und das erste Ding sprang mit zurückgezogenen Hinterläufen durch die Luft auf ihn zu. Dann ließ es sie vorschnellen. Er sah nur eine verschwommene Bewegung, bevor es in seine Brust krachte und ihn umriss. Als er fiel, verkrampfte sich seine Faust um den Griff seines Gewehrs, das eine weitere krachende Salve Automatikfeuer los ließ.

Das Ding war auf ihm. Es riss und zerrte sein Fleisch mit blitzschnellen Bewegungen seiner scharfen Klauen von seinem Körper. Er schrie, als die Klauen seinen Bauch aufrissen. Das Ding hob seinen vogelähnlichen Kopf und kreischte wieder.

Weitere seiner Gefährten kamen herbei, sprangen in McCanns sterbenden Blick und begannen seinen zuckenden Körper zu zerfleischen. Seine Innereien dampften, als sie über die Farne verteilt wurden. Das Rudel fraß, wobei es gurrte und zankte und auf und ab sprang.

Wie Spatzen an einem Futterhaus.

Connor und Willoby hielten an, als sie Schüsse hörten. Auf dem Abhang hinter ihnen sahen sie einen winzigen Lichtblitz, dann noch einen. Danach folgte Stille.

Der Tag war schon angebrochen, als sie ins Camp zurückkehrten. Die Morgendämmerung war dunkler als am Morgen davor. Wolken bildeten sich im Himmel und mit ihnen entstand eine drückende Hitze in der Luft. Willoby warf sein Gewehr auf den Boden und griff nach der nächsten Wasserflasche. Mit geschlossenen Augen trank er Schluck um Schluck.

Der Rest des Teams starrte ihn und Connor an, der sich ein wenig entfernt hinsetzte und seinen Kopf zwischen seine Knie legte.

„McCann ist tot“, sagte Willoby und kam damit Cutters Frage zuvor. „Er ist allein losgelaufen. Wir haben eine Anomalie gefunden, vielleicht fünf Kai nördlich von hier auf den Ebenen. Connor sagt, dass sie schwächer wird, also haben wir nicht viel Zeit.“

„Was ist mit McCann passiert?“, fragte Lieutenant Brice leise und hielt seinen gebrochenen Arm.

„Etwas hat ihn erwischt, ich weiß nicht was. Wir haben Schüsse gehört, das war alles.“

„Haben Sie ihn sterben sehen?“, fragte Brice.

„Das musste ich nicht. Da draußen in den Farnen ist etwas, ein Rudel. Sie sind nicht groß, aber dafür schnell.“

„Eotyrannus?“, fragte Cutter. Willoby schüttelte den Kopf und wischte sich Wasser vom Kinn.

„Nein, sie sind kleiner. Ich weiß nicht, was zum Teufel das waren.“

„Vielleicht ist er entkommen“, sagte Brice. „Sie wissen es nicht – Sie haben es nicht gesehen.“

„Ja, vielleicht ist er entkommen“, sagte Willoby. Es war deutlich, dass er nicht darüber reden wollte. „Jedenfalls ist da draußen eine Anomalie und wir müssen versuchen, sie zu erreichen, bevor sie verschwindet. Zeit, sich wieder in Bewegung zu setzten, Leute.“

„Hart kann nicht laufen, Boss“, sagte Doody.

„Dann werden wir ihn tragen. Fox, bauen Sie eine Trage. Doody, bereiten Sie ihn auf den Transport vor. Kommt schon, Leute – das könnte unsere einzige Chance sein.“

Das Team packte wieder zusammen. Während sie fort gewesen waren, hatte Sergeant Fox bereits ein paar stabile Bäumchen abgebrochen, sie durch den Regenumhang gezogen und das Ganze mit einer Nylonschnur zusammen gebunden. Abby und Cutter halfen dabei, Stephen darauf zu heben.

„Wer sind die Stärksten“, fragte Cutter.

„Ich und Fox“, sagte Willoby geradeheraus, „aber wir müssen für die Sicherheit sorgen. Cutter, Sie und Doody übernehmen die Trage zuerst. Wir werden Sie ablösen, wenn es zu viel für Sie wird – aber sobald wir unten auf den Ebenen sind, müssen die Soldaten die Arme frei haben, also werden die Mädchen beim Tragen auch mit anpacken müssen.“

Jenny und Abby sahen sich an.

„Ich bin eine Frau, kein Mädchen“, knurrte Abby.

„Ich kann laufen, wenn es sein muss“, protestierte Stephen. „Ich bin kein kompletter Invalide.“

„Gut“, sagte Willoby. „Denn wenn die Sache da draußen wirklich schief geht, müssen wir vielleicht alle laufen, und den Letzten beißen die Hunde.“

Sein Ton ernüchterte sie alle. Was auch immer er in der Nacht dort draußen gesehen hatte, hatte ihn eindeutig erschüttert. Connor war immer noch blass und still. Er hielt seine Pistole in der einen und den Anomalie-Detektor in der anderen Hand. Er sah so aus, als hätte er vergessen, was Schlaf bedeutet.

„Lasst uns loslegen“, sagte Cutter. Er zog seine eigene Pistole und spannte den Hahn.

Brice sah zum Himmel hinauf, als die kleine Prozession die Überreste des Camps verließ, in dem das Lagerfeuer noch qualmte.

„Sieht aus, als würde es bald regnen“, sagte er.

ZWANZIG

Die Marinesoldaten bewegten sich in Teams über den unwirtlichen Boden, der zur Basis führte. Trotz seiner größten Bemühungen spürte Lester, wie er immer besorgter wurde. Die Tür war weit geöffnet, und als er hineinsah, konnte er eine amerikanische, leichte Maschinenpistole erkennen, die zwischen anderen Ausrüstungsteilen auf dem Boden lag. Im ARC hatte er einen der Spezialeinheitssoldaten dabei gesehen, wie er diese Maschinenpistole gereinigt hatte.

Desaix hielt eine Hand hoch und die Marinesoldaten standen still. Dann näherte sich ein Vier-Mann-Team der Tür.

„*Mon Dieu*!“, hörte Lester einen von ihnen keuchen. Das kleine Funkgerät, das an Desaixs Ohr befestigt war, knackte in einem Strom aus unverständlichem Französisch.

„Verdammt“, murmelte Lester, der lieber beim Angelsächsischen blieb.

„Dort sind überall Leichenteile“, sagte Desaix, der das Team durch ein Fernglas beobachtete, als es in die Basis vordrang. „Ich fürchte, es sieht nicht gut aus.“

„Ich sollte hingehen“, sagte Ramis, der Schiffsarzt.

„Niemand bewegt sich, bevor die Basis gesichert ist. *Monsieur* Lester – *Monsieur* Lester!“

Lester ignorierte ihn. Er ging schnell und entschlossen auf die Basis zu und starrte dabei auf den Boden. Da war altes Blut, das in Pfützen geronnen war und schwarze Stofffetzen tränkte. Ein schwarzes M-4-Magazin, in dem die Messingkugeln noch glänzten, lag im Schlamm. Hier lag die Silberfolie einer Rationspackung, und dort, lächerlicherweise, ein zertrampelter Teebeutel.

Er hielt plötzlich an. Zu seinen Füßen lag der abgetrennte Kopf eines Mannes. Er war abgebissen worden; er konnte die Zahnspuren klar und deutlich sehen.

Er hob seinen Kopf und sah zur Basis hinüber, die nun nur noch dreißig Yard entfernt war. Zwei französische Marinesoldaten kauerten mit ihren Gewehren an den Schultern in der Tür. Die anderen beiden waren hinein gegangen. Lester zwang sich, weiterzugehen. Er war in keinster Weise zimperlich, aber er freute sich nicht darauf, durch diese Tür zu gehen.

Er straffte seine Schultern und ging weiter, wobei er den beiden erschrockenen Marinesoldaten zunickte „*Qu'est-ce que c'est*?", wollte einer von ihnen wissen.

„*Rien*", antwortete er und winkte seine Hand in einer abweisenden Geste.

Der Eingang der Basis war ein Schlachthaus. Überall waren getrocknetes Blut und Stoffreste, die mit pinkfarbenen und braunen Streifen aus zerrissenem Fleisch bedeckt waren. Leere Patronenhülsen klapperten unter seinen Füßen und Einschusslöcher zierten die Betonwände.

Zum ersten Mal begann er zu glauben, dass sie alle tatsächlich tot sein könnten. Er hatte sich bisher nicht erlaubt, das zu denken – Cutter, dieser arrogante Dummkopf, schien immer so unzerstörbar gewesen zu sein. Doch jetzt war es eine sehr realistische Möglichkeit.

Das wäre ein Desaster.

„Geben Sie mir Ihre Taschenlampe", sagte er zu dem Marinesoldaten.

„Was?"

„*Votre lampe de poche – maintenant*!"

Der Marinesoldat blickte ihn finster an und gab ihm eine kleine Mag-Lite. Lester drehte sie an und betrat die Basis.

Es stank. Hier waren Tiere gewesen. Ihr Kot stank und die Blutlachen, die den Boden bedeckten, waren eindeutig zu groß, um von Menschen zu stammen.

Treppen führten nach unten.

Vor sich konnte er die anderen Marinesoldaten reden hören und das statische Knacken ihrer Funkgeräte wahrnehmen. Er ging die Treppen hinunter. Noch mehr Blut – es war überall. Die Marinesoldaten standen mit Taschenlampen in den Händen vor einer großen, gewölbten Tür. Das war das Labor gewesen. Jetzt lagen überall zerbrochenes Glas und hölzerne Arbeitsplatten, die zu Kleinholz verarbeitet worden waren.

Und da war noch etwas. Lester schloss sich den zwei Franzosen an und bemerkte, dass sie auf den halbgefressenen Kadaver eines riesigen Tieres starrten. Es hatte Schusswunden in Kopf und Oberkörper. Es sah aus, als sei es erschossen worden, und dann hatte etwas anderes beschlossen, einen Snack aus ihm zu machen. Das Ding musste zwischen fünfzehn und zwanzig Fuß lang gewesen sein. Lester war kein Dinosaurierexperte, aber er begutachtete nachdenklich den gewaltigen zahnbewehrten Kiefer.

Der Marinesoldat, der Lester am nächsten war, schlug auf die massive Stahltür vor ihm.

„Sie ist verschlossen“, sagte er in überraschend gutem Englisch. „Vielleicht sind sie da drinnen.“ Er sprach in sein Funkgerät und Lester hörte Desaixs Stimme am anderen Ende. Dann wandten er und sein Kamerad sich wieder völlig verblüfft der Untersuchung des toten Dinosauriers zu. Sie warfen Lester düstere Blicke zu, so als ob sie dachten, dass er dafür verantwortlich sei.

Von oben erklangen Schritte und noch mehr Marinesoldaten betraten das zerstörte Labor. Ihre Taschenlampen flackerten über alles hin und her. Desaix und Ramis waren bei ihnen. Desaix starrte Lester an und stieß dann den gewaltigen Kadaver kopfschüttelnd mit dem Fuß an.

„Draußen ist noch einer von denen, am nördlichen Teil der Basis. Man kann keine Wunden erkennen, aber er ist tot."

„Vielleicht hat die Kälte ihn getötet", sagte Lester. „Das Wetter ist in letzter Zeit wirklich entsetzlich gewesen."

Desaix runzelte die Stirn. „Ihre Leute – irgendein Zeichen?"

Lester drehte sich um und sah auf die große, runde Tür hinter ihnen, mit ihrem Drehschloss und dem Kombinationskästchen. Er berührte die Messingschalter. Die Tür war mit Kerben übersät, wo die Kreatur sie wie wild mit ihren Klauen bearbeitet hatte, um hinein zu gelangen.

„Wenn sie irgendwo sind", sagte er leise, „dann sind sie da drin. Schaffen Sie diesen scheußlichen Haufen Fleisch aus dem Weg. Wir müssen diese Tür öffnen."

Die Schalter klickten sanft, als Lester sie einen nach dem anderen in die richtige Position brachte. Es war ein Code, den er erst nach einer Reihe hitziger Debatten in Whitehall erhalten hatte. Er hatte ihn widerwillig an Captain Willoby weitergegeben, doch Willoby war diskret. Er war ein guter Mann.

Jetzt war er wahrscheinlich tot.

Sie schwangen die Tür auf und starrten auf das, was sie dahinter fanden. Ein Weihnachtsbaum aus wirbelnden Lichtern am Fuße einer großen, runden Kammer mit einem erhöhten Laufsteg drumherum und einer Rampe, die hinunter führte. Sonst nichts. Nur diese Säule aus funkelndem Licht, die sich wie ein Feuerwerk in Zeitlupe drehte.

„Was ist das?", fragte Desaix.

Lester betrachtete die Anomalie abgeklärt. Die Kammer war bis auf das glitzernde Strahlen völlig leer. Sie hatten es getan – sie waren tatsächlich da durch gegangen. Sie mussten es getan haben. Sie hatten hier nicht einmal einen Knopf zurückgelassen. Er musste zugeben, dass er ihren Mut bewunderte.

Natürlich tat man so ziemlich alles, wenn man verzweifelt war.

Er hatte schon zuvor Anomalien gesehen und er hatte unzählige Berichte über sie gelesen. Er betrachtete diese hier jetzt mit dem Blick eines Experten und schürzte die Lippen.

„Sagen Sie mir – was ist das für ein Ding?“, verlangte Desaix wieder zu wissen. Er ging auf die schwebenden Lichter zu.

„Fassen Sie es nicht an!“, schnauzte Lester, als der französische Offizier wie verzaubert die Rampe hinunterging und sich dem Phänomen näherte. Nach diesem plötzlichen Ausbruch beruhigte er sich wieder. „Halten Sie sich davon fern, Lieutenant. Sie haben keine Ahnung, wie gefährlich diese Dinger sind.“

„Was tun sie denn – ist es eine Waffe?“

Die Anomalie wurde gelber und die flitternden Lichtscherben, die sie auswarf, beschrieben nun kleinere Bögen. Sie wurde schwächer. Er konnte sehen, dass sie vor seinen Augen erstarb.

Und Cutter würde mit all seinen Leuten auf der anderen Seite gefangen sein.

Er stand für einen Moment stocksteif da.

„Stellen Sie eine Wache vor dem Ding auf“, sagte Lester und schritt aus der Kammer. „Niemand geht in die Nähe. Und halten Sie ihre Waffen bereit, verstanden?“

„Die Monster haben etwas mit diesem Ding zu tun, oder?“, fragte Doktor Ramis.

„Sehr scharfsinnig von Ihnen“, meinte Lester unbeeindruckt. „Lieutenant, ich brauche Sie und ein paar Ihrer Männer. Wir müssen auf die andere Seite der Insel gehen, wo Ihr Pilot noch mehr von diesen Dingern gesehen hat, und wir müssen uns beeilen.“

„Ich verstehe nicht.“

„Dann hören Sie auf, es zu versuchen, und tun Sie, was ich sage. *Vite!*“

Lesters plötzliche Autorität schien den französischen Offizier widerstandslos hinter ihm her zu ziehen. Desaix rief seinen Teams Befehle zu. Mit vier Mann und dem bebrillten Schiffsarzt eilten sie durch das düstere Leichenhaus, das einmal die Basis von Guns Island gewesen war, bis sie wieder im Freien waren. Lester betrachtete den Himmel und ließ noch mehr nüchterne Anmaßung los.

„Beeilen Sie sich", sagte er. „Wir haben keinen Moment zu verlieren."

Etwa hundert Millionen Jahre früher hatten Cutter und die überlebenden Mitglieder seines Teams es geschafft, die Hügel hinunterzusteigen. Sie schleppten Stephen auf der Trage. Sie suchten sich ihren Weg aus dem Schatten der Bäume heraus, und nachdem sie eine Stunde stolpernd marschiert waren, hatten sie die weite, offene Ebene erreicht, die Abby als das Farnmeer bezeichnete.

Im Norden erhob es sich zu einer langen Reihe flacher Hügel bis zum Horizont, wo einzelne Nadelbaumgruppen und lange, kopfhohe Farne wuchsen. Irgendwo da oben, so hofften sie zumindest, befand sich die Anomalie. Und irgendwo da oben war McCann getötet worden.

Sie marschierten stetig. Vier von ihnen trugen die Trage: Cutter, Connor, Doody und Abby. Willoby lief vorne an der Spitze, Brice und Jenny liefen nebeneinander und Sergeant Fox bildete das Schlusslicht. Niemand sprach. Es war so, als sei der Druck des Tages in ihren Verstand gekrochen.

Die Sonne verbarg sich hinter einem seltsamen Gebilde aus sich auftürmenden Wolken, deren dunkle Enden sich wie graue Ambosse der Welt unter ihnen entgegen neigten. Sie hörten schon das erste Donnergrummeln über die Hügel ziehen, und sie konnten nicht anders, als sich zu fragen, wie ein Sturm in der Kreidezeit sein würde. Die Luft schien elektrisch aufgeladen zu sein, sodass Abbys heller Haarschopf wie das

Fell einer Katze knisterte, das man in die falsche Richtung gestreichelt hatte. Die Ebenen und Hügel, die in der Morgendämmerung noch vor Herdentieren gewimmelt hatten, schienen jetzt verlassen.

Die großen Pflanzenfresser waren in rumpelnden Massen zu den niedrigeren Hängen der Gebirgsausläufer gezogen. Dort standen sie nun geduldig in Herden und riefen einander tiefe Brülllaute zu, die vom einen Ende der Hügel zum anderen schallten. Von den großen Raubtieren, den Neovenatoren, war nichts zu sehen. Die Luft schien gedämpft und still und selbst die Pterosaurier hatten sich auf ihre Klippenvorsprünge zurückgezogen, so als ob sie dem, was der Himmel bereithielt, nicht trauen würden.

„Uns steht gleich ein heftiges Unwetter bevor", sagte Cutter, als er zu den Wolken hinaufsah, die sich im aufkommenden Wind verformten und näher drängten. „Allerdings könnte das ganz gut sein. Es sollte bis zu einem gewissen Maß, Raubtiere von unserer Fährte fernhalten."

Aus Connors Tasche erklang ein Piepsen.

„Professor", sagte er und zog den Anomalie-Detektor hervor, „ich empfange das Signal wieder. Sie ist immer noch da – die Anomalie ist immer noch da oben!"

Eine Welle der Erleichterung zog durch die Gruppe. Ein Teil von Cutter hatte Angst gehabt, sie könne verschwunden sein, dass der Detektor nichts anzeigte, wenn sie sich den Ebenen näherten, und dass sie ohne Ausweg da stünden. Die anderen mussten diese Angst ebenfalls gehabt haben, auch wenn niemand etwas gesagt hatte.

Nun munterte die Enthüllung sie auf. Sie beschleunigten ihr Tempo.

Cutter fühlte, wie ihm die ersten Regentropfen aufs Gesicht fielen. Sie waren warm und so groß wie Pfundmünzen. Er senkte seinen Kopf und konzentrierte sich darauf, die Trage zu halten, während er sich zwang, einen Fuß vor den anderen zu setzten. Er versuchte, an nichts anderes zu denken.

„Ich glaube, das letzte Nacht waren Raptoren“, sagte Connor und blinzelte den Regen aus seinen Augen. Er schüttelte Tropfen vom Anomalie-Detektor und verstaute ihn wieder in seiner Tasche, wo er gegen seine Pistole klapperte.

„Sie waren aber kleiner als diese Monster auf der Insel“, sagte Willoby von vorne. „Ich schätze, was immer sie waren, sie waren kleiner als ein Mensch.“

Cutter starrte Connor an und seine Augen weiteten sich.

„Dromaeosaurier?“

„Könnte sein, Professor. Wir haben sie nicht gesehen, aber ich hab mich erinnert ...“

„Ich weiß“, sagte Cutter. Er erinnerte sich an ein nächtliches Einkaufszentrum, in dem er und sein Team vor nicht allzu langer Zeit gegen ein Dromaeosauruspaar gekämpft hatten. Ein einzelnes Paar, das sie in dem geschlossenen Bereich des Einkaufszentrums beinahe erledigt hatte.

Jetzt waren sie in freier Wildbahn und standen vielleicht einem ganzen Rudel gegenüber.

„Bewegung zieht sie an“, erklärte Connor weiter. „Ich denke, das ist der Grund, warum sie McCann gefolgt sind. Er ist gerannt und Willoby und ich haben still gestanden.“

Der Regen wurde stärker. Sie waren schnell völlig durchnässt, und die hölzernen Stangen, die die Trage stützten, fingen in Cutters Händen an, abzurutschen. Der Boden unter ihren Füßen wurde vom überschüssigen Wasser aufgeweicht und der Schlamm saugte an ihren Schuhsohlen. Die Sicht schränkte sich auf einhundert Meter ein.

„Das ist gut“, sagte Cutter laut. „Das hilft uns.“

„Ach ja? Wie denn?“, fragte Doody.

„Sicht und Geruchssinn sind die zwei wichtigsten Sinne von Raubtieren. Der Regen verdeckt uns. Es ist alles in Ordnung, glauben Sie mir.“

Wenn ich es immer wieder sage, glaube ich es vielleicht sogar selbst.

Ein unglaublich lauter Donnerschlag brach durch den Himmel und hallte von einem Horizont zum anderen. Aus dem Augenwinkel sah Cutter einen Blitz und er drehte seinen Kopf gerade noch schnell genug, um die flackernde Verzweigung des gegabelten Blitzes zu sehen, der ein Nachbild in seine Netzhaut brannte.

„Wer würde sich jetzt unter einen Baum stellen?", rief Willoby über das rauschende Getöse des Regens.

Der Tag wurde dunkel, als ob die Dämmerung verfrüht über sie hereingebrochen wäre. Über den Horizont verteilt explodierten überall Blitze aus den Wolken und bildeten adernhafte Verzweigungen aus unerträglich hellem Licht. Ihnen folgte der Donner, der jetzt wie ein ständiges, ohrenbetäubendes Trommelfeuer losbrach.

Sie trotteten weiter durch den Schlamm und konnten dabei kaum etwas sehen. Stephen lag wie eine Wachsfigur auf der Trage, hielt sich die Seite und hustete. Doch die Geräusche seines Überlebenskampfes gingen in dem Lärm des Sturms unter.

Willoby hielt an. Er starrte auf seinen Kompass, doch die Nadel drehte sich wie verrückt. Er warf ihn angewidert in die Farne.

„Connor!", rief er. „Checken Sie Ihr Gerät. Geben Sie mir eine Richtung – ich kann nichtmal sehen, was vor mir liegt."

Connor überprüfte den Detektor. Das grüne Licht wurde langsam gelb. Sein Gesicht wurde ernst.

„Sie ist mehr zu unserer Rechten. Wir sind zu sehr nach links abgedriftet. Gehen Sie nach rechts, Captain."

„Wie weit?"

„Ich weiß nicht – ein paar Kilometer vielleicht. Es wird schwächer, das Signal wird schwächer. Professor, die Anomalie wird verschwinden!"

Das rüttelte sie wach. Sie folgten Willoby in einem raschen Trab und Stephen wurde auf seiner einfachen Trage auf und ab geworfen. Sein Gesicht war eine farblose, schmerzverzerrte Grimasse. Brice schien es nicht viel besser zu gehen. Jenny musste seinen unverletzten Arm nehmen und ihm helfen, mit den anderen mitzuhalten. Während er rannte, biss er sich auf die Lippe und schon bald lief ein rotes Rinnsal zusammen mit dem Regen über sein Gesicht, wo er sich blutig gebissen hatte.

Es wurde stockdunkel, bis auf die aufeinander folgenden Blitze, die ihre Sicht zu stotternden Augenblicken zerhackten. Es war so, als schaute man durch eine alte, viktorianische *Laterna magica*. Der Donner machte jegliche Konversation, die nicht geschrien wurde, unhörbar. Noch alarmierender war die Tatsache, dass sich der Regen in Rinnsalen und kleinen Bächen um ihre Füße zu sammeln schien. Manchmal platschten sie durch knöcheltiefes Wasser, und die weiche Erde darunter wurde schnell zu einem Sumpf.

Cutter stolperte, als sein linker Fuß im Schlamm stecken blieb. Er fiel der Nase nach hin, ließ seine Ecke der Trage los, und Stephen rollte auf den Boden. Sein Mund öffnete sich zu einem Schrei, als er in den Schlamm fiel. Er lag da und umklammerte seine Brust. Auf seinen Lippen war Blut.

Sie hievten ihn zurück auf die Trage und besudelten sich dabei mit Schlamm. Abbys heller Haarschopf war auf einer Seite völlig mit schwarzem Schlamm bedeckt.

Dann stolperten sie wieder vorwärts. Willoby lief zu ihnen nach hinten und griff nach Connors Arm.

„Den Detektor!“, schrie er dem jüngeren Mann ins Ohr, „Ich kann nicht sehen, wohin wir gehen!“

Connor zog ihn heraus. Sie starrten auf das schwache Licht des LED-Bildschirms. Connor schwenkte ihn kurz umher und das Signal wurde stärker. Dann gab die Batterie auf und das Gerät war tot. Connors Lippen zogen sich zusammen. Er starrte für eine Sekunde auf den Apparat und schleuderte ihn dann in die regengepeitschte Dunkelheit.

„Warum hast du das gemacht?“, fragte Abby schrill.

„Ich werde einen besseren bauen!“, schnauzte er zurück.

„Folgt mir – ich glaube, es hat geholfen. Ich denke, ich habe jetzt eine Idee“, sagte Willoby.

Sie quälten sich weiter. Einmal schlug der Blitz keine zehn Meter von ihnen entfernt in den Boden ein, der begleitet von einem verbrannten Geruch in eine kurze Flamme ausbrach, die nur eine halbe Sekunde später vom Regen gelöscht wurde.

Das Wasser um ihre Füße wurde tiefer. Es war so, als wateten sie durch einen flachen Fluss. Es stieg bis an ihre Schienbeine und dann bis zu ihren Waden. Unter dem Wasser klammerte sich der weiche Boden an ihre Stiefel, sodass jeder Schritt ein Kampf war, in dem sie ihre Füße erst befreien mussten, bevor sie den nächsten Schritt machen konnten. Sie mussten Stephen höher heben, um zu verhindern, dass er durch das Wasser gezogen wurde.

Cutter sah sich um. Ein seltsames Geräusch hatte eingesetzt. Es war eine Art fernes Grollen, das unter dem aufdringlichen, stakkatoartigen Rasseln des Donners brummte. Es kam ihm bekannt vor. Dann erinnerte er sich an eine Ausgrabung in Kenia zu Beginn der Regenzeit und erkannte das Geräusch.

„Lauft!“, schrie er. „Lauft nach oben! Los, los, *jetzt*!“

Sie verfielen in ein hinkendes, qualvolles Joggen. Es war das Beste, was sie auf dem sumpfigen Grund zustande brachten.

„Was ist los?“, wollte Willoby wissen. „Was haben Sie gesehen?“

„Wasser“, sagte Cutter. „Eine Springflut. Sie baut sich auf der Ebene auf. Wir müssen weiter nach oben!“

Ohne auf die Richtung zu achten, rannten sie auf das erhöhte Gelände vor ihnen zu. Die Trage hievten sie auf ihre Schultern. Cutter hatte noch nie zuvor in seinem Leben eine so schmerzhafte körperliche Anstrengung vollbracht. Doch er konnte aus dem Augenwinkel trotzdem den grauen Blitz sehen, der dunkler als die Blitze am Himmel war. Der Boden unter ihren Füßen erzitterte.

Sie bäumten sich zu einer letzten Anstrengung auf und brachen dann auf einem niedrigen Erdhügel zusammen, der sich über den leichten Anstieg der Farnprärie nach Norden erhob – zumindest dachten sie, es sei Norden. Mittlerweile wusste keiner von ihnen, welcher Richtung sie zugewandt waren.

Das Hochwasser brach um sie herum. Es war, als wäre ein hungriges Meer in die Welt eingefallen, das nun vorhatte, sie zu verschlingen. Der Strom des braunen Wassers schlug um die Kante des Hügels, auf dem sie standen, und schnitt sie von der Anhöhe ab, auf der Connor und Willoby die Anomalie gesehen hatten.

Das Wasser erfasste Brice, als er versuchte, auf dem weichen Schlamm Fuß zu fassen. Es warf ihn um und trug ihn davon. Abby warf sich durch die Luft und schaffte es, seine Hand zu greifen, während Connor und Jenny sie an ihren Beinen festhielten. Sie zogen ihn zurück. Das Wasser schleuderte in einem wilden Strom um sie alle herum, doch sie erkämpften sich ihren Weg zurück auf den Erdhügel. Der kleine Hügel war eine Insel geworden. Um sie herum schäumte und gurgelte das Hochwasser in braunweißer Raserei, während der Himmel über ihnen von den Blitzen erhellt wurde.

Sie saßen da und starrten stumpf in den Regen. Einmal zog ein ganzer Baum an ihnen vorüber. Es war ein gerade gewachsener Nadelbaum und in seinen Ästen hockte ein Dinosaurier von der Größe eines Truthahns mit einem kleinen Kopf und einem langen Hals. Er wand sich und schnappte.

Stephen war bewusstlos und der Regen strömte über sein weißes Gesicht. Sie hatten die letzten ihrer Besitztümer verloren oder in der Eile weggeworfen, als sie versucht hatten, dem Wasser zu entkommen. Sie hatten jetzt nur noch die Kleidung, die sie am Leib trugen und das, was die Soldaten in ihren Gurttaschen verstaut hatten. Willoby, Doody und Fox besaßen immer noch ihre Gewehre, aber alle anderen Waffen waren im Wasser verschwunden. Nur Cutters Pistole nicht, in der er noch genau vier Schuss übrig hatte.

Er ging zu Willoby, der dasaß und den Hügel hinauf zu dem Ort starrte, wo in der Nacht zuvor die Anomalie gewesen war.

„Das Wasser wird bald nachlassen – dann gehen wir weiter. Sind Sie sicher, dass Sie sie dort gesehen haben, Captain?"

Willoby wischte sich Regen aus den Augen.

„Ich denke schon. Um die Wahrheit zu sagen, Cutter, ich bin mir nicht sicher. Wir haben uns ein paar Mal gedreht, und Kompasse scheinen in diesem Sturm nichts zu nützen." Er hielt inne und starrte in die von Blitzen zerrissene Dunkelheit.

„Ich denke, wir sind erledigt", sagte er.

„Wir sind noch nicht tot", sagte Cutter fast ärgerlich. Aber er war völlig verblüfft. Er hatte Willoby noch nie ratlos oder in einer nicht-positiven Einstellung gesehen.

„Der Weg nach Hause befindet sich dort oben auf der Anhöhe, und wir werden ihn finden, Captain. Denn wenn wir das nicht tun, sind wir alle tot – hören Sie mir zu? Wir alle. Und ich werde nicht zulassen, dass das mit meinem Team passiert. Nicht mit diesen Leuten. Wir werden alle nach Hause gehen", sagte er. „Hören Sie, was ich sage?"

„Ich höre Sie." Willoby lächelte leicht. „Ich hab Sie nie als einen hoffnungslosen Optimisten gesehen."

„Ich bin äußerst optimistisch", erwiderte Cutter. „Ich verstecke es nur gut, das ist alles."

Sie warteten und hockten im Schlamm des Hügels, während das Hochwasser um sie herum strömte. Nach weniger als einer Viertelstunde begann das Wasser sichtbar zurückzugehen. Cutter stieg als Erster hinein und das Wasser reichte ihm bis zu den Oberschenkeln. Die Strömung war immer noch stark, aber sie ließ Minute für Minute nach.

„Kommt schon!“, rief er den anderen zu. „Wir können das schaffen. Packt euch Stephen und setzt euch in Bewegung.“

„Ihr habt den Mann gehört“, sagte Willoby und stand auf. Niemand sonst hatte sich bewegt. „Was denn, wollt ihr euch hier etwa hinlegen und sterben? Kriegt eure fetten, faulen Hinterteile hoch – Sergeant Fox, heben Sie diese verdammte Trage auf ihre Schultern, das ist ein Befehl. Doody, auf die Beine mit Ihnen. Wir sind hier immer noch im Dienst. Ausruhen können Sie sich in Ihrer Freizeit.“

Das Team zerrte sich auf die Beine und machte den Eindruck einer erschöpften Horde halbertrunkener Ratten. Sie stiegen ins Wasser, das jetzt knietief war, und platschten hinter Cutter her, der in den Sturm vorstieß. Willoby bildete das Schlusslicht.

Sie richteten ihre Blicke auf die Anhöhe und begannen Schritt für angestrengten Schritt hinaufzusteigen.

EINUNDZWANZIG

Der Sturm ließ nach, das war jetzt eindeutig. Lester hob seinen Blick zum Himmel und sah tatsächlich einen Streifen Sonnenlicht, der gegen die schwarzen Felsen des Inselplateaus stieß. Die drei Anomalien vor ihm waren bei Weitem nicht so hell wie das erste Mal, als er sie gesehen hatte. Sie sahen jetzt wie Kerzen aus, die man ins Tageslicht gestellt hatte, und verschwanden allmählich, während er sie ansah.

Die französischen Marinesoldaten hatten Schusspositionen zwischen den Felsen, die das Phänomen umgaben, eingenommen. Jetzt, da der Wind nachließ, war der Puma noch einmal gelandet. Nun befand sich ein ganzer Soldatenzug auf der Insel und noch mehr waren auf dem Weg.

Das Satellitentelefon summte. Lester hob ab.

„James Lester."

„Bericht", sagte eine Stimme.

Lester versteifte sich. „Die Franzosen haben die Orte aller vier Phänomene auf der Insel gesichert. Es gibt bis jetzt noch kein Zeichen von unseren Leuten."

„Wie viele Todesopfer sind bestätigt?"

„Bis jetzt denken wir, es sind vier."

„Sie denken?"

„Die Opfer weisen ein hohes Maß an Verstümmelung auf. Tatsache ist, dass überhaupt nicht mehr viel von ihnen übrig ist. Wir wissen, dass eins weiblich war, und aus den Uniformen lässt sich schließen, dass mindestens eins von der *Aoife* war. Wir werden Gerichtsmediziner brauchen, um eine zweifelsfreie Analyse zu erstellen."

„Wie viele fehlen noch?"

„Zehn. Acht von unseren Leuten und zwei Iren."

„Wie weit ist die Sache bisher außer Kontrolle geraten?"

Lester rieb sich das Kinn. „Helikopterabsturz auf einer abgelegenen Insel, Schiffe wurden geschickt, um bei der Rettung unter schwierigen klimatischen Bedingungen zu helfen. Seite sieben der *Times* von morgen, denke ich." Er dankte Gott, dass er das ARC kontaktiert hatte, um sich auf dem neuesten Stand der Pressereaktionen zu halten.

„Angehörige?"

„Damit warten wir ab, bis wir die definitive Anzahl der Opfer haben." *Und bis wir uns eine glaubwürdige Geschichte ausgedacht haben*, dachte Lester.

„Gut. Zu dumm, dass die Franzosen da mit reingezogen wurden, aber das ließ sich wohl nicht vermeiden. Halten Sie mich auf dem Laufenden."

Die Verbindung wurde abgebrochen.

Lester legte den Kopfhörer wieder in die Halterung. Seine Karriere war scheinbar doch noch nicht vorbei.

Er stand da, betrachtete die Anomalien und versuchte sich einmal mehr in Cutter hinein zu versetzen. Wie war es dort drüben in dieser Welt? War Cutter überhaupt nah dran, einen Weg zurück zu finden? Warum musste dieser Mann so ermüdend unberechenbar sein?

Wenn ich das gesamte Team und einen Spezialeinheitsoffizier verliere, dann ist wirklich alles vorbei, dachte er. *Ich hätte Glück, wenn sie mich bleiben ließen, um Tee zu kochen.*

Er fasste einen Entschluss.

Wenn man will, dass etwas ordentlich erledigt wird …

„Lieutenant Desaix, borgen Sie mir Ihr Gewehr, ja – das ist nett von Ihnen."

„Wozu brauchen Sie ein Gewehr? Wir haben diesen kompletten Bereich gesichert."

„Und ein paar dieser hübschen kleinen Leuchtfackeln, Sie wissen schon, welche." Lester ging noch nicht einmal auf die Frage des Mannes ein. „Man reißt die Spitze ab und wirft sie weg. Kommen Sie schon, Mann, ich hab nicht den ganzen Tag Zeit."

„*Monsieur* Lester ..."

„Das Gewehr, Lieutenant. Ah, ich danke Ihnen."

„Wissen Sie, wie man ..."

„Ich weiß, welches das gefährliche Ende ist, danke sehr. Und jetzt sagen Sie ihren Männern, sie sollen stillstehen."

Mit dem Famas über der Schulter und einer Tasche voller Leuchtfackeln ging Lester auf die drei Anomalien zu. Sein Herz schlug schneller, je näher er ihnen kam.

„Ene, Mene, Miste", murmelte er und dann ging er kühl und ganz bewusst direkt in die mittlere hinein und verschwand.

Willoby drehte sich um und hob den Lauf seines Gewehrs. Selbst über das chaotische Getöse des elektrischen Sturms war er sich sicher, dass etwas hinter ihnen durch das Wasser platschte. Doch in dem schwarzen und weißen Flackern der Blitze war es ähnlich schwierig etwas zu erkennen, als würde er versuchen, ein Gesicht auf einer überfüllten Tanzfläche auszumachen. Da war nichts – nichts, was man sehen konnte. Was könnte sie mitten in diesem Chaos verfolgen?

Er entsicherte für alle Fälle seine Waffe.

Sie waren jetzt schon ein gutes Stück die Anhöhe hinauf geklettert und hatten das Hochwasser hinter sich gelassen. Die Erde unter ihren Füßen war immer noch durchweicht und regennass, aber sie hatten nicht mehr mit dem saugenden Morast von weiter unten zu kämpfen. So kamen sie allmählich besser voran.

„Der Sturm zieht vorbei", sagte Connor. „Ich glaube, der Regen lässt ein wenig nach."

„Und ich glaube, Sie sind ein geborener Optimist, Connor", meinte Jenny. „Für mich sieht das pechschwarz aus."

„Ich hoffe, euer Boss weiß, wo er hingeht", sagte Doody zu ihnen.

„Das weiß er immer", erwiderte Abby.

Willoby joggte an ihnen vorbei.

„Fox, übernehmen Sie die Nachhut." Er ging zu Cutter an die Spitze ihrer kleinen, verschmutzten Kolonne.

„Wissen Sie, wo Sie hingehen?", fragte er.

„Irgendwie scheint das jeder zu fragen." Cutter lächelte. „Connor hat recht, der Regen lässt nach."

„Cutter ..."

„Sagen Sie mir, Willoby. Kommt Ihnen dieser Ort bekannt vor?"

„Ich weiß nicht. Ich kann kaum etwas erkennen in diesem ..." Sein letztes Wort wurde von einem gewaltigen Donnergrollen verschluckt.

„Bei all diesen Blitzen fällt eine Anomalie in der Dunkelheit nicht auf, besonders wenn sie schwächer wird", sagte Cutter.

„Oder wenn sie verschwunden ist", erwiderte Willoby.

„Diese Dinger kommen und gehen. Wenn es so ist, dass ..."

Waffenfeuer erklang vom Ende der Reihe.

„Achtung! Feind von hinten!" Es war Sergeant Fox. Sie bildeten sofort einen Kreis und drehten sich nach außen.

„Lagebericht!", bellte Willoby.

„Da draußen ist etwas, Boss – mehr als einer von ihnen. Sie sind nicht groß, aber sie bewegen sich schnell durch die Farne."

„Also gut, Jungs. Zielt genau und spart Munition. Drei Schuss ..."

Etwas sprang durch die Luft auf sie zu und war in einzelnen Blitzschlägen sichtbar. Sie konnten einen Kopf mit einem schnabelartigen Maul erkennen, das mit scharfen Zähnen nach ihnen schnappte. Dann landete die Kreatur mitten in der Gruppe und warf sie wie Kegel zu allen Seiten. Das sehnige Vorderbein des Tieres schnellte hervor und schlug rechts und links um sich. Brice wurde am Rücken getroffen und fiel schreiend zu Boden.

Doody eröffnete das Feuer. Das gelbe Mündungsfeuer blendete auf diese geringe Entfernung. Die Kreatur kreischte und sprang auf die Füße, als bestünde sie aus Stahlfedern. Sie sprang Doody an und warf ihn um. Das Gewehr ging wieder los, als sie durch die nassen Farne und den Schlamm rollten.

Eine weitere Kreatur kam auf sie zugeschossen, dann noch eine. Cutter sah eine von ihnen verschwommen an sich vorbeisausen und feuerte seine Waffe viermal schnell hintereinander ab. Dann klickte die Pistole in seiner Hand, und die Laufschiene blockierte. Die Waffe war leer.

Als die Kreatur schnappend auf sein Gesicht zusprang, knurrte er selbst wie ein Tier und schlug dem Dinosaurier den Lauf der Pistole in die Schnauze. Das Tier ließ von ihm ab und hüpfte wie eine monströse Elster.

Ein weiterer Raptor kam auf Abby zu. Seine Klauen rissen durch ihre Jacke und schnitten den Ausrüstungsgürtel an ihrer Hüfte entzwei. Dann setzte er sich auf sie und riss triumphierend seinen Kopf zurück, um ein letztes Mal zuzuschlagen.

Connor warf sich mit seinem ganzen Gewicht gegen ihn und warf ihn von Abby hinunter. Er hatte ein langes Messer in der Hand, das im Licht der Blitze silbern schimmerte. Er schloss einen Arm um den schuppigen Hals der Kreatur und stach mit seinem anderen Arm immer wieder auf sie ein, wobei er in wortloser Wut schrie. Das Biest zappelte in seinem Griff, wühlte im Schlamm und kreischte.

Willoby stellte einen Fuß auf den Kopf der Kreatur und jagte ihr eine Kugel ins Hirn.

Die Kreaturen sprangen zwischen der Gruppe hin und her und riefen einander in scharfen Belllauten und heiseren Schreien zu. Es klang wie eine Auseinandersetzung zwischen einem Löwen und einem Raben. Cutter beugte sich vor und zog einen der Stäbe aus Stephens Trage. Dann stellte er sich über seinen am Boden liegenden Freund und schwang den schweren Stock in einem Bogen gegen jedes Tier, das in seine Nähe kam. Er fluchte und in seinen Augen zeigte sich das Weiße, wie bei einem Pferd, das Feuer riecht.

Von hier und da kamen Gewehrschüsse, immer drei Schuss hintereinander. Fox, Willoby und Doody feuerten fast blind. Zwei der Kreaturen sprangen auf Brice, der aufgeschlitzt und blutend auf dem Boden lag, und begannen ihn wegzuziehen. Ein Kugelhagel traf sie und sie hinkten jaulend in die Dunkelheit.

„Gott, sie sind überall“, sagte Willoby.

„Ich kann keinen Treffer landen, Boss“, rief Fox. „Sie sind zu schnell.“

„Rücken an Rücken, und das Gesicht nach außen“, sagte Cutter. „Haltet sie auf Abstand. Wenn sie uns auseinandertreiben, erwischen sie uns einen nach dem anderen.“

„Abby … Abby.“ Connor kniete neben ihr und hob ihren Kopf an.

„Ich bin okay“, sagte sie und befühlte ihren Oberkörper. „Nur ein Kratzer.“

„Ich sehe etwas“, sagte Jenny. Sie starrte auf den Gipfel des Hügels zu ihrer Rechten. „Ich sehe ein Licht.“

„Blitze“, sagte Willoby, ohne ihr weiter Beachtung zu schenken. Er feuerte eine weitere Salve und rief dann „Magazin!“, als seine leere Waffe klickte. Er suchte in seinen Gurttaschen nach einen neuen Magazin.

Sie griffen wieder an, drei, vier auf einmal. Die Soldaten feuerten ihre Waffen auf die springenden Kreaturen ab und Geschosse jagten durch die sturmzerrissene Dunkelheit.

Schmerzensschreie ertönten. Zwei der Kreaturen schafften es, in die Mitte der Gruppe zu gelangen. Willoby schlug eine mit dem Knauf seiner Waffe nieder. Dann ergriffen Connor und Abby sie und Connor stach ihr mit dem Messer durchs Auge. Die andere wurde von Cutter mit seinem sperrigen Stock niedergeschlagen, und bevor sie wieder aufstehen konnte, schmetterte Sergeant Fox wieder und wieder sein Gewehr gegen ihren Kopf. Die Bewegungen wurden in den Blitzschlägen zu abgehackten Einzelbildern.

„Da ist ein Licht!", rief Jenny. „Seht doch – da, auf der rechten Seite!"

Cutter nahm sich schwer atmend einen Moment, um hinauszustarren. Draußen in der Dunkelheit war ein pinkfarbenes Glühen zu erkennen, das im Sturm flackerte und flimmerte.

„Das ist keine Anomalie", sagte er.

„Für mich reicht es", sagte Willoby. „Bewegung. Fox, Doody, nehmen Sie Hart. Cutter, helfen Sie Brice."

Cutter beugte sich vor und untersuchte den irischen Piloten.

„Er ist tot", sagte er.

„Dann lassen Sie ihn hier. Kommt schon, Leute, bevor sie wieder angreifen!"

Sie zogen Stephen in ihrer Mitte und stolperten wie eine angeschlagene Gruppe Cro-Magnon-Menschen auf das seltsame Licht zu. Cutter wedelte mit seinem Stab herum, Connor schwang sein Messer, und die Soldaten schoben ihre letzten Magazinclips in ihre Gewehre. Die Farne unter ihren Füßen waren rutschig, doch der Regen hatte fast aufgehört. Der Sturm zog vorbei.

Es begann, wieder hell zu werden. Sie hatten schon fast vergessen, dass es eigentlich mitten am Morgen war. Der Sturm hatte ihre Sinne verwirrt. Sie kümmerten sich nicht länger um wissenschaftliche Nachforschungen, die nationale Sicherheit oder selbst um die Leichen derer, die sie zurückgelassen hatten. Sie wurden nur noch angetrieben von dem Wunsch, zu überleben und aus diesem Albtraum zu entkommen. Sie arbeiteten sich durch das zunehmende Tageslicht, und in ihren Augen schien mörderische Entschlossenheit.

„Sie kommen wieder", sagte Fox von hinten. „Sie kreisen uns ein."

„Bleibt in Bewegung", knurrte Willoby.

Die Dromaeosaurier bewegten sich in Bögen durch den hohen Farn auf das Ende der Reihe und die linke und rechte Flanke zu. Unten am Abhang konnten sie ein paar von ihnen sehen, wie sie Brices Leiche fraßen und sich um das frische Fleisch stritten.

„Gott, ich hasse diese Viecher", sagte Doody voller Abscheu.

„Ruhe, halten Sie die Augen offen. Fox, übernehmen Sie den hinteren Bogen, Doody, Sie gehen nach links. Ich übernehme die rechte Seite. Cutter, halten Sie die anderen um jeden Preis in Bewegung. Bleiben Sie auf keinen Fall stehen."

Sie rannten durch die Farne, ihre Lugen brannten in ihren Körpern. Stephen stöhnte vor Schmerz, als er an den Armen hinterher gezogen wurde und seine Beine über den Boden schleiften.

Die Sonne kam hervor und blendete mit erschreckender Helligkeit ihre Augen. In diesem Moment ergriffen die Dromaeosaurier die Gelegenheit.

„Lauft weiter", sagte Willoby ruhig. Er blickte in die Richtung, in der sie das pinkfarbene Licht gesehen hatten, doch aus ihrer jetzigen Position konnte er es nicht sehen. Er feuerte drei schnelle Schüsse ab, woraufhin eine der Kreaturen zehn Meter entfernt zusammenbrach. Die anderen bellten einander an, schlichen im Farn herum und bildeten dunkle Linien in dem Pflanzendickicht.

Zwei von ihnen erschienen auf der linken Seite. Eine sprang Doody an, während die andere auswich, um auf die anderen Mitglieder der Gruppe zuzustürmen. Connor schlug mit dem Messer nach ihr, und sie sprang an ihm vorbei.

Doody ging zu Boden, doch dann stand er wieder und schlug wortlos schreiend mit seinem Gewehr auf die Kreatur ein. Die Kreatur schaffte es, ihre Klauen um das Gewehr zu wickeln und riss es Doody aus den Händen. Sie stand einen Moment da, hielt die Waffe fest und biss dann in das Metall. Doody zog sein Bajonett und stach der Kreatur in den Kopf. Die Klinge brach ab. Er warf den Griff fort und begann zu rennen.

Cutter fiel und sein Stab zerbrach unter ihm. Er warf Abby ein spitzes Bruchstück zu und stach mit dem anderen nach der Kreatur, die nach ihm schnappte, wie eine Möwe, die versucht, ein paar Pommes frites zu erwischen. Das gezackte Holz traf die Kreatur ins Maul und Cutter stieß so hart wie möglich dagegen. Die Kreatur sprang fort und zog so den behelfsmäßigen Speer aus Cutters Händen. Er beugte sich vor, griff nach Stephens Arm und half Connor, ihn weiterzuziehen.

Sie erreichten eine kleine Anhöhe und vor ihnen, nicht einmal hundert Meter entfernt, befand sich eine Anomalie. Sie schimmerte nur noch blass, war bloß noch ein schwaches Abbild ihrer selbst. Sie stand kurz davor, zu verschwinden.

Ein paar Meter von ihr entfernt lag eine pinkfarbene Leuchtfackel auf den Farnen und brannte qualmend, während sie in den Pflanzen zu versinken begann. Und neben der Fackel stand James Lester mit einem Automatikgewehr unter dem Arm.

„Jetzt bewegt euch endlich!“, rief er und winkte ihnen zu.

Sie rannten weiter, während die Dromaeosaurier zwischen ihnen hindurch liefen und knurrend nach ihnen schnappten. Willoby bildete das Schlusslicht. Die Kreaturen, die an Brices Leiche gefressen hatten, hatten ihre Mahlzeit verlassen und rannten nun den Abhang hinauf, um sich ihren Gefährten anzuschließen. Willoby hielt keuchend an und sah zum Rest der Gruppe hinüber, die immer noch auf die ersterbende Anomalie zutaumelten.

Er ließ sich auf ein Knie sinken, zielte mit Bedacht und fing dann an, einzelne Schüsse auf die Dromaeosaurier abzufeuern.

Einer ging gerade, als er seine Kiefer um Stephens Stiefel geschlossen hatte, zu Boden. Ein weiterer wurde verwundet, als er sich bereit machte, auf Doodys Rücken zu springen, und purzelte kreischend und strampelnd in die Farne. Ein dritter bekam eine Kugel ins Bein, als Abby heftig mit der abgebrochenen Hälfte von Cutters Stab nach ihm schlug. Er fiel auf die Seite und sie rammte den notdürftigen Speer in seine Kehle, bevor sie sich umdrehte und weiterlief.

Jeder rannte, bis auf Willoby. Er atmete gleichmäßig, gab vorsichtig gezielte Schüsse ab und erlegte oder verwundete die Mitglieder des Dromaeosaurierrudels, das den Rest der Gruppe jagte, eines nach dem anderen. Er sah, wie die anderen Lester erreichten, der ebenfalls sein Gewehr abfeuerte – allerdings nicht sehr effektiv, wie Willoby fand. Er sah Cutter und Connor, die Stephen durch die Anomalie zogen, dann folgten ihnen Jenny und Abby, dann Doody und Fox, und schließlich Lester.

Er war allein.

Die zweite Gruppe Tiere kam den Hügel heraufgelaufen und hatte ihn fast erreicht.

Cutter kam durch die Anomalie zurück.

„Willoby!“, rief er. „Um Gottes willen, Mann, kommen Sie – retten Sie sich selbst!“

Dafür war es zu spät. Er zielte, als sich der vorderste Dromaeosaurier durch die Luft auf ihn zu katapultierte. Das Gewehr klickte. Das Magazin war leer.

Nachlässig, dachte Willoby, als das Tier auf ihm landete und ihn auf den Rücken warf.

ZWEIUNDZWANZIG

Cutter kehrte mit steinernem Gesicht zurück. Er stand da und blinzelte, als die Anomalie sich drehte und schrumpfte und sich schließlich auflöste.

Die anderen beiden Phänomene taten es ihr gleich. Guns Island öffnete sich um ihn herum in einer frischen Brise, die die Farne teilte und auf dem Granitskelett der Insel spielte.

„Wo ist er? Wo ist der Boss?", fragte Sergeant Fox.

„Er ist tot", sagte Cutter dumpf.

Französische Soldaten kamen zu Dutzenden heran und brachten Decken und Becher mit heißem Kaffee. So wie an einem Unfallort, dachte Cutter.

Ein französischer Arzt und ein komplettes Sanitäterteam kümmerten sich um Stephen. Sie hängten ihn an einen Tropf. Er öffnete einmal die Augen, als Cutter über ihm stand, und ihre Blicke trafen sich. Stephen nickte leicht und driftete dann wieder weg. Die Sanitäter bedeckten sein Gesicht mit einer Sauerstoffmaske.

„Das nenne ich mal haarscharf", sagte Lester. Er betrachtete die keuchenden, schwitzenden, zitternden Überlebenden des Teams, die um ihn herum auf dem Boden hockten. Sie waren erschöpft, blutig, und von dem, was sie gesehen und erlebt hatten, völlig am Ende.

„Sie haben ja keine Ahnung", meinte Cutter.

Connor hielt immer noch sein blutiges Messer umklammert, so als ob er Angst hätte, es loszulassen. Cutter kniete sich neben ihn.

„Wer braucht schon eine Pistole, hm? Das hast du gut gemacht, Connor. Ihr wart alle gut."

„Was ist mit Willoby passiert?", fragte Connor. „Ich hab's nicht gesehen, Professor."

„Er hat es nicht geschafft."

„Oh Gott." Tränen traten in Connors Augen. Cutter legte dem Jungen seine Hand auf den Kopf. Allerdings war er kein Junge, nicht mehr. Seine Augen waren erwachsen.

„Das hast du gut gemacht", wiederholte er, denn er wusste nicht, was er sonst sagen sollte.

Keine dreißig Meter entfernt landete ein Helikopter und der Rotorwind brachte alle dazu, sich abzuwenden. Es war ein französischer Puma. Der Arzt und sein Team hoben Stephen auf eine leichte Krankentrage und verfrachteten ihn in das Luftfahrzeug. Der Helikopter hob wieder ab, ein brüllendes Monstrum aus Aluminium und Stahl.

„Er kommt wieder in Ordnung", sagte Lester. Er zog ein Notizbuch aus seiner Brusttasche. „Es sieht so aus, als fehlen Ihnen ein paar Leute, Cutter. Ich brauche ihre Namen und muss wissen, was mit ihnen passiert ist. Wir müssen diese Sache so schnell wie möglich regeln. Wegen der Familien, Sie verstehen."

„Wegen der Familien, richtig", sagte Cutter. Er war völlig benebelt. Ein vorbeilaufender Marinesoldat reichte ihm eine Tasse Kaffee und er stand da und sah hinein, als ob sie ein Orakel wäre.

„Ihre Namen", sagte er. „Im Moment bin ich mir nicht sicher, ob ich mich an sie erinnern kann." Er reichte Lester seine Tasse. „Halten Sie das mal, ja?" Dann drehte er sich um und übergab sich ins Gras.

Lester seufzte und sah weg.

„Ich verstehe schon", sagte er und klang dabei alles andere als verständnisvoll.

Cutter wischte sich den Mund ab.

„Es war anständig von Ihnen, dass Sie durch die Anomalie gekommen sind, um nach uns zu suchen."

„Das gehört alles zum Service, Professor."

„Es überrascht mich, dass Sie auf diese Weise Ihren eigenen Hals riskiert haben."

Lester zuckte mit den Schultern.

„Es war entweder das, oder ich hätte es unseren Freunden hier überlassen können."

„Ah, die Franzosen. Sie müssen mir irgendwann mal erzählen, wie genau sie hier hingekommen sind."

„Glauben Sie mir, Cutter, sobald Sie Ihren Bericht geschrieben haben und ich meinen geschrieben habe, und Sie vor ein paar Unterkommissionen ausgesagt und die Ereignisse der letzten Tage immer und immer wieder erzählt haben, werden Sie alles über diesen Ort wissen, was es zu wissen gibt, und auch alles, was hier passiert ist."

„Warum sagen Sie mir nicht einfach, warum hier vor fünfzig Jahren ein Bunker um die Anomalie errichtet wurde?", sagte Cutter und sah ihn jetzt verärgert an.

Lester sah zu den Wolken hinauf, die über den Himmel zogen. Möwen flogen in lärmenden Scharen unter ihnen vorüber und riefen über die Insel, als würden sie den Ort vom Sturm zurückverlangen.

„Ah, also das ist der Knackpunkt. Manche Dinge sollte man besser nicht wissen, Cutter, weder Sie, noch die Großen und Guten unseres schönen Landes."

„Mit anderen Worten, Sie werden es mir einfach nicht sagen."

„Ich könnte es Ihnen sagen", sagte Lester. Er lächelte. „Aber dann müsste ich Sie töten."

Er ging davon und tippte dabei mit dem Notizbuch gegen sein Kinn.

ENDE

DANKSAGUNGEN

Vielen Dank an Cath Trechman für ihre Professionalität, ihre Gutmütigkeit und ihre große Geduld; an Tim Haines und Adrian Hodges für ihre unschätzbaren Einblicke und ihren Input; und an Nancia Leggett, dafür, dass sie den ganzen Prozess am Laufen gehalten hat.